KB272789

열혈공작 플로렌

열혈공작 플로렌 6

김종휘 판타지 장편 소설

초판 1쇄 찍은 날 § 2004년 7월 31일
초판 1쇄 펴낸 날 § 2004년 8월 11일

지은이 § 김종휘
펴낸이 § 서경석

편집장 § 문혜영
편집책임 § 유경화
편집 § 김희정 · 서지현
마케팅 § 정필 · 강양원 · 이선구 · 김규진 · 홍현경

펴낸곳 § 도서출판 청어람
등록번호 § 제1081-1-89호
등록일자 § 1999. 5. 31
어람번호 § 제1-0523호

주소 § 경기도 부천시 원미구 심곡1동 350-1 남성B/D 3F (우) 420-011
전화 § 032-656-4452 팩스 § 032-656-4453
http://www.chungeoram.com
E-mail § eoram99@chollian.net

ⓒ 김종휘, 2004

ISBN 89-5831-201-7 04810
ISBN 89-5505-957-4 (SET)

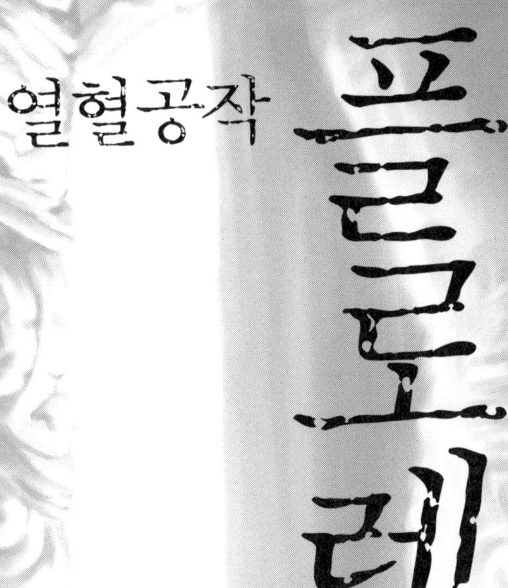

열혈공작 **플로렌**

김종휘 판타지 장편 소설

6

크로우 나이츠

도서출판
청어람

목차

❻

크로우 나이츠

제 34장
내전의 결말

황도 서쪽대로의 반군을 효과적으로 제압한 아군은 게리오스가 있는 오시만 평원으로 향했다.

로만테우스와 병력에서 큰 차이가 나는 상황에서 황도로 가는 것보다 오시만 평원에 있을 게리오스의 병력과 합쳐 그곳의 적을 물리치고 황도로 가는 편이 훨씬 낫다 생각했기 때문이다.

원정 이틀째 아군은 무리없이 오시만 평원으로 진군하고 있었고, 미리 보냈던 전령이 도착하면서 오시만 평원에서의 전투가 눈앞에 도달했음을 느낄 수 있었다.

"음……."

오래간만에 보는 게리오스의 필체에 반가운 마음이 들긴 했지만 중요한 것은 오시만 평원에서의 전황이 어떻게 흘러가고 있느냐 하는 것이었다.

그 때문에 게리오스가 전령을 통해 전해온 서신으로 전황을 살펴보았다.

현재 게리오스가 이끄는 아군의 숫자는 4만 3천, 그에 반해 로만테우스의 부하인 피르만 자작이 이끄는 적군의 숫자는 3만 7천 정도였다.

수적으로는 게리오스 군이 우위를 보이고 있다 하지만 이전의 패배로 피르만은 극도로 신중해져 다수의 기병을 이용하는 기동전을 활용하며 소극적인 전투로 일관하고 있었다.

"보병이 다수인 게리오스 군의 입장에선 기병 위주의 피르만 군을 상대로 섣부른 공격은 어려운 일이겠지. 음……."

서신에 적혀 있는 피르만 군의 기병은 대략 1만 2천 기. 그에 반해 게리오스는 실로페스가 이끄는 호위 기사단과 기병을 합쳐 3천 기 정도이니 현재 내가 보유하고 있는 7천 기의 기병이 합류한다면 단시간 안에 승리할 수 있을 것이란 생각이 들었다.

"엡실론 경!!"

"예! 공작 각하."

서신을 모두 읽은 난 엡실론을 불러 명령을 내렸다.

"새로이 결성된 아군 기병의 상황은 어떠한가?"

"별동대를 결성할 당시 능력이 뛰어난 병사들만을 뽑았기 때문에 큰 문제는 없습니다."

보병보다 기병이 중시되는 것은 당연한 일, 그렇기 때문에 검술을 비롯하여 신체 능력이 뛰어난 병사들이 선별되어 기병이 된다.

별동대를 조직했을 당시 기병 출신의 병사가 많이 선발되어 기병을 운용하는 것은 큰 문제가 없었다.

"엡실론 경은 당장 7천 기의 기병을 이끌고 오시만 평원으로 향하게. 게리오스 군은 기병의 절대적인 부족으로 피르만 군의 기동전을 감당하지 못해 쉽게 결착내지 못하는 듯하니 아군의 기병이 합류하면 능히 오시만 전투를 결착낼 수 있을 것일세."

"알겠습니다."

"아! 그리고 당부할 것이 하나 있는데."

"말씀하십시오."

"게리오스 군의 기병을 이끄는 자는 아마도 그대도 잘 알고 있는 실로페스 경일 것이네. 그대가 실로페스 경과 사이가 좋지 않음은 잘 알고 있지만 공과 사는 엄연히 구별되어야 할 것. 오시만 전투는 게리오스 경이 지휘할 것이니 그대에게 실로페스 경을 따르라 한다 해도 불복해서는 안 되네."

"…알겠습니다."

내 영지 내에서도 실로페스와 엡실론은 사이가 좋지 않았다. 물론 그것은 앙숙 관계라고 보기보다는 라이벌 관계라 보는 것이 적합할 것이다.

두 사람 모두 소드 마스터 상급의 뛰어난 검술의 소유자로 실력이 백중세라 누가 더 뛰어나다 말할 수 없었다.

그 때문에 엡실론에게 당부한 것인데, 미간을 찌푸리는 것이 그리 마음에 들지 않는 듯했다.

하지만 그의 충심을 잘 알고 있기에 나의 뜻을 거역하지 않으리라 생각했다. 어쨌든 그는 나에게 충성을 맹세한 기사이기 때문이다.

나의 명령을 받은 엡실론은 7천의 기병을 이끌고 오시만 평원으로 향했고, 난 크리븐, 기스와 함께 나머지 보병을 이끌며 천천히 목적지로 향했다.

　다음날 오후, 아군은 드디어 오시만 평원에 도착할 수 있었다. 물론 아직 평원의 초입이기는 하지만 게리오스가 적과 대치하고 있는 곳은 그다지 멀리 떨어져 있지 않기에 두세 시간 후면 그와 만날 수 있을 것이라 생각했는데, 그때 앞선 기사 한 사람이 황급히 나에게로 뛰어오는 것을 볼 수 있었다.

　"무슨 일인가?"

　그를 보며 난 무슨 일이 생겼다는 것을 감지하여 물어보았고, 그는 멀리 평원의 끝을 가리키며 말했다.

　"평원의 반대쪽에서 흙먼지가 일고 있습니다. 아무래도 일단의 군세가 이곳으로 오고 있는 듯합니다."

　기사의 말에 고개를 들어보니 과연 평원 너머로 자욱이 흙먼지가 일고 있는 것을 확인할 수 있었다. 난 고개를 끄덕이곤 크리븐과 기스에게 명령을 내렸다.

　"이곳으로 오는 자들이 아군인지 적군이지 판별할 수 없으니 전군에 전투 대비토록 전하라!"

　"예!"

　나의 명령에 병사들 쪽으로 달려간 크리븐과 기스는 전투 명령을 내리며 진영을 움직이기 시작했고, 평원 저편의 병력이 모습을 드러내기 시작했을 때 아군은 완벽한 진을 구축할 수 있었다.

　과연 평원 너머에서 오는 병력이 적군일까 아군일까 하는 생각에 마른침을 삼키고 있던 그때 저주사 이모랄이 나의 곁으로 다가와 말했다.

　"공작 각하."

"무슨 일인가, 이모랄 경."

"이글 아이를 통해 평원 너머에서 오는 군세의 깃발을 살펴보았는데 다행히 로만테우스의 군세는 아니었습니다."

"음……."

이모랄의 말에 안도의 한숨을 쉴 수 있었으나 아직 상대의 모습이 완벽히 드러나지 않았고, 정확한 정체를 알 수 없었기에 일단 진영을 그대로 유지하며 다가오는 자들의 동태를 주시해 보기로 했다.

그렇게 어느 정도의 시간이 지나자 육안으로 그들의 모습이 확연히 드러나 우리 쪽으로 다가오고 있는 군세의 깃발이 이모랄의 말대로 로만테우스의 것이 아님을 확인할 수 있었다.

그리고 가까이 다다른 그 무리 중에서 일단의 기병들이 빠른 속도로 앞으로 나오기 시작했는데, 그 선두에 선 기병이 든 가문기가 트리말론 공국령의 깃발임을 확인할 수 있었다. 그에 난 미소를 지었다.

나의 예상대로 기병의 숫자가 비등해지자 게리오스는 피르만 군을 상대로 아군이 도착하기도 전에 승리를 거둔 것이다.

트리말론 공국의 깃발을 휘날리며 다가오는 기사들의 모습을 확인한 난 반가운 미소를 지었다. 선두에 선 엡실론이 나의 앞으로 와 말에서 내리며 주군에 대한 예를 표하고는 말했다.

"기뻐하십시오. 오시만 평원의 전투는 아군의 대승으로 끝났습니다."

"오!"

아군이 대승을 거두었다는 말에 난 미소를 지을 수 있었다. 어떤 식의 작전으로 승리를 거두었는지는 들어야 알겠지만 내가 보낸 7천의 기병이 상당한 도움이 되었을 것은 분명한 일이었다.

"수고했네. 하나, 마음을 놓아서는 안 될 것이야. 앞으로 게리오스 군과 아군은 오시만 평원의 피르만 군과는 비교할 수 없는 상대와 싸워야 하니 말일세."

"알겠습니다."

"자, 그럼 게리오스 경을 만나봐야겠군."

오시만 평원에서의 전투가 마무리되었다면 이제 황도에서의 작전을 짜기 위해서라도 게리오스와 만나야 했다.

엡실론과 함께 게리오스 군 진영으로 들어서자 백여 기의 기병에 둘러싸여 움직이는 팔두마차를 발견할 수 있었다.

검은색으로 전체를 칠한 팔두마차의 옆면에는 게리오스가 보낸 서신에 찍혀 있던 것과 같은 문장이 새겨져 있었기에 마차 내에 게리오스가 있음을 알 수 있었다.

마차에 가까이 가자 일단의 기사들이 우리 앞을 막아섰는데, 그 선두에 익히 알고 있는 자의 모습이 보이자 반가운 마음에 손을 들고는 말했다.

"하하하. 오랜만이군, 실로페스 경."

"어서 오십시오, 대공 전하."

반갑게 웃으며 말하는 나에게 실로페스는 기사의 예를 취하며 정중히 인사를 올리고는 손을 들어 주위에 있던 기사들에게 신호를 보냈다. 그러자 이 열로 나의 앞을 가로막고 있던 호위 기사들이 천천히 비키며 마차로의 길을 만들었다.

게리오스가 타고 있다 생각되는 마차는 거의 제왕이나 탈 법할 큰 마차로 수십 명은 족히 탈 수 있을 정도의 크기였다.

이동 중에 지휘관들이 내부에서 작전을 짤 수 있게 만든 듯한 마차는 달리는 와중에도 사람이 말에서 옮겨 탈 수 있게 마차의 양 옆으로 말이 들어갈 수 있는 홈이 만들어져 있었기에 그곳으로 말을 댄 난 쉽게 마차에 옮겨 탈 수 있었다.

누가 만들었는지는 몰라도 전시에는 꽤 쓸모있을 것 같은 마차였으나 애석하게도 아멘 왕국에서는 왕족을 제외하곤 어느 누구도 팔두마차를 소유할 수 없기에 그림의 떡이었다.

흔들거리는 마차의 옆에 있는 손잡이를 잡은 채 마차 문을 열고 안으로 들어가자 마법으로 된 듯 환한 빛이 내부를 밝히고 있었다. 안전을 위해 창문조차 만들어져 있지 않은 마차였기에 이런 시설을 갖추고 있는 듯했는데, 나는 곧 넓은 마차의 내부에서 탁자를 앞에 두고 무표정한 얼굴로 차를 마시며 책을 읽는 사람을 볼 수 있었다.

"게리오스!!"

"아! 영주님!!"

떠났을 때와 변화없는 모습을 하고 있는 게리오스의 모습을 보자 난 반가움에 크게 소리쳤고, 그제야 내가 들어온 것을 눈치 챈 그는 깜짝 놀란 표정으로 자리에서 벌떡 일어났다.

마법사라 그런지 독서하고 있을 때는 주변이 어떻게 되는지 전혀 감지하지 못하는 그를 보며 전시에 맞지 않는 모습에 웃음이 새어 나왔다.

"하하하! 오랜만이군, 게리오스!!"

"이렇게 다시 영주님을 뵙게 되어 기쁘기 그지없습니다."

웃으며 다가오는 나를 보며 게리오스 역시 만면에 미소를 지었고, 난 그에게 다가가 손을 잡으며 말했다.

"이 사람, 이렇게 멀쩡한데 왜 그리 소식이 없었는가?"

"죄송합니다. 사정이 그렇게 좋지 못했기에 어쩔 수 없었습니다."

"자네가 죽었다는 소문을 들었을 때 얼마나 놀랐는지… 그렇게 보내고 영영 못 보는 줄 알고 얼마나 안타까웠는데……."

"영주님께서 그렇게 저를 걱정해 주셨다니 황송할 뿐입니다. 자, 자리에 앉으시지요."

황제의 자리에까지 올랐었음에도 불구하고 그는 예전과 같이 존대를 하며 나를 윗사람처럼 대하기에 더욱 기분이 좋을 수밖에 없었다.

하긴 뛰어난 능력과 황족이라는 신분에도 불구하고 보이는 겸손함이 게리오스에게서 가장 마음에 드는 점이었다.

잠시간 게리오스와 오랜만의 해후를 즐긴 후 제장을 마차로 소집하여 앞으로 황도에서 있을 싸움에 대한 작전 회의에 들어갔다.

"그나저나 황도가 함락되지 않았을까 걱정이군."

나로선 황도가 안전하기를 빌 수밖에 없었는데 그런 나의 말에 게리오스는 미소를 지으며 말했다.

"황제는 무너질지라도 황도는 무너지지 않는다는 말을 아십니까?"

"응? 그것이 무슨 말인가, 게리오스?"

게리오스의 뜬금없는 말에 난 되물어볼 수밖에 없었다.

"제국의 황도는 초대 황제 폐하 대에서부터 시작하여 지금까지 건설이 계속되고 있는 제국의 중심입니다. 대공 전하께서도 아시다시피 황도 중앙의 황성을 감싸고 있는 성벽은 총 다섯 개, 가장 외곽에 있는 제3외벽은 황도에 살고 있는 78만의 황도의 거주민을 위한 것으로 총 여덟 개의 문으로 이루어져 높이가 5~12미터에 이르는 성벽입니다. 제2외벽은 하급 귀족이나 부호들의 거주지를 보호하기 위한 것으로 높이 십 미터의 성벽과 폭 팔 미터의 해자가 감싸고 있으며 사방 네 개의 문으로 이루어져 있습니다."

"음……."

처음 제국의 황도에 들어갔을 때 마차에만 있었던 터라 제대로 된 구경을 하지 못했기에 게리오스의 설명에 난 탄성이 절로 터져 나왔다.

많은 이들이 살고 있다는 것은 알고 있었지만 78만이나 되는 사람이 황도에 거주하고 있다니… 아마 대륙을 통틀어 이 정도나 되는 성은 없을 것이다.

"제3외벽은 외적에 대항하기 위한 것으로 근위군이 방어하는 것이 아닌 평민이나 천민 위주로 이루어진 징집군이 방어하게 됩니다만, 내전이라는 특수성 때문에 이번 전투에서는 무용지물일 뿐입니다. 하지만 제2외벽에서부터는 충분히 방어가 가능합니다. 아마 근위군은 제2외벽에서부터 로만테우스의 반군을 상대하고 있을 것입니다."

"그렇겠군."

"제1외벽은 높이 십오 미터의 성벽에 폭 육 미터의 해자, 그리고 두 개의 문이 있습니다. 이곳에는 근위군과 제국군 관사 및 각부 청사, 고위 귀족들의 저택과 별장들이 있는 곳으로 제1외벽에서부터는 성벽에 마법 처리가 되어 있어 공성 병기를 이용하여 성벽을 파괴하는 것은 상당히 어렵습니다. 그 때문에 유일하게 성벽을 점령할 수 있는 방법은 보병을 이용하여 성벽을 오르는 방법밖에 없습니다. 제2내벽은 약 십오 미터 높이의 반석 위에 쌓아진 십 미터의 성벽으로 이루어져 있습니다. 해자는 없지만 이십오 미터나 되는 높이 때문에 보병을 이용한 공성전은 극히 어렵습니다. 또 성벽을 통과할 수 있는 문은 하나뿐인데, 성문으로 들어서기 위해선 로얄브릿지를 통해 오르는 길밖에 없어 공성을 위해선 공성차를 움직여 성문을 부수는 방법밖에 없습니다.

제1내벽은 높이 십삼 미터의 성벽에 폭 오 미터의 해자가 있습니다. 안으로 들어가는 문은 제2내벽과 마찬가지로 한곳뿐, 성벽은 물론 성문 자체에 제2내벽과는 비교도 할 수 없을 정도의 마법 처리가 되어 있어 통과할 수 있는 유일한 방법은 보병을 통한 공성전뿐입니다.”

게리오스에게서 황도에 대한 것을 들은 난 도저히 입이 다물어지지 않았다. 황도에 거주하는 거주민의 엄청난 숫자에도 놀랐지만, 성벽 자체도 거의 난공불락에 가까웠기 때문이다.

“엄청나군……!”

“제국의 역사에서 내전은 세 차례가 있었습니다만 내전으로 인하여 황제의 위가 바뀐 경우는 단 한 차례 제9대 황제이신 크론테우스 황제뿐입니다. 하나, 그분 역시 암살을 통해 제위를 차지했을 뿐, 황도를 함락했던 것은 아닙니다. 두 차례의 내전 중 리므론의 난 때는 두 곳의 자치령, 총 27만의 병력이 약 6만의 근위군을 상대로 황도를 함락하려 했으나 제2내벽을 넘지 못하고 세 곳의 자치령에서 몰려온 토벌군에 의해 패하고 말았습니다.”

“아!”

27만 대 6만의 싸움에서도 황도를 함락시키지 못했다는 것은 도무지 믿어지지가 않았다.

“그 때문에 리므론의 내전에서 황제의 위를 지켜내신 제12대 황제 헤르테우스 폐하께서는 황제는 무너질지라도 황도는 무너지지 않는다는 말을 남기신 것이지요.”

“음… 자네 말대로라면 황도는 안심할 수 있겠군.”

“그렇긴 하지만 황도의 견고함은 로만테우스 형님 역시 잘 알고 있을 것입니다. 장시간에 걸친 함락전을 치르고도 황도를 장악했다는 소

리는 없지만, 황도를 장악하기 위한 만반의 준비는 해왔을 것이니 안심
하고 있을 수는 없는 일이지요.”

　하긴 로만테우스가 이 다섯 개의 성벽이 가지는 견고함을 알면서도
무턱대고 병력의 우세만을 믿어 황도를 점령하려 하지는 않았을 것이
란 생각이 들었다.

　하지만 만반의 준비를 갖추었다 할지라도 황도가 가진 방어력은 결
코 쉽게 넘을 수 있는 것이 아니었으니 로만테우스가 많은 시간이 지
났음에도 불구하고 황도를 점거하지 못한 까닭을 알 수 있었다.

　“또 황도의 견고함은 아군에게도 큰 적이 될 수 있을 것입니다.”

　“아군에게도 적이 된다니 무슨 말인가?”

　“지금까지 말씀드린 것과 같이 제국 황도의 성벽은 그야말로 난공불
락이었습니다. 하나, 지금쯤이라면 내벽은 모르더라도 분명 세 개의
외벽은 넘었을 것이라 생각됩니다. 그렇게 그들이 제1외벽에서 본군을
상대한다면 저희들 역시 반군을 치기 위해선 공성전을 치러야 하기 때
문입니다.”

　“아!!”

　그의 말에 황도의 견고함이 아군에게도 적이 될 수 있다는 말을 이
해할 수 있었다.

　아이러니하게도 황도를 지키기 위한 성벽이 황성을 지키기 위한 구
원군에게도 벽이 될 수 있다니 우스울 뿐이었다.

　“음… 만약 자네의 말대로라면 아군이 수적으로 반군을 넘어선다
하더라도 상당히 어려운 전투가 된다는 말이군.”

　“그렇습니다. 하나, 반군 역시 공성전과 수성전을 동시에 행해야 하
니, 그리 여유로울 수는 없을 것입니다.”

하지만 그의 설명을 듣자 하니 문득 한 가지가 생각나 그에게 물었다.

"로만테우스의 반군이 그러하다면 리므론의 난에서는 어떻게 반군을 토벌했는가? 그들 역시 성벽을 방어 위주로 사용했을 텐데 말이야?"

리므론 역시 27만이 되는 대군을 이끌고 제2내벽까지 도달했다면 분명 제1외벽에서 토벌군을 상대로 한 수성전을 펼쳤을 것이 분명했기에 그들을 어떻게 토벌했는지 물어보았다.

"성벽을 둘러싸고 장기전을 펼쳤습니다."

"장기전?"

"예. 숫자에서 우위를 보였던 토벌군이었음에도 27만이나 되는 리므론의 반군을 상대로 제1외벽을 넘는 것은 엄청난 희생이 따르는 것이었습니다. 하나, 당시 토벌군 단장이었던 체이스필드 공작은 제2내벽과 제1외벽 사이에 있는 반군을 상대로 장기전을 펼쳐 군량이 떨어지기를 기다렸지요."

"아!"

"황성에는 평시 지원받지 않아도 일 년 이상 버틸 수 있도록 준비되어 있는 군량고가 있었기 때문에 반군을 상대로 장기전을 통해 버틸 수 있는 여력이 있었지만, 리므론의 반군은 제2내벽과 제1외벽 사이에 갇혀 군량을 확보할 수 없었고, 그 때문에 장기전으로 인해 군량이 떨어져 어쩔 수 없이 그들은 성문을 열고 나올 수밖에 없게 된 것이지요."

"아! 그렇다면 아군 역시 그러한 방법을 쓰면 되지 않는가?"

"하지만 이번 경우는 그때와 다릅니다. 로만테우스는 덴티만 성을 거점으로 어느 정도 군량을 확보했을 것이 분명하고 제2내벽을 넘을 수 있는 방법도 구상하고 있을 테니 장기전으로 간다면 오히려 그에게 도움을 주는 꼴이 될 수도 있습니다."

"음… 그렇겠군."

게리오스의 말에 난 고개를 끄덕였다. 하지만 현 상황은 과거 리므론의 난 때보다 훨씬 더 좋지 않은지라 절로 미간이 찌푸려졌다.

적이 성벽을 방어 위주로 사용한다면 아군의 입장에선 정말 희생을 무릅쓰고 공성전을 펼칠 방법 외에는 존재하지 않았기 때문이다.

"하지만 로만테우스의 반군이 성벽을 통해 수성전을 펼치는 것은 최후의 때뿐일 것입니다. 아직 병력면에서 훨씬 우위에 있으니 제 생각에는 제3외벽 내에서 아군을 상대하려 할 것입니다."

계속된 회의 속에서도 이렇다 할 작전은 나오지 않았다.

일단 적의 위치와 그 규모는 알고 있었지만, 현재 그들이 어떤 식으로 움직이는지는 알 수 없는 상황에서 섣부른 작전은 그저 탁상공론에 지나지 않았다.

그나마 다행이라면 게리오스의 마차 덕분에 나와 제장은 진군을 멈추지 않은 채 회의를 진행할 수 있었다는 점이다.

또 티브로슨 삼각 지역으로 우회에서 오는 아군과의 전서구를 이용한 연락 체계가 있기 때문에 일단 그들과의 합류 문제는 쉽게 해결될 수 있었다.

다시 황도로 돌아가는 삼 일간의 여정 후, 드디어 첫 번째 성벽이 아군의 시야에 들어왔다.

"음……."

마차를 나와 바라보는 성벽의 모습은 그야말로 장관이었다.

좌우로 끝이 없을 정도로 뻗어 있는 성곽은 도대체 어디가 끝인지 알 수 없을 정도로 광대했기 때문이다. 게리오스가 황도에 주둔하고 있는 근위군의 힘으로는 절대 제3외벽을 지킬 수 없다는 말이 이해가 될 정도로 제3외벽은 인간이 만들었다고는 믿을 수 없을 정도로 넓고 거대하여 만약 이 성벽을 지을 인력으로 성이나 집을 만들었다면 도시 하나가 새로 생겼을 것이란 생각이 들었다.

"제국의 황도는 하나의 소왕국이라 해도 과언이 아닙니다."

"소왕국이라……."

"제3외벽이 설치된 이유는 공작 각하께서도 잘 아시다시피 제국이 결코 다른 국가처럼 안정되지 못했던 것이 이유입니다. 워낙 땅이 넓은 탓도 있지만, 제국의 대부분이 산간 지형인 탓에 각지에 마물들이 설치고 있습니다. 그 때문에 해마다 막대한 예산으로 용병들을 제국으로 끌어들이고 있지만, 밑 빠진 독에 물 붓기밖에 되지 않는 것이지요."

"음… 그래서 제3외벽을 건설한 것인가?"

"예. 제3외벽은 건국 이후 수백 년이 지난 지금까지 건설되고 있을 정도로 그 길이는 엄청납니다. 이 성벽 내에는 호수 하나와 강이 둘, 그리고 산이 다섯 존재하고 중소 도시 급에 속하는 마을이 여덟에 크고 작은 마을이 백 곳 이상 있다면 믿어지십니까?"

"아!!"

제3외벽 자체가 넓다는 것은 알고 있었지만, 설마 그 정도이라고는 생각지도 못했다.

"제국 내에서 가장 안정된 곳이라고 해도 과언이 아닌 황도에 거주하기 위해서는 몇 가지 조건이 필요합니다. 첫째, 가족 내에 10~40세의 젊은 장정이 한 명 이상은 필요합니다. 물론 병자의 경우는 제외입니다. 이러한 나이의 제한은 징집병 제도를 위한 것이니까요. 물론 유사 인종인 엘프나 드워프는 이러한 제한을 받지 않습니다."

알디하렌 제국은 유사 인종에 대해서 가장 관대한 국가로 불리고 있었다. 이것은 북방의 야만족 출신인 알디하렌 인이 전체 인구의 10%를 넘지 않는 데 비해 이전 라피나르 제국 출신의 거주민은 35%에 이르기 때문이다. 거기에다 중부 대륙 삼대 강국의 나머지 두 나라인 셔먼과 아멘, 그리고 그 밖에 야만족이나 원시 민족 등 수많은 인종에 유사 인종인 엘프와 드워프들이 나머지 55%의 인구를 차지하고 있기 때문에 유사 인종에 대한 차별은 그 가치가 떨어질 수밖에 없는 것이다.

또 인종에 제한이 없는 이유가 한 가지 더 있다면 그것은 건국 때부터 있어왔던 문화적 차이 때문이다.

북방 야만족인 알디하렌 민족에 비해 라피나르 제국은 훨씬 앞선 문화를 지니고 있었기에 이 땅을 장악하기는 했지만 문화적 차이를 극복하기는 어려웠다. 그 때문에 제국 초대 황제는 이러한 문화적 차이를 극복하고자 상대적으로 제국민에 비해 문화적으로 앞서 있다고 생각한 엘프와 드워프와 같은 유사 인종을 아무런 차별 없이 받아들이며, 이들의 문화를 흡수해 나갔던 것이다.

"둘째, 일정 기간 동안 관에서 제시하는 노동 시간을 채워야 합니다. 보통은 17세 이상 장정의 경우 매년 30일 이상의 의무 노동 시간이 필요하고 이들 대부분이 황도의 성벽 건설에 투입됩니다. 셋째, 매년 수입의 50% 이상을 세금으로 내야 합니다. 황도 외부에 있는 다른 영지의 경우 30%를 넘지 않는 것을 생각한다면 상당히 높은 세율이지요."

세 번째의 조건에 관해서는 콧방귀가 나왔다. 제국은 모르더라도 셔먼이나 아멘의 일부 지방의 경우에는 거의 70~80% 이상의 세금을 걷어들이는 영주도 적지 않았기 때문이다. 물론 이런 세금을 걷는 영주들의 대부분이 중앙에는 겨우 40~50%의 세금을 걷는 것으로 알려져 있긴 하지만 말이다.

"이런 조건에도 불구하고 황도로 매년 상당수의 사람이 거주민의 자격을 따기 위해 몰려들고 있는데, 그 이유가 바로 제국에서 가장 안전한 땅이 이 황도이기 때문입니다."

"음…….."

전에도 혼자 제국으로 가겠다는 말에 레빈이 말도 안 된다며 얼마나 위험한지 이야기해 주었기에 그의 말이 이해가 되었다.

"게다가 일단 황도 거주민의 자격을 따게 되면 원한다면 일정량의 땅이 주어지는 이점도 있습니다. 야만족이나 마물들의 습격을 받지 않고 안전하게 농사를 지을 수 있는 땅이 존재하니 그나마 낫다고 할까요?"

"그렇겠군."

제국 황도에 대해서 설명해 주는 게리오스의 말을 들으며 고개를 끄덕이고 있을 때 마차 밖에서 기스 경이 마차 쪽으로 달려오고 있다는 말을 들을 수 있었다.

"대공 전하!!"

"무슨 일이냐?"

"귀족 토벌군 쪽에서 전서구가 도착했는데 적과 접전 중이라 합니다."

"뭣이!! 그곳이 어디냐?!"

"삼각 지역을 우회하여 서쪽대로 쪽으로 진입하던 중에 3만 4천 정도의 군세가 매복해 있다 기습하였다 합니다.”

“이런! 어서 서쪽대로로 향하자!!”

기르스 후작 쪽 병력이 5만에 이른다고 하나 로만테우스 반군에는 뛰어난 기사들이 많다. 또한 귀족 토벌군 쪽은 많은 귀족이 있지만 이들 중 전술에 뛰어난 자가 없기 때문에 병력이 2만에 가까이 수적으로 많아도 막상 전투가 벌어지면 어느 쪽이 우세하다고 볼 수 없었다.

귀족 토벌군이 적에게 괴멸당한다면 한 사람이 아쉬운 시점에서 아군이 황도에 있을 로만테우스 군을 토벌하는 것은 어려운 일일 수밖에 없었다.

그 때문에 황도로 진입하는 것을 멈추고 아군은 서쪽대로 쪽으로 향했고, 이틀이 지난 후 드디어 전장에 도착할 수 있었다.

미리 보내었던 정찰병과 기르스 후작이 계속 보내오는 전서구를 통해 전장의 상황을 점검하고 있었으나 상황은 그리 좋지 않았다.

기병에서 극히 우세한 로만테우스 군은 기동력을 이용하여 귀족 토벌군을 유린했고, 그 때문에 아군은 밀집 진형을 이루어 적의 기병을 궁병을 통해 저지하며 창병으로 방어에만 주력할 뿐 제대로 된 반격조차 하지 못하고 있었기 때문이다.

“황도 함락이라는 것 때문에 공성전에 필요하지 않은 기병을 외부로 돌려 기동력을 최대한으로 살리며 그와 함께 원병을 차단하려는 듯합니다. 일단 엡실론 경과 실로페스 경으로 하여금 본영 쪽의 기병으로 적 본진을 공격하고, 본진으로 돌아오는 적들은 경장 보병을 이용하여 견제하며 일시에 적을 괴멸시키는 것은 어떻습니까?”

전략 지도를 보며 의견을 내놓는 게리오스의 말에 고개를 끄덕인 난 엡실론을 보며 말했다.

“엡실론!”

“예!”

“실로페스 경과 함께 기병을 이끌고 적 본진을 급습하도록 하게.”

“알겠습니다.”

“크리븐, 기스!”

“예!”

“경장 보병을 이끌고 적 기병대의 길목을 막아 귀족 토벌군과 함께 본진을 막기 위해 움직일 적 기병대를 붙잡도록 하게.”

“알겠습니다.”

“그리고 나머지 본대는 서남쪽 문을 통해 들어가 서쪽 문 쪽에서 매복, 아군의 작전에 후퇴할 적을 공격한다. 만약 뜻대로 일이 이루어지지 않는다면 일단 엡실론과 실로페스는 기병과 함께 후퇴하여 서쪽 문을 통해 황도로 진입하고, 본진 보병은 밀집 대형을 이루며 전진 적을 황도 내로 밀어 넣어 아군의 함정 속으로 빠뜨린다. 아마도 이번에 투입될 경장 보병과 귀족 토벌군 전체가 일시에 밀고 들어온다면 녀석들은 후퇴할 수밖에 없을 테니 말이야.”

나의 말에 제장은 고개를 끄덕이고는 각자의 임무를 맡기 위해 움직였고, 나 역시 게리오스들과 함께 서남쪽 문을 통해 황도로 진입하여 서쪽 문을 통해 빠른 속도로 진군하기 시작했다.

제대로 작전이 돌아가고 있는지는 알 수 없는 상황이었지만, 그렇지 않다 하더라도 서쪽 문을 통해 빠져나와 적을 양면에서 공격한다면 충분히 승산이 있는 싸움이 될 것이다.

둥! 둥! 둥!

서쪽 성문 쪽으로 다가가자 북소리가 들려왔기에 바라보니 2천 정도의 병사가 서쪽 성문 아래에서 주둔해 있는 것을 볼 수 있었다.

"이런……."

내 뜻대로 전투가 이루어지지 않음은 늘 겪는 일이었지만, 방금 전의 북소리로 이미 전투를 하고 있는 반군이 우리가 서쪽 성문으로 진군하고 있음을 눈치 챘을 게 분명했다.

"어쩔 수 없군."

반군이 성문 안쪽으로 우회해 들어오는 아군의 존재를 파악했다면 이대로 있을 수는 없는 일이었기에 마차에서 내려 말에 올라탄 난 호위 기사들과 함께 3만의 병사를 이끌고 성문 쪽으로 진격해 들어갔다.

"공격!!"

성문을 지키고 있는 2천의 반군을 소탕한 후 나아가 협공해야 하는 상황이었기에 발길이 바쁠 수밖에 없었다.

3만의 병력이 일제히 함성을 지르며 공격해 들어가자 성문 쪽에 있던 반군은 수적으로 크게 차이가 난다 생각하고 성문을 통해 빠르게 후퇴하기 시작했고, 아군은 이들을 쫓아 서쪽 성문을 향해 빠르게 진격해 들어갔다.

하지만 그것은 함정이었으니 서쪽 성문을 통해 밖으로 나가자 성문 밖에서 기다리고 있던 적 병사들이 일제히 아군을 공격하기 시작한 것이다.

"이런!! 당했다!!"

하지만 아군이 상대적으로 많은 수의 병력이란 것은 사실이었으나 그렇다고 아군 전부가 한꺼번에 성문을 빠져나갈 수는 없는 일이었다.

그 때문에 성문을 통해 빠져나가는 수와 성문 밖에서 기다리고 있었던 적군의 수를 비교해 볼 때 일시적으로 아군이 소수가 되는 것은 당연한 일이었다.

"와아아!!"

이미 우리가 밖으로 나올 것을 기다리고 있던 적군은 2천의 숫자로 성문을 나오는 아군을 압박하며 공격했고, 성문을 나가자마자 적군에 공격당한 아군은 녀석들의 검에 밥이 되고 말았다.

"밀고 나가라!! 적은 소수다!!"

나로선 일단 성문을 빠져나가야 한다는 생각에 절대적으로 다수인 아군을 그대로 진격시켜 숫자로 녀석들을 밀어붙이기 시작했다.

그 때문에 계속 밀려오는 아군에 입구를 지키고 있던 적군은 밀리기 시작했고, 언제인지 모르지만 게리오스가 올려 보낸 궁병 덕에 성벽 위에서 화살이 떨어지자 성문 밖을 지키고 있던 적들은 더 이상 버티지 못하고 급속도로 무너져 가기 시작했다.

"역시 게리오스군!!"

게리오스의 신속한 판단에 감탄한 난 계속적으로 병사들을 성문 밖으로 진격시켰고, 10분도 되지 않은 시간에 아군은 성문 밖에서 기다리고 있던 적군을 전멸시킬 수 있었다.

하지만 서쪽 성문을 지키고 있던 병사들이 함정을 파 아군의 발길을 지체시키고 있었던 덕에 서쪽대로의 전투 상황은 어이없이 돌아가고 말았다.

10분 정도밖에 되지 않는 시간이었지만 적은 충분히 후퇴할 시간을 벌 수 있었고, 엡실론과 실로페스의 기병대에 공격받고 있던 반군의 본진은 급히 북쪽으로 후퇴했다. 그리고 적 기병대는 길목을 막는 경장보병을 피해 빠른 기동력을 바탕으로 북쪽으로 방향을 선회한 후 본진을 공격하고 있는 엡실론과 실로페스의 기병대와 충돌한 것이다.

다크 데블 나이츠의 2천 기사가 속해 있는 적 기병대에 비해 아군은 기병대와의 싸움에서 절대적으로 불리했기에 엡실론과 실로페스가 기병전에서 승산이 없다 생각하고 급히 후퇴했을 땐 이미 3천 이상의 기병이 전사한 뒤였다.

"아군의 기병을 도와야 한다!! 전군은 북쪽으로 진군하라!!"

나로선 후퇴하는 아군을 돕기 위해 북쪽으로 병사들을 진격시켰지만, 서쪽대로 쪽에 있던 아군이 합류하지 못하는 상황에서 반군 기병이 압도적인 힘으로 아군 기병을 밀어붙이고, 이와 호응하여 북쪽으로 후퇴하고 있던 적 병사들이 다시 선회하여 아군을 공격하기 위해 진격해 들어왔다.

"이런, 제길!! 게리오스!! 병사들을 뒤로 물려야겠네. 일단 마법을 사용하여 적 기병의 발을 잡아주게!!"

"알겠습니다!"

나의 말에 고개를 끄덕인 게리오스는 이모랄과 함께 공격 마법 주문을 외우기 시작했고, 잠시 후 아군을 향해 빠르게 밀려오는 적 기병의 앞으로 불꽃의 구가 날아가 굉음을 내며 터져 나갔다.

쿵! 쿵!

이모랄과 게리오스 모두 상당한 마법 실력의 소유자였기에 파이어 볼 정도의 마법을 시전하는 데 그리 긴 시간이 걸리지 않아 두 발의 파이어 볼에 이어 계속적으로 밀려오는 마법은 적 기병의 발을 묶을 수 있었다.

실제로 파이어 볼에 의해 피해를 입은 기병의 숫자는 적었지만 터져 나오는 불꽃과 굉음은 기병의 말을 놀라게 하기에 충분했다.

게리오스와 이모랄의 힘으로 일단 적 기병의 일부를 멈춰 세우는 데 성공한 난 서쪽대로 쪽으로 후퇴를 명했다.

"전군 서쪽대로 쪽으로 후퇴!!"

둥!! 둥!!

북소리가 울리며 후퇴의 명령이 떨어지고 깃발병들이 깃발을 휘두르며 서쪽대로 쪽으로 후퇴의 신호를 보내자 아군은 적 기병을 피해 후퇴하고 있는 기병과 함께 후퇴했고, 크리븐과 기스가 맡고 있던 경장 보병과 서쪽대로에 있던 귀족 연합군이 아군과 합류하기 위해 밀려오는 것을 확인한 적은 더 이상 쫓아오지 않고 병사들을 뒤로 물려 북서쪽 성문을 향해 후퇴했다.

그렇게 해서 거의 한 시간이 넘는 공방전은 서로 간에 상당한 피해를 주고 다시 대치 양상으로 접어들 수밖에 없었다.

적들이 북서쪽 성문을 향해 물러나는 것을 보며 나로선 한숨이 나올 뿐이었는데, 그때 일단의 기마가 우리 쪽으로 다가오는 것을 볼 수 있었다.

"트리말론 대공!!"

"휴… 어서 오시오, 기르스 후작."

내가 한숨을 쉬며 말하자 기르스 후작은 미안한 표정을 지으며 답했다.

"죄송합니다. 저희들이 미흡한 탓에……."

"후작이 무슨 잘못이 있겠소. 모두가 본작이 미흡한 탓 아니겠소이까."

"대공……."

"아마도 로만테우스의 반군은 게릴라전으로 아군을 괴롭힐 것이 분명하오. 아군의 기병이 상대적으로 크게 부족한 상황에서 반군을 상대하는 것은 어려울 게 분명하니 일단 진영을 재정비하고 만반의 준비를 갖추도록 합시다.”

“알겠습니다.”

기르스 후작이 고개를 끄덕이곤 밖으로 나갔다. 난 다시 제장에게 일일이 지시를 내리며 진영을 정비해 나가기 시작했다.

이번 전투로 인하여 아군은 상당한 피해를 입어 전군을 통틀어 남아 있는 기병은 1만을 넘지 못하고 있었다.

야전에서 기병이 어떠한 병종보다 중요함을 잘 아는 나로선 앞으로의 전투가 난감했지만 그렇다고 물러설 수는 없는 일, 일단 궁병을 강화하고 창보병의 숫자를 늘려 적 기병에 대처하는 방법을 채용했다.

모든 병사가 재정비되자 아군은 기병 1만, 경장 보병 4만 5천, 중장 보병 1만 3천, 궁병 1만 7천 등 총 8만 5천의 군세를 유지할 수 있게 되었다.

부상자들을 제외한 이 숫자는 당초 예상보다 크게 저하된 것이었다. 그런 때문에 수에서 로만테우스의 반군의 반 정도밖에 되지 않아 앞으로의 전투는 힘들어질 것이 분명했다.

거기에다 일이 안 풀리려고 하는지 황성에서의 전투는 아군에 상당히 불리하게 돌아가고 있었다.

“드워프?”

황성 근위군의 사령관이 보낸 편지의 내용에는 전혀 예상하지 못한 존재인 드워프에 관한 것이 쓰여 있었고, 모든 내용을 다 읽은 게리오스는 심각한 표정으로 나를 보며 말했다.

“상황이 좋지 않습니다. 녀석들이 드워프를 이용할 줄은…….”

“드워프라니… 도대체 무슨 소린가?”

나로선 드워프가 왜 황성에 나타났고, 로만테우스가 그들을 이용해서 무엇을 하려는지 알 수가 없어 게리오스에게 물어보았다.

게리오스가 이를 갈며 대답했다.

“당초 세이반테우스는 예상과는 달리 도노 령을 급습했습니다. 솔직히 저는 그가 북상하여 황도로 진격할 것이라 보아 의아하게 생각했는데, 그것이 드워프 때문이었던 것 같습니다.”

“그래, 드워프가 무슨 상관이 있다는 말인가!”

“전에 말씀드렸다시피 황성을 함락시키는 것은 제국 전체를 함락시키는 것과 버금갈 정도로 힘든 일입니다. 특히 제1외벽과 두 개의 내벽은 일반적인 공성전으로 함락시키기에는 상당한 피해를 감수해야 하는 일입니다. 그 때문에 로만테우스는 드워프를 생각한 것입니다.”

“아, 그러니까!! 드워프로 무엇을 한단 말인가?”

“황성으로 땅굴을 파고들어 가는 것입니다.”

“땅굴?”

“황성을 감싸는 두 개의 내벽은 단단한 반석 위에 건설되었습니다. 지상에서부터 십 미터 이상의 단단한 돌로 인공적인 지반을 형성했기 때문에 일반적인 방법으로는 땅굴을 파 황성 내로 진입하는 것은 힘든 일입니다. 하지만 그 어려움은 인간에 한할 뿐, 대륙에 존재하는 단 하나의 종족에게는 통용되지 않는 방법입니다.”

“아… 그래서 드워프를……..”

확실히 드워프는 선천적으로 광부의 피를 타고난 종족. 그들은 험준한 산지로 들어가 광산을 만들고 그곳에서 금은보석과 같은 귀금속을 캐내는 존재이니, 황성이 십 미터 이상의 반석으로 되었다 하여도 그것을 파 땅굴을 내는 것은 어려운 일이 아닐 것이다.

"하지만 드워프란 종족은 세상의 모든 유사 인종 중에서도 자존심이 강한 자들이기에 드워프와 친분이 있는 도노테우스조차 함부로 부탁을 하지 않는 존재가 아니었던가?"

"확실히 그렇습니다만 처음부터 이들을 생각하고 있었다면 협박할 수 있는 방법은 여러 가지 찾을 수 있었을 것입니다. 가령, 이들의 가족을 볼모로 했다거나 하는 것으로 말입니다."

확실히 드워프 녀석들도 가족이 있고 가족애가 있을 터이니 그들을 볼모로 협박을 한다면 어쩔 수 없이 로만테우스의 일을 할 수밖에 없을 것이다.

그러나 지금은 드워프 걱정을 할 때가 아니었다. 드워프의 존재로 인하여 수백 년의 역사 동안 황성을 지켜내던 견고한 성곽이 무용지물이 될 판이었으니 만약 이대로 보고만 있다가는 황성은 로만테우스의 손에 넘어갈 것이 분명했다.

"미치겠군."

답답한 일이었다. 8만 5천의 군세가 있다 하더라도 로만테우스의 병사들이 게릴라전을 통해 아군의 발을 잡고, 거기에다 황성의 성곽까지 앞을 막아선다면 로만테우스를 막을 방법이 없었기 때문이다.

"휴……."

마음 같아서는 차라리 그에게 황도를 넘겨주고 세이반 령과 로만 령을 점령하여 녀석들을 황도에 몰아넣고 힘을 키워 후일을 도모하는 방법을 취하고 싶지만, 황도를 장악했다는 것에서 그에게는 상당한 힘이 실릴 것이 분명했다.

일단 제국 재상 스코트와 귀족 연합장인 리스든 공작의 중앙 양대 귀족에 반기를 들고 있는 지방 귀족들이 황도를 점령한 로만테우스의 손을 들어줄 가능성이 컸다.

절대로 함락되지 않는다는 황성을 함락시켰다는 것은 그의 명성을 크게 올려줄 것이 분명하기에 중앙에 진출하고 싶은 자들은 그를 붙잡으려 할 것이었다.

또 그것을 제외하더라도 황도에 있는 78만의 거주민은 그가 이번 내전으로 소모된 병력을 충원하는 데 더할 나위 없이 좋기 때문에 우리들이 물러난다는 것은 어려운 일이었다.

"게리오스, 어찌 방법이 없겠는가?"

"휴… 아마도 이번 일로 도노 령은 세이반테우스를 상대로 승리할 것이 분명합니다. 드워프들은 평범한 자라 할지라도 인간 두세 명을 상대할 정도로 뛰어난 무력을 지닌 종족이기 때문에 엘프의 힘을 얻지 못하고 있는 세이반테우스는 그를 감당할 수 없을 것입니다. 하나, 도노 령의 병사들과 드워프들이 이곳으로 도착하기에는 시간이 너무 촉박합니다."

"차라리 이곳에서 녀석들을 고립시키고, 후에 있을 도노 령의 병사들과 드워프들을 기다려 놈이 했던 것과 같은 방법을 사용하는 것은 어떤가?"

"어렵습니다. 황도 함락이라는 소기의 목적을 달성하고, 황제 폐하를 시해하고, 황좌를 차지한 후의 그라면 이제 더 이상의 가치가 없는 황도를 버릴 것이 분명합니다. 지금이야 녀석들이 황성 함락에 대부분의 병력을 돌리고 있어 여력이 없을 뿐이지 황성이 함락된 후 본격적인 야전을 시작한다면 현재의 아군은 결코 그의 적수가 될 수 없습니다. 애석하게도 그는 강한 정병과 뛰어난 무장을 거느리고 있으니까요."

피할 수도 그렇다고 강행하기도 어려운 상황에 봉착했기에 제장이나 나나 뭐라 제대로 된 제안을 하지 못하고 있었다.

한참을 그렇게 침묵을 지키고 있는 것을 보며 난 어쩔 수 없다는 생각에 자리에서 일어나 말했다.

"이렇게 머리만 굴린다고 무엇이 제대로 풀리겠는가. 일단 황도로 진군하면서 계속 작전 회의를 하도록 하세나."

"아무래도 그것이 좋을 것 같습니다."

나의 말에 동조한 귀족들과 제장은 재정비된 아군을 황도 쪽으로 진군시켰다.

하지만 게리오스의 마차 안에서 계속 이어지는 회의에서도 제대로 된 제안은 나오지 않았고, 그렇게 시간이 흘러가며 드디어 시간을 끌기 위한 로만테우스의 게릴라전이 시작되었다.

두두두두!!

지축을 울리는 말발굽 소리와 함께 허공을 가르는 알디하렌 기병의 독창적인 무기인 하렝데스카와 화살이 서로의 몸을 헤집으며 사방에 피를 뿌리고 있었고, 검은 갑옷의 악명 높은 다크 데블 나이츠는 아군의 진영을 헤집으며 설쳐 대기 시작했다.

랜스 돌진을 하는가 하면 계속되는 공격으로 아군의 일부가 분리되기라도 할라치면 맹렬히 공격을 퍼부어 아군의 기세를 부수어 버리는 적은 실로 무시무시하다고밖에 할 수 없었다.

필사적으로 엡실론과 실로페스가 적 기병을 막아서며 분주히 움직이고는 있었지만 다크 데블 나이츠의 힘과 스피드를 따르기에 아군의 기병은 훈련과 무력 면에서 크게 뒤처지고 있었다.

또 상대는 기회를 보며 덤벼드는 게릴라전인 데 반해 아군은 녀석들을 마냥 기다리며 싸울 수밖에 없는 상황이니 사기가 극도로 떨어지고, 피해는 속출하고 있었다.

"멍청한!! 무턱대고 병사들을 운용하지 말고 적기에 움직이란 말이야!! 적기에!!"

거기에다 일부 병사들을 담당하고 있는 귀족들은 그저 자신의 공을 세우기 위해 무턱대고 병력을 움직이는 바람에 피해는 더욱 커지고 있었다.

"휴~ 미치겠군. 저런 머저리들을 일선 지휘관으로 내세울 수밖에 없다니… 으드득……!"

이번 내전에 끼어든 귀족들이야 내전을 진압하고 공이나 쌓으려는 얄팍한 생각으로 찾아든 놈들이 다반사였으니 처음부터 기대하기는 어려운 일이었다.

하지만 그들을 중용하지 않는다면 귀족들을 끌어들일 수 없는 일이었다. 누가 아무런 대가도 없는 곳에 자신의 병사를 투입하려 하겠는가?

또 귀족들의 자금력 역시 만만한 것이 아니었기에 후에 이 내전에서 패한다 하더라도 어떻게든 훗날을 도모할 수 있기 때문에 그들을 박대할 수는 없었다.

그나마 다행이라면 크리븐과 기스가 중요한 요지를 담당하고 엡실론과 실로페스가 1만의 기병을 이끌고 이곳저곳을 잘 막아주기 때문에 이 정도로 버틴 것이지 그들마저 없었다면 피해는 눈덩이처럼 불어났을 것이 분명했다.

그렇게 적의 게릴라 전술을 상대하며 진군해 가는 가운데 드디어 아군은 제2외벽의 서문에 도착할 수 있었다.

"대공 전하, 서문입니다."

"음……."

제2외벽의 서문은 넓이가 십이 미터에 이를 정도로 넓은 문이었다. 황도에 존재하는 귀족들과 대상의 저택, 별장이 존재하는 곳이니만큼 그 규모는 작을 수 없었다.

만약 공성전으로 성문을 돌파한다면 쉽지 않을 것이 분명하지만, 현재 서문은 도개교가 내려져 있는 상태에서 활짝 열려 있었다.

"마치 우리에게 들어오라 손짓하는 것 같군."

"그렇습니다. 그렇지 않다면 적어도 도개교까지 내리는 짓은 하지 않았을 테니 말입니다."

나의 말에 게리오스 역시 동감을 표시하고 있었다. 지금껏 게릴라전으로 아군을 괴롭히던 놈들이 왜 도개교까지 내리며 서문을 개방하고 있는 것일까?

알 수 없는 일이었다. 일단 제2외벽을 통과하면 로만테우스의 군과는 성벽 하나만이 남을 뿐이기 때문이다.

"아무래도 함정일 듯하군. 일단 몇 명의 병사를 보내보도록 하게."

"알겠습니다."

나의 명령에 십여 명의 병사가 조심스럽게 서문 안으로 걸음을 옮겼고, 잠시 후 병사들이 서문 안으로 모습을 감추었다.

그리고 얼마 지나지 않아 다시 모습을 보인 병사들은 적병이 없음을 표시해 왔기에 영문을 알 수가 없었다.

함정이 아니라면 녀석들은 도대체 무엇을 노리고 있단 말인가.

"서문을 지키는 병사들이 없다라… 음……."

서문을 방위하는 병력이 없다고 무턱대고 들어가기에는 로만테우스는 그리 만만한 존재가 아니라는 것이 문제였다.

"병력을 서문으로 진입시킨다!"

할 수 없는 일이었다. 녀석들이 뭔 짓을 할지 모른다고 이대로 서문을 바라보며 있을 수는 없지 않은가?

명령이 떨어지자 아군은 서문을 통해 제2외벽을 넘어 안쪽으로 진입해 들어갔다.

제2외벽 내는 하급 귀족과 상인들의 저택과 별장이 있는 곳이었고, 안쪽으로 진입하자 지금까지와는 전혀 다른 건물들이 늘어서 있는 것이 눈에 들어왔다.

"정찰병을 보내고, 천천히 군을 전진시키게!"

나의 명령에 정찰병 한 개 병대가 먼저 출발하고 나머지 병사들이 진군을 시작했다. 아직 적의 속셈을 모르는 상황에서 정찰병의 역할이 중요할 수밖에 없었다.

하지만 정찰병의 노력도 없이 진영의 선두에서 갑작스러운 소란이 일어났다.

"무슨 일이냐!!"

"적병이 귀족들의 저택에 숨어 복병계를 사용한 것 같습니다."

"이런……."

순식간에 앞서 나갔던 정찰병은 저택 내에 잠복해 있던 적의 복병에 기습을 당해 전멸했고, 이어 어디서 나타났는지 모르게 적병은 여기저기에서 솟아나오며 아군을 기습하자 진영은 혼란스러워질 수밖에 없었다.

"크리븐 경과 기스 경은 각자 2천의 보병을 이끌고 저택 내에 숨어 있는 적을 소탕하라!"

하지만 그것은 시작일 뿐이었다. 대다수의 보병이 황성 함락 쪽으로 총력을 기울이고 있는 상황에서 일전의 대전으로 기껏해야 녀석들의 남은 보병은 1만을 간신히 넘는 숫자, 남아 있는 기병의 숫자가 2만에 가까운 것을 생각한다면 이것은 병종의 균형이 맞지 않는 일이었다.

그 때문에 애초부터 제2외벽으로 수성전을 펼치는 것은 다수의 보병으로 공성전을 생각하고 있었던 아군에 상대가 되지 못함은 당연한 일이라 상대는 보병에 활을 지급하여 제2외벽 내의 귀족과 상인들의 저택을 작은 성벽으로 삼아 곳곳에 궁병을 배치하여 아군의 움직임을 흐트러뜨리는 한편, 압도적인 기병이 잘 깔려져 있는 길을 통해 아군의 병력을 뒤흔들기 시작한 것이다.

어떻게 보면 남아 있는 보병을 버리는 수가 될지는 모르지만 그렇게 함으로써 녀석들은 상대적으로 불균형적인 병력을 최대한 살려 아군을 괴롭혔고, 대로가 넓다고는 하지만 8만 5천의 군세에는 좁을 수밖에 없었으니 아군은 속수무책으로 유린당하고 있었다.

"이런 빌어먹을!! 엡실론! 실로페스! 기병을 둘로 나누어 적 기병을 상대하라!!"

압도적으로 강한 적 기병을 상대로 유린당하는 보병을 보호하기 위해선 기병밖에 없다고 생각한 난 엡실론과 실로페스에게 기병을 나누어 맡게 한 후 사방에서 밀려오는 적 기병들을 막으며 동시에 보병대대를 나누어 저택을 성벽 삼아 아군을 향해 활을 난사하는 적을 상대하게 했다.

하나, 팔 개 분대로 나누어진 적 기병을 상대하기엔 엡실론과 실로페스로선 힘에 부치는 일이었고, 저택과 저택 사이의 대로를 미로 삼아 생쥐같이 재빠르게 돌아다니는 녀석들에게 아군 기병은 더 이상 버티지 못하고 무너지기 시작했다.

"으드득……."

계속되는 공격 속에 보병을 움직여 저택 내에서 활을 쏘는 적 보병의 대부분은 소탕할 수 있었지만, 사방에서 날뛰는 기병들을 처리하기에는 역부족일 수밖에 없었다.

하지만 아군에도 적에 못지않은 머리가 있고, 그 머리는 내가 난감해하는 것을 보며 앞으로 나서 군에 지시를 내리기 시작했다.

"아군의 보병과 궁병을 각 이백 명씩 십이 개 분대로 나누어 반군이 차지하고 있던 저택으로 오르게 하라! 그리고 아군은 저택 사이로 나 있는 대로를 밀집 진형으로 천천히 진군한다!!"

"게리오스?"

게리오스가 앞으로 나와 각 지휘관에게 명령을 내렸기에 그를 쳐다보았다.

"적들이 저택 사이에 나 있는 길을 통해 게릴라전을 편다고 한다면 아군은 힘으로 밀어붙이는 것이 좋을 듯합니다. 궁병을 저택 위로 올려보내 저택 사이에 있는 대로를 통해 기동전을 펼치고 있는 적 기병을 견제하고 본진은 밀집 진형을 취해 천천히 진군해 간다면 충분히 적을 상대할 수 있을 것입니다."

"아!"

적들이 게릴라전으로 아군을 괴롭히는 것을 보며 너무 성급하게 군을 움직였다는 생각이 들었다.

아무리 적군이 날뛴다 하더라도 아군에 비해 소수에 불과할 뿐이었기에 날뛰고 있는 적들을 따라 날뛸 필요 없이 묵직한 움직임으로 적을 상대하는 것이 정석이었던 것이다.

"이런… 게리오스 공작, 역시 경에겐 못 당하겠군."

"별말씀을 다 하십니다, 대공 전하."

내가 감탄하자 게리오스는 특유의 겸양함을 보였고, 그런 그의 모습에 고개를 끄덕이며 난 그가 낸 의견에 따라 병력을 천천히 움직이며 전진시키기 시작했다.

다행히 게리오스의 전술은 먹혀들어 갔고, 대로 사이를 헤집으며 달려들던 반군의 기병은 저택 위에서 쏘아대는 궁병의 화살에 계속적인 피해를 입는 데다, 보병이 밀집 진형으로 뭉쳐 움직여 기병 특유의 돌격이 먹혀들지 않자 더 이상 같은 전술을 쓰지 못한 채 물러나고 말았다.

이번 전투에서 아군은 어이없게도 압도적인 숫자에도 불구하고 1만에 가까운 병력을 잃고 말았다. 물론 반군 역시 그와 비슷한 피해를 입었다지만 한 명이 아쉬운 시점에서 소수의 적을 상대로 이런 피해를 입었다는 것은 크나큰 손실이 아닐 수 없었다.

하지만 그렇다고 진군을 멈출 수는 없는 일, 일단 움직이기 어려운 부상자들은 뒤에 남겨두고 다시 제1외벽 성문을 향해 군을 진격시켰다.

그러나 거의 성문에 다다랐을 때 일단의 병력이 진두하고 있는 것을 발견할 수 있었는데 그들은 게릴라전을 통해 우리를 괴롭히던 로만테우스의 기병이었다.

그들은 제1외벽의 성문 앞의 저택 사이에 나 있는 길을 모두 점유한 채 멈춰 서 있었고, 그 숫자는 대략 1만을 넘어서는 수였다.

"도대체 무슨 속셈이지?"

압도적인 병력 차임에도 불구하고 정면으로 대치하려 하는 그들을 보며 나로선 영문을 알 수 없었는데, 그때 적진 속에서 한 명의 기사가 나와 큰 소리로 소리쳤다.

"본작은 대 알디하렌 제국의 정통 황제이신 로만테우스님의 근위 기사단 소속의 기사 예센 폰 그리만 아리고스 백작이다!!"

"아리고스 백작!!"

아리고스 백작은 전에 서쪽대로를 막고 있다 내 계책에 속았던 다크 데블 나이츠의 슈페리어 넘버 2 소드 마스터 최상급의 기사였다.

"제국의 적통을 무시하고 귀족 도당들과 손을 잡은 반군은 들으라! 그대들이 감히 정통 황제이신 로만테우스 폐하께 반하여 반란을 획책하였으나 자비로우신 황제 폐하께서는 그대들이 항복한다면 모든 죄를 사하시겠다 하셨다. 하나, 그대들이 스스로의 잘못을 뉘우치지 못하고 황제 폐하께 계속 반기를 든다면 어느 한 사람도 이곳을 빠져나가지 못하고 뼈를 묻게 될 것이다!!"

"…허!!"

그의 말에 난 헛웃음밖에 나오지 않았다. 제국의 황제는 게리오스에서 사황자인 위르테우스로 이어졌으나 저들은 적통성을 근거 삼아 진짜 반란군의 로만테우스를 황제로, 사황자 위르테우스를 반역의 도당으로 몰아가고 있었기 때문이다.

하지만 그보다 더 우스운 것은 1만 정도에 불과한 병력으로 현재 7만을 넘어서는 아군을 접하여 당당하게 소리치고 있다는 것이다.

아무리 저들 중 다크 데블 나이츠의 기사가 2천 정도 있다 하더라도 결코 아군의 상대가 될 수 없었다.

"우습군! 볼 것 없다!! 전군에 공격 명령을 내려라!!"

“알겠습니다.”

저들이 무슨 짓을 할지 모르지만 정면으로 맞서온다면 피할 생각은 없었다. 난 그들의 말을 일축하고 게리오스에게 공격 명령을 내렸다.

둥!! 둥!!

“와아아아!!”

잠시 후 북소리와 함께 아군의 병력이 함성을 지르며 일제히 반군을 향해 진격해 나갔고, 난 아군의 공격에 아리고스 백작이 피할 것이라 생각했다.

병력 비를 생각해도 그런 것은 당연한 일이었는데, 어이없게도 잠시 후 적 진영에서 역시 북소리가 들리는가 싶더니 이내 적 기병이 일제히 아군을 향해 맹렬히 돌격해 들어왔다.

“뭐야?”

설마 이들이 정면으로 맞서리라고는 생각지 못한 나로선 당황할 수밖에 없었다. 그때 게리오스가 심각한 표정으로 말했다.

“아무래도 저들이 배수진을 친 것 같습니다.”

“배수진?”

“다크 데블 나이츠는 로만테우스의 충복들입니다. 제국의 기사 중에서도 주군에 대한 충의를 어떠한 기사단보다 더 중요하게 생각하는 자들입니다. 자신들의 목숨을 걸고 아군의 시간을 지체시키고 최대한의 피해를 줄 생각인 것 같습니다.”

“……”

“더욱이 이곳은 황도입니다. 다른 도시보다 대로가 넓다고는 하지만 8만 병력의 묘를 제대로 펼칠 수 있는 곳이 아닙니다. 이러한 대로에서는 아군의 병력이 많다 하더라도 직접적으로 전투를 벌이는 병력의 숫자는 비슷할 수밖에 없습니다. 거기에다 적은 기병이니 아군의 피해는 아마도 게릴라전을 펼 때보다 훨씬 심각할 것이 분명합니다."

"그런……."

만약 게리오스이 생각이 맞는다면 이건 보통 심각한 일이 아닐 수 없었다. 만약 이곳에서 막대한 피해를 입게 된다면 제1외벽을 넘는 것은 불가능할 수밖에 없다.

사태가 결코 단순하지 않다는 생각에 전장을 바라보자 벌써 반군의 기병과 아군의 병력이 충돌해 전투가 벌어지고 있었다.

게리오스의 생각대로 압도적인 병력임에도 불구하고 기병의 강맹한 돌격으로 로만테우스의 반군은 엄청난 기세로 아군을 몰아붙이고 있었다.

"이런……!"

도시 내에서의 싸움을 제대로 접해보지 못했던 나로선 낭패감을 느낄 수밖에 없었으나 아무리 기병이 강하다 하더라도 숫자로 충분히 밀어붙일 수 있다 생각하며 전장을 바라볼 수밖에 없었다.

지금 이곳에서의 싸움이 좋지 않다는 이유를 알았다 할지라도 전투가 시작된 지금 물러설 수는 없는 일이기 때문이다.

"창보병을 배치하여 적의 예봉을 꺾어라!! 크리븐과 기스는 각자 궁병들을 이끌고 저택으로 올라가 적 기병을 공격하라!!"

"예!!"

상황이 이렇다면 내가 할 수 있는 최선의 방법으로 아군의 피해를 줄이고 적을 괴멸시키는 방법밖에 없었기에 침착하게 제장에게 작전을 지시했다. 전황이 이상하게 돌아가고 있었다.

"저것은?!"

내가 있는 황도의 중앙로는 제1외벽의 성문으로 이어지는 길이었기에 다른 길보다 서너 배는 더 넓은 곳이다.

그 때문에 아군의 중군이 이곳을 통해 움직이고 있었고, 지휘부는 중군의 중하부에 위치해 있었다.

한데 이 중앙로의 접전은 가장 많은 수의 병력이 존재함에도 불구하고 적 기병이 아군의 진형을 꿰뚫으며 노도와 같이 밀려들어 오고 있었다.

그리고 그 기사들의 선두에서 아리고스 백작이 온몸을 피로 흠뻑 적시며 악마와 같은 기세로 돌진하고 있었다.

"설마!!"

"아무래도 아리고스 백작은 중군의 지휘부를 노리고 들어오는 것 같습니다."

"……."

그 말에 나로선 어이없다는 생각이 들었다. 확실히 나를 죽일 수 있다면 아군의 사기를 크게 꺾을 수 있을 것이다. 아니, 내가 죽는다면 사실상 귀족 연합은 끝일 수밖에 없었다. 게리오스와 기르스가 있다고는 하지만 마법사와 문관 귀족 출신인 이들이 기사들의 신망을 얻는 것은 어려운 일일 것이기에 연합 내의 다른 무관 귀족의 반발을 살 것이 분명하니 말이다.

하지만 이 중앙로에 있는 것은 중군, 적어도 2~3만의 병력이 진을 치고 버티고 있는 가운데 겨우 3천 정도의 기병으로 이 두터운 진형을 뚫고 들어온다는 것은 있을 수 없는 일이었다.

"아리고스 백작을 집중적으로 공격하라!! 그를 쓰러뜨릴 수 있다면 적 기병의 예봉은 꺾일 것이다!!"

때문에 오히려 적 지휘관인 아리고스를 잡을 수 있다고 생각한 난 그를 집중적으로 공격하라 명했고 휘하의 기사들은 아리고스 백작을 향해 공격해 들어갔다.

하지만 시간이 지나도 적들의 예봉은 꺾일 생각을 하지 않았고 어느 사이엔가 아군의 진영을 반이나 뚫고 들어오고 있었기에 속으로 섬뜩한 생각마저 들었다.

이미 아리고스를 따르던 기사 중 반 이상이 죽임을 당해 겨우 1천에 지나지 않았지만, 멀리서 바라보아도 이들의 기세는 결코 범상치 않은 것이었다.

적 한 사람이 죽을 때마다 아군 역시 그 이상의 피해를 입었고, 특히 선두에 선 아리고스 백작은 자신의 앞을 막아서는 기사와 병사들을 마치 파리 떼 몰아내듯이 쓰러뜨리며 달려오고 있었기 때문이다.

"엄청나군… 저것이 소드 마스터 최상급의 힘인가……."

크로우 나이츠를 되찾기 위해 내가 올라야 하는 익스퍼트 최상급의 경지와는 비교도 되지 않을 정도로 뛰어난 그의 모습에 난 혀를 내두를 수밖에 없었다.

다른 기사들은 모르더라도 아리고스 한 사람이라면 충분히 병사들의 두터운 장막을 뚫고 내가 있는 곳까지 도달할 수 있을 것이란 생각이 들었다.

나의 눈에 그에겐 절대 쓰러지지 않을 무엇인가가 서려 있는 듯 보였기 때문이다.

"엡실론, 실로페스!"

"예, 대공 전하."

"경들이라면 아리고스 백작을 상대할 수 있을 것이라 생각되는데,

할 수 있겠는가?"

"……."

"적이라 하더라도 아리고스는 기사로서 손색이 없는 자다. 그런 자를 하급 기사나 병사들의 손으로 보내는 것은 조금 미안한 일이 아니겠는가?"

나의 말에 엡실론과 실로페스는 말을 잇지 못했지만 눈에는 강한 투지가 서리고 있었다.

이들이 망설이고 있는 것은 아마도 그의 손에 죽임을 당한다 하더라도 혼자 상대하고 싶어서이리라. 이들 역시 소드 마스터, 한 단계 상위의 인물이라고는 하지만 협공을 한다는 것은 자존심이 상하는 일이 분명할 것이다.

하나, 나의 말에 혼자서 겨루고 싶다고 말하지 못하는 건 멀리 전장터에서 나를 향해 필사적으로 돌진해 오는 아리고스를 보며 결코 혼자서는 상대할 수 없음을 느끼고 있기 때문일 것이다.

잠시간 침묵하던 두 사람 중 먼저 대답한 사람은 엡실론이었다.

"대공께서 명하신다면 따르겠습니다."

"부탁한다. 게리오스, 아리고스 백작에게 길을 터주게."

엡실론이 승낙하는 것을 보며 난 게리오스에게 명령했고, 잠시 후 아리고스 백작을 향한 길이 천천히 열리기 시작했다.

물론 그 외에 다른 기사들의 길을 터주고 싶은 생각은 없었기에 아리고스 백작이 말의 박차를 가하고 앞으로 튀어 나가자 병사들은 재빨리 그의 뒤를 따르는 기사들을 막아섰다.

하지만 병사들의 움직임이 원활할 수는 없는 일이었고, 그의 뒤를 따라 서너 명의 다크 데블 나이츠가 따라붙었다.

"역시 생각하는 것만큼 쉽게 되지는 않는군. 엘트로우스!"

"예, 대공 전하."

"아리고스의 뒤를 따라붙는 자들을 기사들과 함께 처리해 주게."

"예."

엘트로우스는 나를 지키기 위해 입었던 부상 때문에 톨핀 계곡의 별동대 때부터 내 호위 기사단에 배속되어 있었다. 그는 나의 명령을 듣자 오십 명의 기사와 함께 아리고스가 있는 곳으로 향했다.

"엡실론, 실로페스! 아리고스의 목을 가져와라!!"

"예!!"

엘트로우스와 기사들이 나가는 것을 보며 난 엡실론과 실로페스에게 아리고스의 목을 베어오라 지시했고, 잠시 후 그 둘은 기사의 예를 보이며 아리고스를 향해 뛰어갔다.

엡실론과 실로페스 두 사람이라면 최상급의 실력자인 아리고스 백작이라 할지라도 충분히 상대할 수 있다 생각했다.

먼저 앞으로 뛰어나간 엘트로우스는 아리고스의 뒤를 따라붙는 기사들을 상대했다. 아리고스 역시 노리고 있는 것은 나의 목인지 그들이 자신을 비껴 나가자 상대할 생각을 하지 않고 지휘부가 있는 곳으로 달려오고 있었다.

"하압!!"

그리고 잠시 후 엡실론과 실로페스가 말을 달려 오는 것을 보며 아리고스는 그들이 자신을 상대하기 위해 온 상위 기사라는 것을 알아채고는 말의 속도를 줄이기 시작했다.

아무리 그라 할지라도 양쪽에서 공격해 들어오는 기사를 전력 질주 상태에서 상대하기는 어렵기 때문이다.

처음 공격은 엡실론이 먼저였다. 아리고스의 왼쪽으로 빠져나가는 듯했던 그는 왼손으로 메이스를 휘둘러 녀석의 머리를 노렸다.

푸른색의 마나 기운이 서려 있는 메이스를 보며 아리고스는 고개를 숙여 상대의 공격을 피하고는 그대로 뒤이어 달려오는 실로페스를 향해 오른손에 들려 있던 검을 휘둘렀다.

아리고스가 엡실론의 공격을 피하며 자신을 향해 검을 휘두르자 실로페스는 오른손의 검을 녀석을 향해 휘둘렀다.

카가강!!

날카로운 두 개의 병기가 서로 충돌하자 푸른색의 불꽃이 사방으로 작렬했지만 서로 간의 실력 차이가 있었기에 순간 실로페스의 검이 뒤로 튕겨져 나가는 듯했다.

다행히 검을 놓치지 않은 실로페스는 그의 곁을 스쳐 지나갔고, 그의 뒤를 이어 기수를 돌린 엡실론이 달려와 아리고스와 충돌했다.

카가강!! 캉!! 캉!!

한 단계 위의 실력인 아리고스이지만 상대하는 두 기사 모두 소드마스터, 이들을 동시에 상대하는 것은 결코 쉬운 일이 아니었다.

말의 기수를 되돌리기도 전에 밀어닥친 엡실론의 공격에 그는 허리를 옆으로 꺾어 검을 휘두르며 연이어 밀려오는 공격을 막았지만 실로페스에게 보였던 강렬한 검격은 날리지 못하고 있었다.

그것을 보며 실로페스 역시 기수를 돌려 녀석을 향해 공격해 들어왔고, 아리고스는 급히 안장에 매여 있던 메이스를 들어 상대의 공격을 막아섰다.

양쪽에서 공격해 오는 상대에 아리고스는 힘겹게 움직이고 있는 듯했지만, 두 사람의 날카로운 공격을 모두 막고 있기에 나로선 탄성이 나왔다.

"굉장하군······."

"소드 마스터 최상급이라 할지라도 상급의 기사 두 사람을 상대하는 것은 쉬운 일이 아닙니다. 하지만 아리고스 백작은 자신보다 뛰어난 두 명의 강자를 곁에 두고 있습니다. 다크 데블 나이츠의 단장 에르가 백작과 반군 수장인 로만테우스를 말입니다."

"음······."

엡실론은 내 영지에서 가장 강한 인물, 그 때문에 자신의 훈련은 혼자 할 수밖에 없었다. 그런 그에게 실로페스라는 존재는 마음에 들지는 않지만 기다리고 있었던 라이벌임에는 틀림없었다.

하지만 아리고스는 자신의 라이벌이라 할 수 있는 에르가 외에도 그 이상의 실력자라 추측되는 로만테우스가 있었으니 두 명의 소드 마스터 상급을 상대함에도 전혀 흔들리지 않는 모습을 보이고 있는 것이다. 그에게는 자신보다 강한 자와 싸워본 경험이 있기 때문이다.

"그렇다면 엡실론과 실로페스에게는 조금 힘든 싸움이 되겠군."

"그렇습니다."

아니나 다를까, 아리고스는 어느 사이에 위치를 바꾸어선 양손에 든 병기를 빠른 속도로 휘두르며 두 사람을 압박해 가기 시작했다.

이미 마술에 있어서도 두 사람을 뛰어넘고 있는 아리고스는 교묘한 움직임으로 밀어붙이는 두 사람을 자신의 뜻대로 움직여 유리한 위치를 만들어내고 있었다.

카강!!

챙!!

그리고 연이어 펼쳐지는 공격에 실로페스는 밀리는 모습을 보이고 있었고, 엡실론은 간신히 밀리지 않고 상대의 공격을 막아서고 있었다.

물론 그것은 아리고스가 상대적으로 실로페스를 강하게 밀어붙인 결과일 수도 있었지만, 지금까지 게리오스의 곁에서 상대적으로 훈련이 적었던 실로페스에 비해 전장을 누비고 다녔던 엡실론이 실로페스보다 실력이 더 나아졌다고 보는 것이 옳을 것이다.

그러한 점을 느끼는지 실로페스는 잠시 후 더욱 격한 모습으로 공격해 들어갔다. 그 순간 아리고스는 오른손에 들고 있던 검을 위로 던지는가 싶더니 이내 안장에 껴 있는 하렝데스카를 잡아 실로페스의 얼굴을 향해 집어 던졌다.

슈슈슉!!

"큭!!"

다행히 실로페스는 갑작스러운 하렝데스카의 공격을 피할 수 있었지만 아리고스는 위쪽으로 던졌던 검을 공중에서 잡아채고는 그대로 실로페스가 타고 있던 말의 미간에 찔러 넣었다.

히힝!!

아리고스의 검에 미간을 꿰뚫린 말은 울음소리를 내며 그대로 앞발을 크게 들어 올리는가 싶더니 이내 옆으로 쓰러졌다.

다행히 실로페스는 말에서 뛰어내려 낙마는 피할 수 있었다. 하지만 아리고스는 다시 양손에 든 병장기를 휘두르며 엡실론을 강하게 압박해 들어갔기에 엡실론은 크게 위기에 처하는 듯했다.

"이런!!"

엡실론 혼자 아리고스를 상대한다는 것은 무리인지라 깜짝 놀라 자리에서 일어날 수밖에 없었다.

병사들의 힘으로 아리고스를 쓰러뜨리려면 상당한 피해를 입을 것이 분명한지라 두 사람에게 아리고스를 상대하게 한 것인데 자칫 엡실론과 실로페스를 잃는다면 나로선 승리를 예상했던 도박에서 엄청난 거금을 잃게 되는 결과가 오는 것이다.

연이어 밀려오는 아리고스의 공격에 엡실론은 큰 위기에 처했고, 이내 들고 있던 메이스가 아리고스의 강한 공격에 튕겨 날아가고 말았다.

"큭!!"

엡실론은 급히 안장에 매여져 있는 검을 뽑으려 했지만, 이미 상황은 늦은 후였기에 나로선 꼼짝없이 엡실론을 잃었다는 생각이 들었다.

슈우우우!!

챙!!

하지만 기적이랄까? 그 순간 한 발의 화살이 아리고스를 향해 날아갔고, 화살의 기척을 느낀 아리고스는 엡실론을 치는 것을 포기하고 자신에게 날아온 화살을 병기로 튕겨낼 수밖에 없었다.

엡실론은 그러한 틈새를 놓치지 않고 검을 뽑아 드는 데 성공했고, 실로페스 역시 검을 들어서는 아리고스를 향해 뛰어갔다.

그제야 나는 엡실론이 위기를 모면함에 안도의 한숨을 내쉬고는 자리에 앉을 수 있었다.

"천운이군… 천운이야……."

엡실론을 위기에서 구한 화살을 날린 사람이 누구인지 궁금할 찰나, 또 한 발의 화살이 나를 향해 날아왔다.

"으아!!"

"실드!!"

갑작스러운 화살에 놀라 비명을 질렀는데, 다행히 게리오스가 급히 실드 마법을 펼쳐 투명한 장막이 나의 앞을 막아서며 날아오던 화살을 튕겨냈다.

"뭐야!!"

현재 화살을 쏘고 있는 병사들은 아군 외에는 없기에 갑작스러운 봉변에 당황하고 있을 때 게리오스가 실드에 튕겨져 나간 화살을 주워 들고는 말했다.

"대공 전하, 화살에 양피지가 묶여 있습니다."

"응?"

게리오스가 건네준 화살에는 양피지가 하나 묶여 있어 이것이 누군가 나에게 보내는 편지라 생각하곤 양피지를 풀어 내용을 읽고 자리에서 벌떡 일어나고 말았다.

"무슨 내용입니까, 대공 전하?"

게리오스는 편지의 내용이 궁금한 듯 나에게 물었는데, 편지의 내용에 난 기쁜 표정을 지으며 말했다.

"아서 경이 황도에 도착했네."

"아서 경이!!"

게리오스 역시 아서에 대해서 알고 있었기에 크게 반기는 표정을 지었다.

"아마도 방금 전 엡실론 경을 도왔던 화살 역시 청록의 숲의 일원이 쏜 것이라 생각되는군."

청록의 숲의 일원이 합류한다는 것을 아는 이들은 지휘부에서도 몇 명 없었기에 미리 사람을 보낸 것이 분명했다.

어쨌든 그 탓에 엡실론을 구할 수 있었으니 나로선 천운이란 생각이 들었다.

"기르스 후작!"

“예, 대공 전하.”

“곧 있으면 아군의 원군이 도착할 것이오. 이번 원군의 지휘관 역시 전대 폐하이신 기론테우스 폐하의 밀명을 받은 자로 현재 소드 오버러에 이른 기사이니 그대가 직접 맞으러 가주었으면 하오.”

“소드… 오버러!! 아, 알겠습니다.”

문관 귀족인 기르스라 하더라도 소드 오버러가 어떠한 단계인지 알고 있었기에 크게 놀란 표정을 지었지만, 이내 표정을 가다듬고는 아서를 맞으러 움직였다.

청록의 숲의 아서까지 합류한다면 이제 내 계획에 따라 황도로 모일 모든 힘이 다 모였다 해도 과언이 아니다.

남은 것은 눈앞에서 설쳐 대고 있는 저 아리고스를 처리하고 제1외벽을 넘어 로만테우스의 목을 베는 것뿐이다.

“흐압!!”

채쟁!! 챙!!

두 사람의 연합 공격에도 끄떡없이 오히려 상대를 몰아붙이고 있는 아리고스였지만 시간이 지남에 따라 그 역시 점점 검격이 느려지고, 온몸은 땀으로 범벅이 되고 있었다.

아무리 괴물 같은 검술을 지닌 자라 할지라도 인간인 이상 한계가 있는 법인지라 점점 지쳐 가고 있는 것이다.

“끄아아!!”

그러는 사이에 지상에서 아리고스를 몰아붙이고 있던 실로페스의 검이 아리고스가 타고 있던 말의 옆구리를 스치며 지나갔고, 말은 크게 울부짖는가 싶더니 이내 땅으로 쓰러지고 말았다.

“큭!!”

말이 발버둥 치며 넘어지자 아리고스는 급히 말을 박차고 낙마하는 것을 피하려 했으나 그것을 놓치지 않은 엡실론이 그대로 말을 거세게 몰아 아리고스를 향해 충돌해 갔다.

그가 말을 박차고 허공에 뛰어오른 이상 몸을 마음대로 움직이지 못하리라 생각한 엡실론은 공중에서 그를 베어버리려 했던 것이다.

하지만 아리고스는 갑작스러운 엡실론의 공격에 왼손에 들고 있던 메이스를 집어 던졌고, 강렬한 마나가 담겨 있는 메이스를 보며 엡실론은 급히 들고 있던 검으로 그것을 튕겨내려 했다.

카가강!!

"끄윽!!"

그 탓에 엡실론은 상대를 공격할 수 있는 기회를 놓칠 수밖에 없었는데, 놀랍게도 땅으로 내려선 아리고스는 다시 한 번 발을 박차고 앞으로 빠른 속도로 뛰어가는가 싶더니 이내 엡실론 가까이에 붙어 검을 휘둘렀다.

"젠장!!"

갑작스러운 공격에 엡실론은 간신히 놈의 공격을 막긴 했지만, 그와 동시에 아리고스가 숄더 어택으로 엡실론을 밀어붙였고, 강렬한 어택에 더 이상 버티지 못한 엡실론은 그대로 말에서 떨어지고 말았다.

쿠궁!!

"끄윽!!"

무거운 플레이트 메일을 입고 있는 상황에서 낙마란 상당히 위험하지만, 다행히 엡실론은 급히 몸을 움직여 큰 충격 없이 땅으로 몸을 굴릴 수 있었다.

"당했다!!"

하지만 이미 엡실론의 말은 아리고스에게 빼앗긴 상황이 되어버렸고, 실로페스가 몸을 날렸지만, 아리고스는 말을 박차고는 그대로 지휘부 쪽으로 맹렬하게 뛰어오기 시작했다.

"이런!!"

그 모습에 난 자리에서 벌떡 일어날 수밖에 없었다. 세 사람의 전투를 지켜보기 위해 앞서 있던 병력을 최소화한 상황에 아리고스가 눈 깜짝할 사이에 지휘부까지 달려왔기 때문이다.

"막아라!!"

아리고스가 지휘부를 향해 달려오자 기사들 역시 당황하며 급히 그를 막기 위해 움직였다.

하지만 아리고스는 기사들이 몰려오자 그대로 안장을 박차고는 공중으로 뛰어올랐고, 달려오던 기세를 그대로 살려 자신의 앞을 막아선 기사들을 뛰어넘으며 빠른 속도로 지휘부 안으로 쇄도해 들어왔다.

"이런!!"

"대공 전하!! 피하십시오!!"

순식간에 아리고스는 나와의 거리를 이십여 미터로 줄여 버렸고, 당황한 호위 기사들은 나의 앞을 막아서며 급히 자리를 피하라 독촉하고 있었다.

"흥!!"

하나, 솔직히 아리고스란 자가 두렵기는 하지만 이대로 자리를 피할 수는 없는 일이었다.

무가의 자손 중 아멘 제일의 무가인 이드리샤 가문의 가주이자 지금의 토벌군 사령관이기도 한 내가 단 한 사람의 기사 때문에 지휘부를 버리고 도주한다는 것은 있을 수 없는 일이었다.

"어서 와라, 아리고스!!"

난 허리에 차고 있던 검을 뽑아 들고는 아리고스를 향해 소리쳤고, 나의 행동에 귀족들과 기사들은 크게 당황하는 모습이 역력했다.

하나, 물러서기에는 자존심이 용납치 않았고, 그런 나를 보며 게리오스가 급히 옆으로 뛰어와서는 주문을 외우기 시작했다.

"위대한 마나의 존재시여, 그대를 따르는……."

페스트 캐스팅의 보조 마법을 사용했는지 빠르게 주문을 외우고 있는 그의 손에 푸른색의 마나 구가 서서히 어리기 시작했다.

데리언 학파의 수장으로서 고위 마도사라 할 수 있는 7서클 마스터이자 학파의 수장만이 가질 수 있는 마법 문신의 소유자이기도 한 그의 마법은 같은 서클의 마도사와는 비교할 수 없는 수준이었고, 금세 그의 손 안의 빛의 구는 사방으로 광전을 뿌리기 시작했다.

"끄아아!!"

그러는 사이에 아리고스는 자신을 막아서는 기사들을 베어 넘기며 순식간에 수 미터 안으로 쇄도해 들어왔고, 게리오스는 그를 향해 마법을 날렸다.

"라이트닝 볼!!"

시동어와 함께 그의 손에 어리고 있던 전격 구는 그대로 아리고스를 향해 빠른 속도로 뻗어 나갔다.

"끄악!!"

마법이 자신에게 날아오자 아리고스는 급히 앞쪽에 쓰러져 있던 기사를 들어 공격을 막았지만, 전격계 마법인 라이트닝 볼의 강한 전격 힘은 기사의 몸에 적중되는가 싶더니 이내 아리고스에게도 여파가 전해졌다.

전격 마법에 당한 아리고스는 고통스러운 절규를 내질렀고, 잠시 후 검은 연기가 그의 몸에서 흘러나오며 그대로 땅으로 쓰러지고 말았다.

"엄청나군……."

게리오스가 사용한 라이트닝 볼은 5서클의 마법으로 3서클의 파이어 볼과는 그 위력이 비교가 되지 않는 강한 마법이었다.

전격계의 특성상 파괴적인 위력은 없었지만 대인 살상에 있어서는 같은 5서클 화염계 마법인 버스트 플레어보다 한 단계 위라고 할 수 있었다.

"휴……."

게리오스가 마법으로 아리고스를 쓰러뜨리는 것을 보며 난 안도의 한숨을 쉴 수 있었고, 기사 몇 사람이 아리고스가 죽었는지 확인하기 위해 그를 향해 걸음을 옮겼다.

"끄아아아!!"

"헉!!"

하지만 쓰러진 채 검은 연기를 뿌리고 있던 아리고스는 기사들이 다가가자 괴성과 함께 자리에서 일어나 앞으로 다가오던 기사들을 베어 넘기고는 또다시 나를 향해 뛰어왔다.

"젠장!!"

순식간에 달려온 아리고스는 그대로 나를 향해 검을 찔러왔기에 녀석의 모습에 당황할 수밖에 없었다.

"실드!!"

그 순간 옆에 있던 게리오스가 또다시 시동어를 외쳤고, 순간 투명한 장막이 나의 앞을 막아섰다.

채재쟁!!

아리고스의 검은 그대로 실드에 막혀 날카로운 소리와 함께 사방으로 푸른 빛을 터뜨렸다.

"대공 전하, 뒤로 피하십시오!!"

게리오스의 실드 마법으로 공격이 막히자 기사 네 사람이 급히 나의 앞을 막아섰고, 그 순간 고막을 찢을 듯한 소리와 함께 실드가 깨어지며 사방으로 푸른 빛이 흩어졌다.

"하압!!"

실드가 깨어지자 기사들은 다시 공격해 올 아리고스를 향해 검을 휘둘렀지만, 소드 마스터 최상급의 기사인 그를 익스퍼트 급의 기사들이 막을 수는 없었다.

푸른 마나의 검기가 흐르는 검으로 순식간에 앞서 있던 기사들을 쓰러뜨린 녀석은 또다시 나를 향해 뛰어왔다.

"끄아아!!"

챙!! 카가강!!

"끅!!"

녀석이 달려드는 것을 보며 급히 검을 든 난 달려오는 기세로 휘두르는 녀석의 검을 간신히 막았지만, 엄청난 검격에 강한 충격이 손으로 밀려들어 왔기에 더 이상 버티지 못한 채 검을 놓치고 말았다.

"젠장!!"

예상은 했지만 이 정도일 것이라고는 생각지도 못한 난 그대로 옆으로 몸을 던졌고, 그 순간 뜨거운 기운이 옆구리를 스치며 지나갔다.

"끄윽!!"

난 밀려온 연격을 간신히 피하긴 했지만 옆구리를 스치며 붉은 피가 터져 나왔다. 하지만 고통을 참으며 다시 몸을 날릴 수밖에 없었다.

쿵!!

아니나 다를까, 아리고스의 검은 또다시 나를 향해 밀려왔다. 이번에는 상처없이 간신히 검을 피할 수 있었다. 하지만 긴장과 고통으로 엄청난 피로가 순식간에 밀려오며 숨이 가빠지기 시작했다.

슈슈슉!!

아리고스가 또다시 공격해 들어온다면 나로선 더 이상 버틸 힘이 없는 상황이었는데, 그때 파공음이 들리는가 싶더니 이내 한 발의 화살이 아리고스를 향해 빠르게 쇄도해 들어왔다.

채쟁!!

자신을 향해 화살이 날아오자 아리고스는 급히 검을 들어 화살을 팅겨냈지만 그것은 시작일 뿐이었다.

연이어 십수 발의 화살이 멈추지 않고 계속 그를 향해 날아갔고, 자신의 급소를 정확히 노리고 들어오는 화살들에 더 이상 나를 공격하지 못하고 있었다.

"헉헉!!"

화살 공격으로 시간을 얻은 난 급히 게리오스가 있는 곳으로 피할 수 있었고, 다시 십수 명의 기사가 나와 아리고스의 사이를 막아섰다.

"대공 전하, 괜찮으십니까!!"

"헉헉… 옆구리에 검을 스친 정도이네."

게리오스의 말에 손을 들어 괜찮다는 모습을 취한 난 화살이 날아오고 있는 방향을 쳐다보았다.

슈슈슉!!

놀랍게도 아리고스를 향해 연이어 날아오고 있는 화살은 귀족의 복장을 하고 있는 붉은 머리 청년이었다.

토벌군에 속한 자라 생각되는 청년은 믿어지지 않을 정도의 빠른 속도로 활을 쏘아대고 있었고, 단 한 발의 오차도 없이 화살은 정확히 아리고스를 향해 뻗어 나가고 있었다.

"괴, 굉장하군……. 게리오스, 저자는 누구지?"

"…토벌군의 귀족은 아닌 듯합니다."

"응? 토벌군의 귀족이 아니라니?"

"저자의 화살을 본 적이 없으십니까?"

게리오스의 말에 아리고스가 튕겨낸 화살을 쳐다본 순간 난 크게 놀랐다.

"저것은!!"

"예, 아서 경의 서한을 전한 화살과 동일한 것입니다."

"아!!"

놀랍게도 아서 경의 편지를 전한 청록의 숲의 일원은 이곳에 있는 어느 누구도 알아채지 못하는 사이에 토벌군의 귀족으로 변장한 채 지휘부의 막사에 잠입해 있었던 것이다.

그것을 안 난 만약 저자가 로만테우스의 어쎄신이었다면 죽음을 면치 못했을 것이란 생각에 등줄기에선 식은땀마저 흐르고 있었다.

"끄아아!!"

아리고스는 연이어 날아오는 화살에 기회를 놓치게 되자 이를 악무는가 싶더니 날아오는 화살을 자신의 왼손을 들어 막으며 또다시 나를 향해 뛰어왔다.

순식간에 그의 왼팔에는 십수 개의 화살이 꽂혀 들어가고 있었지만 녀석은 이를 악물어 고통을 참으며 쇄도해 들어왔다.

하지만 잠시 후 빠르게 다가오던 그의 신형은 한순간 크게 흔들렸다.

“……..”

이를 악물며 달려오고 있던 아리고스의 가슴으로 두 개의 검이 빠져나온 것이다.

“헉헉…….”

그리고 그의 뒤로 내가 아리고스를 상대하라 보냈던 두 소드 마스터인 엡실론과 실로페스가 거친 숨을 몰아쉬는 것을 볼 수 있었다.

슈우욱!! 픽!

하지만 녀석은 두 개의 검이 자신의 몸을 꿰뚫었음에도 불구하고 나를 향해 다가오는 것을 멈추지 않았는데, 이내 파공음과 함께 미간에 한 발의 화살이 꽂히자 더 이상 버티지 못하고 짚단이 쓰러지듯 그대로 앞으로 무너지고 말았다.

도저히 인간이라고는 믿어지지 않을 정도의 무사인 아리고스가 쓰러지자 좌중에 있던 사람들은 모두 안도의 한숨을 쉴 수 있었다.

“저자가 죽었는지 확인하라!!”

“예.”

나의 명령에 기사 몇 사람이 아리고스의 시신 쪽으로 다가갔고 잠시 후 그가 완전히 숨이 멈추었음을 확인하자 드디어 끝났다는 생각에 온몸에 힘이 빠지는 것을 느꼈다.

다크 데블 나이츠의 이인자이자 소드 마스터 최상급 기사인 아리고스의 죽음을 끝으로 제2외벽 내에서 대항하던 적은 완전히 소탕될 수 있었다.

“그대의 이름은 무엇인가?”

“청록의 숲의 레인저 부대 부장을 맡고 있는 레이딘 이스페온이라

합니다."

　제2외벽 내의 모든 적을 소탕한 난 제장에게 부대를 재정비시킨 후 일단 엡실론과 나의 목숨을 구해주었다 할 수 있는 청록의 숲의 궁사를 불렀다.

　짙은 붉은색 머리의 이십 대 초반으로 보이는 청년이 자신을 레이딘 이스페온이라 말했고, 난 그의 이름을 듣고는 문득 한 사람이 생각나 다시 물었다.

　"그렇다면 청록의 숲의 수장인 아서 이스페온 경과는 어떤 사이인가?"

　"저의 부친이십니다."

　"아!"

　그제야 레이딘이 아서와 많이 닮았다는 것을 안 난 고개를 끄덕일 수 있었다. 호부에 견자가 없다고 할까? 소드 오버러의 경지에 이르는 당대 최고위 검사라 할 수 있는 아서의 아들 역시 뛰어난 실력을 지닌 궁사임을 안 난 새삼 그의 가문의 저력에 감탄할 수밖에 없었다.

　물론 어린 시절부터 부친이라는 뛰어난 스승 밑에서 자라났기 때문일 수도 있지만 눈에 보이지도 않을 만큼 빠른 활 솜씨는 예사롭지 않았다.

　"그대가 나와 기사들의 목숨을 구했으니 그것은 결코 가벼운 것이 아니다. 하나, 아직은 공을 논할 시기가 아니니 이 싸움이 끝난 후 그대는 다시 한 번 나를 찾아오라. 그대가 행한 만큼은 아니더라도 그에 버금가는 보상을 해줄 것을 약속한다."

　아무리 아리고스에게 정신이 팔려 있었다 해도 귀신같이 지휘부로 잠입하여 나를 속이고 있었다는 것은 마음에 들지 않았지만, 일단 그가 나와 엡실론의 생명을 구한 만큼 합당한 보상을 해주는 것은 당연한 일이었다.

물론 아직은 때가 아니었기에 그것을 잠시 미루었지만 말이다.

"대공 전하, 아서 경께서 도착하셨습니다."

레이딘과의 이야기를 모두 끝냈을 때 드디어 아서 경이 도착했다는 말에 그를 지휘부로 데려오라 지시했고, 얼마 지나지 않아 초록색의 망토를 걸치고 있는 십여 명의 무리가 지휘부로 들어섰다.

"어서 오시오, 아서 경."

"그동안 강녕하셨습니까, 대공 전하."

아서는 전에 만났을 때와는 달리 나에게 정중한 예를 취하고 있었다.

평상시 나를 대하는 것과는 다른 모습이었지만, 내가 무엇 때문에 이곳에 있고 현재 토벌군의 총사령관 직을 맡고 있기 때문에 공대를 하고 있음을 알 수 있었다.

토벌군과 합류하기 위해 온 아서의 청록의 숲의 병력은 약 5만 3천, 예상을 크게 넘어서는 숫자에 기쁨을 감출 수 없었다.

아리고스 백작의 결사대를 끝으로 현재 토벌군이 운용할 수 있는 병력은 약 6만 명이었기에 만약 이들이 오지 않았으면 상황은 극히 좋지 않았을 것이다.

청록의 숲의 병력 합류로 이제 11만 3천에 이르는 대군을 이끌게 되었기에 아서를 토벌군의 부사령관으로 임명하고 드디어 제1외벽에 대한 공성전을 시작했다.

제1외벽의 성벽 높이는 십오 미터. 보통 대륙에 산재해 있는 군성의 성벽 높이가 5~10미터 정도인 것을 생각한다면 엄청난 성벽이라 할 수 있다.

또한 성벽에는 마법 처리가 되어 있기 때문에 웬만한 공성 병기로는 끄떡도 하지 않는 견고함을 보이고 있었기에 공성전은 상당히 어려운 일일 수밖에 없었다.

난 제1외벽의 두 개의 성문 중 남문을 공략하기 위해 병사들을 진군시켰다. 대군이 움직이자 성벽 위로는 북소리와 나팔 소리가 연이어 울려 퍼지며 아군을 경계하는 로만테우스 군이 황급히 움직이고 있는 것을 알 수 있었다.

제1외벽의 남문은 폭이 십 미터 정도로 상당히 커다란 문이었다. 그 때문에 성벽을 직접 여는 것은 불가능한 일, 내부의 도르래를 이용하여도 십수 명이 붙어야 겨우 성문을 열 수 있다고 한다.

성벽은 높고 두터우며, 성문 역시 삼중으로 이루어져 쉽게 성을 공략하기는 어려운 일이었으나 다행히도 난 이미 제1외벽을 뚫기 위한 모든 것을 준비해 놓은 상태였다.

11만 3천의 대군이 제1외벽 남문으로 집결하기 시작하자 로만테우스 역시 상당한 병력을 성벽으로 배치하고 있었다. 육안으로 보이는 숫자만 기만을 넘어서고 있었지만 문제될 것은 없었다.

"공성차 전진 배치!!"

"공성차 전진 배치!!"

상장의 지시가 떨어지자 잠시 후 수십 명의 병사가 서서히 제1외벽으로 네 대의 공성차를 밀고 오기 시작했다.

저주사인 이모랄과 필리아들에게 지시하여 만든 투석차는 이미 전에 위현자인 이스페든에게 설계도를 받았기에 제조에는 그리 큰 문제가 없었다.

“투석차 장전!!”
“투석차 장전!!”

기사의 명이 떨어지자 병사들은 크게 소리치며 투석차에 미리 준비
되었던 기름과 술이 들어 있는 오크통을 싣기 시작했고, 그것을 보고
난 게리오스를 보며 말했다.

“게리오스, 부탁하네.”

“알겠습니다.”

나의 부탁에 게리오스는 고개를 끄덕이고는 투석차 쪽으로 걸음을
옮겼다. 잠시 후 투석차에 실린 기름과 술이 들어 있는 오크통에 손을
대고는 주문을 외우자 푸른 마나의 빛이 어리더니 이내 오크통으로 스
며들기 시작했다. 그것을 본 나는 회심의 미소를 지었다.

과거 트리포드의 영지를 공격할 때 화공을 쓴다고 했던 것이 마나
사제인 겔포스의 힘으로 지금까지 전혀 예상하지 못한 엄청난 위력을
자아냈음을 기억하고 있었기 때문이다.

물론 이곳에 마나 사제인 겔포스가 없다고는 하지만 게리오스는 데
리언 학파의 수장, 그가 겔포스가 하는 것을 못할 리 없다 생각했기 때
문에 이 작전을 채용한 것이다.

“발사!!”

슈슈슉!! 슈슉!!

게리오스의 일이 끝나자 기사의 명령과 함께 투석차는 일제히 치솟
아오르며 네 개의 오크통은 크게 포물선을 그리기 시작했다.

그리고 잠시 후 오크통은 성벽과 성문을 향해 떨어지며 다음 순간
귀청을 찢을 듯한 굉음이 울려 퍼졌다.

쿠궁!! 쿵!! 쿵!!

“끄아악!!”

“사람 살려!!”

과거 트리포트 영지에서 보였던 위력 그대로 오크통은 성벽과 성문에 충돌함과 동시에 엄청난 불꽃과 굉음을 동반하며 폭발했다.

사방으로 폭발과 함께 터져 나간 화염의 폭풍은 그대로 성벽 위의 병사들과 기사들을 휩쓸어 버렸고, 성벽 중간에 충돌한 오크통은 굉음과 함께 마법으로 처리된 성벽 일부분을 크게 파손시켰다.

“오오오!!”

“어떻게 저런 위력이!!”

투석차의 위력에 귀족들과 상장들은 놀라움에 입을 다물지 못하고 있었으니 그들은 도무지 자신의 눈을 믿지 못하는 듯했다.

지금까지 투석차로 돌 이외에 기름이 든 통을 쏘아 올린 예는 없지 않았으나, 그것은 적진을 기름으로 적시고 불화살을 쏘아 화공을 하기 위함이었지 이렇게 직접적인 폭발을 이용한 공격은 그들로서도 처음 보는 일이었다.

투석차의 공격이 원활하게 이루어지는 것을 보며 난 제1외벽을 뚫는 것도 그리 어렵지 않을 것이란 생각에 회심의 미소를 지을 수 있었다.

쿵!! 쿵!!

계속되는 투석차의 공격에 견고한 제1외벽의 성문은 더 이상 버티지 못하고 부서지기 시작했기에 아군은 부서진 성벽을 향해 공격해 들어갈 준비를 했다.

“대공 전하!!”

“무슨 일인가, 게리오스?”

그때 투석차에 마나를 불어넣던 게리오스가 갑자기 하던 일을 멈추고 다급한 표정으로 내 쪽으로 달려왔다.

"제1외벽 너머로 어둠의 마나가 느껴집니다."

"어둠의 마나?"

갑작스런 어둠의 마나라는 말에 나로선 영문을 알 수가 없었는데, 게리오스는 심각한 표정을 감추지 못하고 말을 계속 이었다.

"흑마법의 기운입니다. 이 정도의 어둠의 마나라면… 네크로멘서가 아닐지……."

"네크로멘서?"

흑마법은 마왕의 힘을 빌어 사용되는 마법을 일컫는 말이다. 하지만 흑마법도 경우에 따라 마기의 짙고 옅음이 다르다고 알려져 있는데, 그 중 가장 짙은 어둠의 마나는 바로 언데드, 즉 네크로멘서 계열의 마법이다.

"도대체… 무슨 일이……."

로만테우스가 마법사를 중용한다는 이야기는 들어본 적이 없었다. 물론 그의 진영에도 한두 명의 마법사가 있기는 하겠지만 그렇다고 전신을 신봉하고 있는 그가 흑마법 계열의 마법사를 자신의 휘하로 끌어들일 리가 없었다.

제1외벽 너머로 무슨 일이 벌어지고 있는지 알 수 없는 상황에서 불안한 기분이 느껴지고 있었다.

하지만 시작한 공격을 멈출 수는 없었기에 투석차의 공격은 멈추지 않았고, 얼마 지나지 않아 굉음과 함께 성문이 부서지는 것을 확인한 난 전군에 돌격 명령을 내렸다.

"전군!! 돌격!!"

"와아아!!"

　나의 명령과 함께 병사들의 함성이 울려 퍼지며 일제히 제1외벽을
향해 공격해 들어갔고, 그와 함께 외벽 위로 적의 수많은 화살이 하늘
을 검게 물들이며 병사들을 향해 내리 꽂히기 시작했다.

　하지만 노도와 같이 밀려드는 병사들은 화살의 소나기 속에서도 공
격을 멈추지 않았고, 잠시 후 아군의 병사는 부서진 성문을 통해 제1외
벽 내부로 밀려들어 가기 시작했다.

　"가자!!"

　나 역시 그냥 보고 있을 생각은 없었기에 기사들과 함께 제1외벽의
성문으로 향했다.

　성문 안으로 진입하자 로만테우스의 병사들과 토벌군이 혼전을 벌
이고 있는 것을 볼 수 있었다. 성벽 위로 오르는 계단은 아군의 병사들
이 장악하여 성벽 위에서 적병과 전투를 벌이고 있었고, 성문을 통해
진입해 들어간 아군 병사들 역시 기다리고 있던 로만테우스의 반군을
효과적으로 밀어붙이고 있었다.

　병사들의 분투를 보며 호위 기사들과 함께 적들을 베었으나 조금 이
상하다는 생각이 들었다.

　예상 외로 성문을 방어하고 있던 적의 숫자가 많지 않았기 때문이
다.

　"이상하군……. 10만이 넘는 아군이 남문을 공격하고 있음을 토벌
군이 아는데도… 겨우 이 정도의 병력으로……."

　아니, 이상한 것은 아리고스의 일부터였다. 아무리 우리를 견제하기
위해서라지만 자신의 왼팔이라고도 할 수 있는 아리고스를 희생시키는
것은 계획이 성공했다 할지라도 상당한 손해를 감수해야 했을 전투였
다.

"엡실론 경은 이곳에 남아 남문을 방어하던 반군을 소탕하고, 아서 경과 실로페스 경은 청록의 숲의 군과 함께 제2내벽 성문 쪽으로 향하도록 하시오!!"

제1외벽으로 진입한 이상 이제 황성의 높은 성벽에 막힐 염려는 없었다. 아직까지 제2내벽이 로만테우스 군이 시행하는 땅굴 전술에 함락되었다는 소식도 없기 때문에 녀석들은 분명 제1외벽 내부에 군을 집결시키고 있을 것이 분명했기 때문이다.

한 가지 불안한 점은 게리오스가 느꼈던 어둠의 마나. 만약 이것이 잘못된 것이 아니라면 로만테우스 군은 우리에게 대항한 어둠의 세력을 지니고 있거나 아니면 그와 반대로 어둠의 세력과 대치하고 있을 상황이었다.

하지만 내가 알고 있는 로만테우스는 마법사를 중용하지 않는 철저한 기사주의에 입각한 군주임을 감안한다면 어둠의 마나를 가진 존재와 손을 잡지는 않을 터, 어둠의 세력은 적일 확률이 높다.

그리고 제국에서 어둠의 마나를 가진 존재를 지배하고 있는 세력이라면 단 한 곳, 바로 이황자 일루테우스밖에 없었다.

'로만테우스의 입장에선 중립을 표방하고 있는 스만테우스를 칠 이유가 없다. 그저 가만히 내버려 두어도 반군의 승리가 확정된다면 아군으로 끌어들이거나 자신이 직접 처리할 수 있는 일이니까. 그런데 왜 일루테우스는 스만 령을 침공한 것일까. 지금까지는 로만 령과 세이반 령이 내란을 일으킴과 동시에 스만 령을 침공하여 그것이 반군과 동조한 때문이 아닐까 생각했지만, 어쩌면 반군 역시 일루테우스가 스만 령을 침공할 것이라고는 전혀 생각지 못했을 것이다. 군을 진군시킨 입장에서 스만 령을 침공한 일루테우스를 처리하는 것이 불가능하

다는 걸 감안한다면 로만테우스는 황도 함락을 최우선으로 돌렸을 가
능성이 높다. 그 때문에 황도 함락을 서둘렀고, 예상치도 못한 귀족 토
벌군의 승전에 어쩔 수 없이 아리고스를 희생시키며 시간을 벌었다는
가정도 있을 수 있겠지.'

하지만 이것은 가정일 뿐 확실한 것은 아서와 엡실론이 직접 로만테
우스의 반군을 만나야 알 수 있는 일이다.

"마기가 더욱 강해지고 있습니다."

"음……."

제1외벽에서 막아서고 있는 로만테우스의 반군을 섬멸시키는 사이
에 게리오스는 마기가 더욱 짙어지고 있음을 알려왔다.

"크리븐 경과 기스 경에게 이곳을 맡기고 게리오스 공작과 기르스
후작들은 나와 함께 로만테우스 군이 있는 곳으로 가도록 합시다."

"예."

이미 사기가 저하된 반군을 처리하는 것은 크리븐과 기스로 충분하
다고 생각한 난 2만 정도의 병력과 함께 로만테우스의 반군이 있는 곳
으로 향했다.

제2내벽으로 진입할 수 있는 문은 단 한 곳이기에 로만테우스 군 진
영의 위치는 쉽게 판별할 수 있었는데, 점점 제2내벽의 성문으로 다가
갈수록 어둠의 마기는 더욱 짙어지고 있었다.

이제는 익스퍼트 상급인 나까지 느낄 수 있을 정도로 어둠의 마나는
짙어졌고, 멀리 제2내벽의 성문 쪽은 자연 현상이라고는 볼 수 없는 짙
은 안개가 자욱하게 깔려 있었다.

"역시……."

그 짙은 안개를 본 적 있는 난 미간을 찌푸리고 말았다. 이전에 황도

로 향하기 위해 나섰을 때 일루 령에서 보았던 마법의 안개였기 때문이다.

"역시 일루테우스였던가……. 사제들을 불러 어둠의 안개를 없애도록 합시다."

"예."

나의 명령에 기르스 후작은 고개를 끄덕이고는 종군 사제들을 불러 모았고, 잠시 후 종군 사제들이 천신에 대한 기도문을 외우자 서서히 어둠의 안개가 옅어지며 사라지기 시작했다.

물론 종군 사제의 숫자가 그리 많지 않아 안개 전체를 제거할 수는 없었지만, 군의 진군로는 충분히 확보했기에 다시 군을 진군시켰다.

그리고 이십여 분이 지났을까. 진군해 가는 아군의 귀로 마물들의 울부짖음과 병사들의 함성 소리, 그리고 비명 소리가 들려오기 시작했다.

쿠오오오!! 크아아아!!

끄아아!!

"와아아!!"

어둠의 마나를 가진 존재와 인간들이 처절한 전투를 벌이고 있음을 알 수 있었지만, 그 끔찍한 소리는 등줄기를 오싹하게 하기에 충분했다.

그리고 얼마 지나지 않아 먼저 출발했던 아군의 모습이 안개가 걷히며 드러나기 시작했다.

"음……."

그들 역시 우리가 진군했던 것과 같이 종군 사제를 앞세워 안개를 제거하고 있었는지 청록의 숲의 병력으로 이루어진 아군의 진영은 안개가 모두 걷혀 있었다.

하지만 이들은 더 이상 진군하지 못했다.

"아서 경!"

"오셨습니까, 대공 전하."

우리가 도착했을 때 아서는 전장을 바라보고 있었다.

나 역시 그가 보고 있는 전장을 본 순간 얼굴을 찌푸릴 수밖에 없었는데, 멀리 보이는 전장에서는 로만테우스의 반군을 상대로 족히 2만이 넘는 언데드 군단이 치열하게 전투를 벌이고 있었기 때문이다.

수적으로 반군이 압도적이라고 할 수 있지만 구울과 스켈레톤, 와이트와 같은 언데드는 수십 번 칼질을 당해 사지가 끊어져도 악착같이 로만테우스의 반군에게 달려들고 있었기에 전장은 지옥을 방불케 했다.

"도저히 전장에 끼어들 수가 없습니다."

"그렇군. 저것을 보니 차라리 반군을 돕고 싶은 마음이 드는군."

아서가 전장에 끼어들지 않은 것은 당연한 일이었다. 반군과 정체를 알 수 없는 언데드 군단이 전투를 벌이고 있는 상황에서 누가 아군이고 누가 적군임을 알 수 있겠는가?

설사 언데드 군이 아군이라 할지라도 아서로서는 이런 전장에 끼어들고 싶은 마음은 없을 것이다.

"언데드는 살아 있는 존재는 모두 공격하려 할 것이 분명한 일이니 아서 경께서 전장에 병력을 투입하지 않은 것은 옳은 판단입니다."

그때 게리오스가 아서를 보며 그의 선택이 옳음을 말했는데, 그때 기사들이 웅성거리더니 이내 검을 뽑아 들고는 우리들의 앞을 막아서기 시작했다.

“무슨 일이냐!!”

“하늘에서 마물이 날아오고 있습니다!!”

“응?”

갑작스러운 행동에 묻자 기사 한 명이 하늘을 가리키며 말해 고개를 들어 하늘을 보자, 아니나 다를까, 검은 날개를 휘저으며 무엇인가가 아군의 진영 쪽으로 날아오고 있었다.

“서큐버스?”

점점 다가오는 검은 날개의 마물은 서서히 그 모습을 드러냈는데, 그것은 바로 벌거벗은 여인의 모습을 하고 있는 마물 서큐버스였다.

서큐버스는 인간을 현혹하여 잡아먹는 마물로 아멘이나 서먼에서도 보기 힘든 마물의 일종이었다.

마물이라고는 하지만 인간과 비슷한 지능을 소유하고 있어 현혹을 위주로 하는 흑마법을 사용하기에 그 힘은 중급과 비슷하지만 마물 도감에서는 상급 마물로 취급되고 있었다.

아군의 진영으로 다가오는 서큐버스의 오른손에는 백기가 들려 있었기에 난 기사들에게 손을 들어 올리며 말했다.

“물러서라!!”

나의 명령에 기사들은 나의 앞에서 물러섰으나 마물이 다가오고 있는 상황이기에 경계를 풀지 않고 검을 들었다.

그때 백기를 들고 있는 서큐버스는 서서히 날갯짓을 하며 나의 앞으로 내려섰고, 이내 무릎을 꿇고는 정중한 목소리로 말했다.

“트리말론 대공 전하께 인사드립니다.”

인간을 현혹하여 잡아먹는 마물이라서일까? 그 음성은 감미로웠고, 아름다운 얼굴 밑으로 보이는 나신에선 색기가 흘러나오는 듯했다.

“그래, 마물인 그대가 무슨 일로 나를 찾아왔는가?”

하지만 어둠의 일족의 색기에 정신이 빠질 정도의 바보는 아니기에 마음을 가다듬고 침착한 목소리로 그녀를 보며 묻자 나의 물음에 그녀는 공손히 답했다.

“전 일루 령의 자치령주이신 일루테우스님을 모시고 있습니다.”

“음…….”

역시나 일루테우스. 그렇다고 한다면 지금 로만테우스의 반군과 싸우고 있는 언데드는 그의 군대일 것이 분명했다.

“일루 령의 자치령주께선 반적 로만테우스와 동조하고 있다 생각했는데, 아니었는가?”

“그럴 리가 있겠습니까. 자치령주께선 모든 이들이 황도로 향하는 것은 적의 거점을 버려두는 일이니 반군에 동조한 스만 령을 공격함과 동시에 로만테우스의 거점을 없애는 것이 우선이라 하셨습니다.”

“…….”

그녀가 말한 일은 과거 귀족 토벌군에 제시했던 나의 작전과 부합되었던지라 더 이상의 말은 하지 못했다.

그렇다면 일루테우스는 처음부터 로만테우스의 반란에 동조하지 않았음이 분명하니 나로선 그의 속셈을 알 수가 없었다.

“일루 령의 자치령주께서 반군 토벌에 앞장서신다면 황제 폐하께서는 크게 기뻐하실 것이네.”

나의 말에 그녀는 왼손에 들고 있던 금으로 만든 원통을 두 손으로 공손히 나에게 바쳤다.

“무엇인가?”

“자치령주님께서 대공 전하께 보내시는 서한입니다.”

그녀의 말에 밀랍으로 봉해진 원통을 열고 서한을 읽어보았다.

서한에는 이번 로만테우스 반란에 대한 부당함과 함께 황제 폐하를 위해 자신이 병력을 이끌고 반군을 토벌하는 것에 대한 당위성 같은 하찮은 내용이 쓰여 있었기에 그리 관심을 끌지 못했다. 하지만 마지막에 써놓은 내용은 그의 저의가 의심스러웠다.

"본작에게 반군 수장을 처리할 기회를 준다는 것인가?"

편지의 마지막에는 현재 로만테우스의 위치와 반적 로만테우스를 상대하는 마지막 싸움은 나에게 맡긴다는 내용이 적혀 있었다.

나로선 이 서한의 저의를 파악할 수 없어 게리오스에게 서한을 건네주었고, 그 역시 편지를 읽어보더니 이내 무엇인가 생각하는 표정을 지었다.

"그대가 모시는 자치령주의 뜻은 충분히 알았다. 그대는 돌아가 자치령주께 그 제안을 받아들이겠다 전하라."

"예, 대공 전하."

나의 말에 서큐버스는 미소를 지으며 하늘로 날아올랐고, 마물이 사라지는 것을 보며 난 게리오스에게 물었다.

"어떻게 생각하는가?"

"공을 넘기고는 있습니다만 단순히 그것만은 아닌 것 같습니다."

"무엇을 노리는지는 알 수 없지만 일단 반군 수장 쪽으로 향하는 것이 좋을 듯하군."

일루테우스는 도대체 무슨 이유로 나에게 로만테우스의 목을 칠 기회를 넘겨주는 것일까?

그가 노리고 있는 것이 무엇인지 알 수 없는 상황에서 호의라고 할 수 있는 이런 일은 내키진 않지만 아군을 일루테우스가 말한 곳으로 향하게 할 수밖에 없었다.

로만테우스의 반군은 제2내벽의 성문이 있는 반대편에서 드워프를 이용한 땅굴 작전을 감행하고 있었다.

일루테우스의 서한에 따르면 성문 쪽에 위치한 7만에 이르는 반군은 적을 속이기 위한 기만책, 즉 황성 내부로 잠입할 반군의 정예 4만은 이곳에서 땅굴이 뚫리기만을 기다리고 있다는 것이다.

만약 일루테우스가 아니었다면 나 역시 성문 쪽의 병력을 상대로 전투를 벌였을 게 당연하기에 그의 기만책에 혀를 내두를 뿐이었다.

하지만 로만테우스의 병력이 있는 곳에 도착하기도 전에 상황은 급박하게 변하고 있었다.

"대공 전하! 황성이 공격당하고 있다 합니다!!"

"뭣이!!"

진군 도중 게리오스는 황성 내부에서 보내는 전서구를 받았고, 황성이 공격당하고 있다는 말에 당황될 수밖에 없었다.

"황성의 후원으로 십여 개의 땅굴을 만들어 로만테우스의 반군이 밀고 들어온다 합니다. 현재 근위 기사단이 필사적으로 막고는 있지만, 병력에서 밀리고 있는지라 얼마 버티지 못할 것 같습니다."

"전군에 급속 행군을 명해라!!"

"예!"

만약 현 황제 위르테우스가 로만테우스의 반군에 죽임을 당한다면 지금까지의 모든 일은 수포로 돌아갈 수밖에 없기 때문이다.

급속 행군한 아군이 제2내벽의 후방에 도착했을 때는 이미 반수 이상의 반군이 땅굴을 통해 내부로 진입하고 있었다.

아군의 병력이 모습을 드러내자 2만 정도의 병력이 앞으로 나섰고,

그 선두에는 검은 갑옷의 기사단이 배치되어 있었다.

"다크 데블 나이츠……."

황성으로 적이 진입해 들어갔다면 이제 망설이고 있을 시간은 없었다.

황제가 죽기라도 한다면 모든 것이 끝나는 일, 그렇기 때문에 급히 제장을 보며 말했다.

"엡실론 경과 실로페스 경, 그리고 레이딘 이스페온 경은 3만의 병력으로 저들을 막으시오. 그리고 아서 경과 나머지 사람들은 나와 함께 녀석들이 파놓은 땅굴을 통해 황궁으로 들어가도록 합시다."

"예."

작전은 속전속결. 아군을 막아서는 2만의 병력을 상대하기 위해 먼저 엡실론과 실로페스, 그리고 레이딘 이스페온이 3만의 병력을 이끌고 적을 상대하기 시작했다.

다크 데블 나이츠의 정예를 선두로 내세운 로만테우스 반군은 두터운 일자 진형을 이루며 아군의 앞을 막아서고 있었다.

아군이 땅굴로 진입하는 것을 결사적으로 막기 위한 조치였기에 나로선 조금 다급할 수밖에 없었는데, 병력면에서 크게 불리함을 깨달은 놈들이 자신들이 만들어놓은 땅굴을 파괴하기 시작했다.

"이런 젠장!!"

엡실론과 실로페스, 그리고 레이딘은 각자 1만의 병력을 이끌고 2만의 적을 상대하기 시작했다.

가장 중요한 것은 땅굴을 통해 황도로 진입하는 일. 그 때문에 아서와 실로페스는 다크 데블 나이츠를 정면에서 일시에 공격하여 그들의 기동력을 묶었고 그에 레이딘이 자신이 이끄는 병력으로 첨자진을 이루며 적의 진영을 돌격하면서 꿰뚫어 나가기 시작했다.

첨자진이 꿰뚫고 있는 방향은 적의 진영 바깥 부분이었기에 상대적으로 레이딘은 일부분에서 압도적인 전력으로 밀어붙일 수 있었다.

물론 이것은 엡실론과 실로페스가 병력의 운용을 적절히 하며 적의 주력 병력을 자신들 곁으로 끌어들였기에 가능한 일이었고, 레이딘이 한쪽 진영을 부수며 전진하는 것을 확인한 난 아서를 불렀다.

"아서 경!"

레이딘의 첨자진에 의해 길이 뚫리자 아서 경에게 지시하여 전군을 진격시킨 것이다.

"전군 진격!!"

"이랏!!"

나 역시 호위 기사단과 함께 적진을 향해 돌격해 들어갔다. 4만의 병력이 일시에 진격해 들어가자 레이딘의 첨자진에 의해 와해된 적 진영은 더 이상 버티지 못하고 밀려 나갈 뿐이었다.

압도적인 병력 차를 결사적인 항전으로 막아서고는 있었지만, 레이딘이 철저하게 흔든 이후에 본진이 숫자로 밀어붙이고 있었기에 상대가 될 수 없는 일인 것이다.

이미 열세 개의 땅굴 중 일곱 개가 로만테우스 군의 파괴 작전으로 붕괴된 시점에 간신히 여섯 개의 땅굴을 확보할 수 있었다.

"적들이 파놓은 땅굴을 통하여 황성으로 진입하라!!"

땅굴이 확보되자 곧바로 본진을 땅굴로 진입시켰다. 나 역시 중앙에 있던 땅굴 안으로 들어갔다.

드워프 광부를 이용한 탓일까. 땅굴은 생각보다 규모가 커 한 번에 서너 명이 움직일 수 있을 정도일 뿐 아니라 견고하기 그지없었다.

　선천적인 광부이자 장인이라 할 수 있는 드워프가 만든 땅굴인 덕에 빠른 시간 안에 여섯 개의 땅굴을 확보할 수 있었던 것이다. 만약 인간의 솜씨였다면 땅굴 모두가 붕괴되는 것을 막을 수 없었을 것이지만 지금은 그런 것을 생각할 겨를이 없었다. 한시라도 빨리 황궁으로 진입하여 로만테우스를 격퇴하는 것이 우선이기 때문이다.

　오랜 시간 작업한 탓에 땅굴이 상당히 길어 아군이 땅굴을 빠져나와 황궁의 뒤쪽으로 들어서기까지 상당한 시간이 걸렸다.

　어두운 동굴 밖으로 나오자 병사들의 함성 소리와 함께 사방에선 병장기 소리가 난무하고 있었다. 이미 먼저 나와 있는 병력 일부가 근위 기사단을 상대로 전투를 벌이고 있는 로만테우스 군을 압박하고 있었다.

　내부로 들어와 있는 로만테우스 군은 2만 정도에 지나지 않았지만, 반군의 정예 중 정예라고 할 수 있는 병력, 거기에 반군 수장인 로만테우스가 있다고 하는 것은 정규 병력 3, 4만 이상의 힘을 낼 수 있는 것이었다.

　병력이 적은 그가 할 수 있는 방법은 적들이 완전히 알아채기 전에 땅굴을 이용해 기습적으로 공격하여 황궁으로 진입, 황제를 상대하려는 것이 분명했다.

　하지만 황궁의 근위 기사단 역시 적의 땅굴 작전을 이미 파악하여 상당수의 기사단을 황궁의 방어로 돌렸기에 전투는 쉽게 끝나지 않고 있었다.

　"아서 경!! 황궁으로 갑시다!"

　나의 말에 아서 경은 급히 땅굴을 빠져나온 병력을 모아 황궁 내부로 진군해 들어갔다.

로만테우스가 황궁으로 진입한 시간은 얼마 되지 않았고, 근위 기사단 역시 필사적으로 적을 막아서고 있었기에 아직도 전투는 계속되고 있었다.

주궁을 앞에 두고 로만테우스의 병력은 1만 8천에 이르는 근위 기사단과 전투를 벌이고 있었으나 이미 이곳으로 오기까지 5천에 가까운 병력이 발이 묶여 있는 상황이었다.

아서 경을 중심으로 한 2만의 병력이 주궁의 앞으로 들어오자 로만테우스 군이 크게 동요함은 당연한 일이었다.

주궁을 필사적으로 방어하고 있던 근위 기사단을 몰아붙이던 로만테우스 군은 졸지에 주궁을 앞에 두고 근위 기사단과 청록의 숲의 병력에 앞뒤로 포위당한 형국이 되어버렸다.

"음……."

전장의 모습은 그리 좋지 않았다.

이미 최정예로 이루어진 로만테우스 군의 공격으로 인해 수많은 근위 기사단 소속의 기사와 병사가 차가운 시체가 되어 뒹굴고 있었고, 주궁을 보호하고 있는 근위 기사단 중 상당수가 부상을 입은 상태였다.

다행이라고 할까? 군데군데 마법이 펼쳐진 흔적이 있었는데, 아마도 그 때문에 지금과 같은 소강 상태에 들어간 것이 분명했다.

"연금사 로드멘의 마법입니다."

"연금사?"

마법의 흔적을 보고 있던 나에게 게리오스가 다가와 조용히 말했고, 난 연금사란 말에 조금 놀랄 수밖에 없었다. 데리언 학파의 인물 중에서 아직까지 유일하게 만나보지 못한 연금사가 황궁 내부에 있었기 때문이다.

"제가 황궁을 나와 토벌군의 일원으로 있을 당시 만약을 대비하여 로드멘을 황궁에 남겨두었습니다. 로드멘은 던전 마법학에도 상당히 일가견이 있기에 주궁으로 적이 진입해 들어올 것에 대비하여 주궁 주변에 상당한 양의 트랩을 장치해 놓는다 했는데, 그것이 주효했던 것 같습니다."

"오!!"

만약 트랩이 발동하여 로만테우스의 움직임을 막은 것이라면 로드멘의 선견지명은 놀라운 것이라 할 수 있었다.

양쪽으로 근위 기사단과 청록의 숲의 병력에 의해 포위당한 로만테우스 군은 더 이상 움직이지 못하고 있었다. 일단 대치 중인 상태에서 누군가 먼저 상대를 공격한다면 그때부터 치열한 전투의 시작이 될 것이 분명했기 때문이다.

하나, 근위 기사단을 상대로 지쳐 있는 상태에서 후방에 있는 청록의 숲이라는 원군의 등장으로 승리가 보이던 전투는 이미 패전을 면할 수 없게 되었으니 로만테우스로선 허무할 수밖에 없을 것이다.

현재 황제의 근위 기사단은 소드 마스터 최상급의 알칼스 후작과 같은 최상급 기사인 이크리스 백작이라는 양대 축으로 버티고 있는 상황이었다.

소드 마스터 최상급의 다크 데블 나이츠의 단장 에르가와 반군의 수장이자 소드 오버러의 실력자인 로만테우스를 상대로 버틸 수 있었던 것은 아마도 연금사 로드멘의 공이 상당히 컸으리라.

"반군 수장 로만테우스는 들어라! 그대는 스스로가 제국의 축을 이루는 황족임에도 불구하고 감히 황제 폐하의 은총을 저버리고 제국의 하늘에 검을 들었으니 그 죄는 죽음으로도 헤어 나올 길이 없음이다.

이제라도 죄를 뉘우친다면 검을 버리고 항복하라! 그렇지 않으면 그대를 포함하여 그대를 따르는 모든 자들은 이곳에서 목숨을 부지할 수 없을 것이다!!"

나 역시 소드 익스퍼트 상급에 이르렀기에 마나를 돋워 소리치자 소리가 울려 퍼지며 주궁이 쩌렁쩌렁했다.

이 정도의 말로 로만테우스를 위시한 반군의 상장들을 항복시킬 수 없음은 잘 알지만 이미 앞뒤로 근위 기사단과 청록의 숲의 병력에 포위당해 있는 반군의 병사들을 절망으로 빠뜨리기에는 충분했을 것이다.

아나나 다를까, 멀리 보이는 반군 병사들의 얼굴에 절망이 가득했으니 그들 역시 인간인지라 죽음에 대한 공포는 버리지 못한 것이다.

"하하하하하!!"

그때 내가 내질렀던 외침과는 비교도 안 될 정도의 웃음소리가 주궁 전체를 울리며 크게 퍼져 나갔고, 난 엄청난 마나의 힘에 소름까지 돋을 정도였다.

"하하하하!! 기론! 네 녀석은 끝까지 나의 앞을 막아서는구나!!"

기론이라는 말에 난 웃음소리의 주인이 바로 반군 수장인 로만테우스라는 것을 알 수 있었다.

그리고 잠시 후, 청록의 숲의 병력이 있는 곳에서 검은 갑옷의 기사단 일부가 모습을 드러냈고, 그 선두에서 과거 제국의 황궁에서 보았던 황태자 로만테우스의 모습을 확인할 수 있었다.

그리고 그의 좌측으로는 다크 데블 나이츠의 수장인 에르가 백작 역시 자리하고 있었는데, 이미 자신들의 패전으로 굳혀져 감에 있어도 로만테우스와 에르가의 얼굴에는 패전의 두려움 같은 것은 보이지 않았다.

오히려 황족으로서의 당당함과 그를 따르는 충실한 기사로서의 결의까지 보이고 있었기에 나로선 그의 당당한 모습에 찬사를 보내고 싶었다.

자신의 최후가 다가왔음에도 저런 당당함을 보인다는 것은 쉽게 할 수 있는 일이 아니기 때문이다.

"이미 나의 야망이 끝났음을 알고 있다. 더 이상의 싸움은 불필요한 일, 기론의 뜻을 따르는 자여, 그대라면 충분히 위르테우스에게서 나의 부하들을 지켜줄 수 있으리라 생각한다."

그의 말에 나로선 뭐라 할 말이 없었다. 모든 것이 끝났음을 예감하고 나에게 자신의 부하들을 지켜주기를 바라고 있었기 때문이다.

하지만 현재 나의 입장에선 그의 말에 확답을 내줄 수가 없었다.

만약 내가 그의 청을 받아준다 한다면 황제가 뻔히 보고 있는 주궁의 앞에서 다분히 월권 행위를 하는 것이 되기 때문이다.

황제의 거처라 할 수 있는 주궁의 앞에서 그들이 항복했을 때 처벌할 수 있는 권리를 가진 자는 오직 현 황제 위르테우스뿐이다.

개인적으로는 그의 청을 받아들이고 싶지만, 망설일 수밖에 없었는데 그때 게리오스가 다가와서는 조용히 나에게 로만테우스의 청을 받아들이라 말하고 있었다.

"그렇게 하십시오."

"게리오스……."

"형님은 대공 전하께 부탁하는 것이 아닙니다."

"…그렇다면……?"

"예, 이미 로만테우스 형님은 제가 이곳에 있음을 눈치 채고 있을 것입니다.”

게리오스를 상대로 부탁하고 있는 것이라면 나로선 망설일 필요가 없었고, 이내 말을 몰고 앞으로 나와 큰 소리로 소리쳤다.

“그대의 뜻을 받아들이겠다!”

내가 자신의 뜻을 받아들이자 로만테우스는 천천히 허리의 검을 뽑아 들고는 아군 쪽으로 빠르게 말을 몰아 달려왔다.

하나, 그의 옆에 있던 에르가나 다른 부하들은 전혀 움직일 생각을 하지 않고 있었다.

“왜……?”

에르가를 위시로 한 로만테우스의 휘하 기사들은 충성스럽기로 알려져 있는 자들이었다. 그럼에도 불구하고 자신들의 주군인 로만테우스가 단기로서 아군을 향해 달려오고 있음에도 왜 움직이지 않는 것일까?

아무리 로만테우스가 자신 혼자만의 죽음으로 끝을 내고 싶다 말했다 하더라도 그들이라면 그냥 보고 있을 리 없었다. 죽어서까지 주군을 따라가는 것이 당연했음에도 움직이지 않는다는 것은 뭔가 다른 것이 있음이 분명했다.

아니나 다를까, 일부의 기사들은 로만테우스가 아군을 향해 홀로 달려가고 있는 것을 보며 눈물을 흘리고 있는 것을 볼 수 있었다. 그러나 그들 중 어느 누구도 주군을 따르는 이는 없었다.

“아서 경! 부탁하네!”

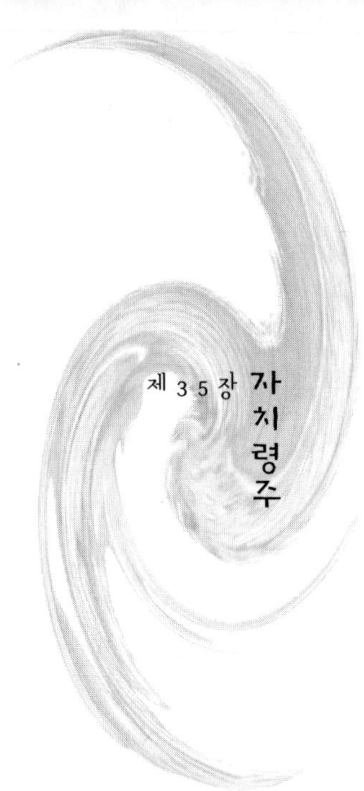

제35장 자치령주

모든 것을 끝낼 요량인지 그는 단기로 아군을 향해 돌진해 들어오고 있었다.

소드 오버러의 단계에 이른 기사가 상대라면 다수의 병사나 기사는 오히려 그의 먹이가 될 게 분명한 일이었다.

소드 오버러는 마법사의 단계로 본다면 8서클의 고위 마도사급에 이르는 실력, 아니, 개인적인 전투 능력으로 본다면 9서클 유저와 비교해도 뒤지지 않는 힘을 지니고 있는 자였다.

인간의 한계를 뛰어넘은 자라고 할까? 소드 오버러의 능력 중에는 마나 에이리어가 있어 그 영역에 들어가는 자 중 마스터 이상 급이 아닌 검사는 마치 드래곤 피어에 당한 것처럼 한없는 공포를 느끼며 자신의 능력을 백분 발휘할 수 없다 들었다.

물론 소드 오버러만의 고유 능력인 마나 에이리어는 일생에 두세 번 이상 사용할 수 없으며, 그 이상을 사용하게 되면 신체의 모든 조직이 파괴된다고 한다. 하지만 로만테우스는 이미 자신의 야망이 꺾였음을 알고 기사로서 죽음을 선택하는 상황에서 마나 에이리어를 사용할 것이 분명했다.

그 때문에 일반 병사나 기사들을 보낼 수 없는 상황이라 마스터 급 이상의 기사로 그를 상대하게 할 수밖에 없었기에 같은 소드 오버러의 단계에 올라 있는 아서 경으로 하여금 그를 상대하게 한 것이다.

내가 자신을 부르자 아서는 고개를 끄덕이고 단기로 달려오고 있는 로만테우스를 향해 말의 박차를 가하며 뛰어갔고, 드디어 대륙사에서 몇 번 찾아보기도 힘든 소드 오버러 간의 나이트 배틀이 시작되었다.

"하압!!"

카강!!

빠른 속도로 서로를 향해 가던 두 사람은 한순간 오른손에 든 검에 마나를 돋우는가 싶더니 이내 강렬한 기세로 충돌했고, 푸른 불꽃이 사방으로 터져 나오며 두 사람은 엇갈리듯이 스쳐 지나갔다.

하지만 이 한 번의 충돌은 서로 간의 힘의 우위를 확인하기에 충분한 듯했다.

스쳐 지나간 두 사람은 동시에 기수를 돌리는가 싶더니 이내 다시 한 번 충돌했고, 이번에는 두 사람 모두 빠른 검격을 이용하여 상대를 공격하기 시작했다.

"엄청나군……."

나로선 눈에 보이지도 않는 검의 움직임에 탄성밖에 나오지 않았다.

히히힝!!

하지만 놀라움은 이제 시작이었다. 어느 사이엔가 두 사람의 몸에 푸른 마나의 기운이 안개와 같이 서리는가 싶더니 이내 투명한 막이 되어 점점 퍼져 나가기 시작했고, 한순간 두 사람이 타고 있던 말들이 긴 울음소리를 내며 앞발을 치켜들면서 자신들의 주인을 떨구어냈다.

소드 오버러만이 행할 수 있는 죽음의 영역이라는 마나 에이리어가 동시에 터져 나오며 서로가 타고 있던 말을 압박했고, 그 때문에 더 이상 버티지 못한 말들은 고통에 못 이겨 몸부림쳤던 것이다.

멀리 떨어져 있음에도 불구하고 두 사람의 마나 에이리어의 충돌로 인해 퍼진 살기는 그들을 지켜보고 있던 많은 사람들을 주눅 들게 하기에 충분했고, 등줄기에선 식은땀이 흘러내렸다.

"이것이 마나 에이리어인가……."

"소드 오버러의 마나 에이리어는 드래곤 피어와 같은 효과를 가진다고 들었습니다. 강렬한 살기와 검사의 마나가 융합되며 생겨나는 것이 마법 학회의 공식적인 가설입니다."

"살기와 마나의 융합이라……."

드래곤 피어와 같은 힘을 가진 영역, 어쩌면 이것은 인간이 가져서는 안 되는 힘일 수도 있단 생각이 들었다.

각자 타고 있던 말이 마나 에이리어의 충돌로 더 이상 버티지 못하고 고통스러운 울음소리를 내며 이내 땅으로 쓰러지자 몸을 빠르게 일으킨 후 또다시 강렬한 기세로 서로를 향해 검을 휘두르며 공격해 들어갔다.

채재쟁!!

쿠구궁!!

푸른 마나의 공간이 겹쳐지자 이내 주위는 검게 변해갔고, 마치 공간 자체가 붕괴된 듯이 두 사람 주변의 땅은 사방으로 터져 나가며 일 순간 강한 돌풍을 만들어 주위의 모든 것을 쓸어가기 시작했다.

강렬한 힘의 충돌에 못 이겨 이들 주위의 모든 것이 파괴되어 가고 있는 모습은 장관이라고밖에 말할 수 없었다.

하지만 같은 단계에 이른 두 사람이라 할지라도 같을 수는 없는 법 일까? 마나의 양과 검술, 그리고 존재 자체가 다른 이상 접전을 이루고 있는 싸움은 언젠간 한 사람의 승자와 한 사람의 패자를 만들어낼 수 밖에 없는 일, 그 결과가 조금씩 드러나고 있었다.

서로를 향해 빠르고 강한 검격을 날리며 대결하던 두 사람이었지만, 이십여 분이 지나자 두 사람의 모습은 판이하게 달리 변해갔다.

처음 배틀을 시작할 때 호각세를 보이던 두 사람은 이미 땀으로 흠 뻑 젖어 있는 모습이었지만, 아서에 비해 로만테우스의 모습은 처참하 기 그지없었다.

눈에 보이지도 않았던 검격이 서서히 눈에 들어오자 그가 내뿜고 있 는 마나의 공간이 점점 붉게 변하고 있는 것을 볼 수 있었는데, 땀과 함께 상대의 검격에 당한 작은 상처에서 붉은 피안개가 서리기 시작했 기 때문이다.

"하압!!"

그리고 그 붉은빛이 더욱 짙어지는 시점에 아서는 뒷걸음질치는가 싶더니 회심의 일격을 가하려는 듯 오른손에 들고 있던 바스타드 소드 를 두 손으로 움켜쥐며 강한 일격을 날렸다.

마나의 빛이 강렬하게 터져 나오는 일격은 그대로 로만테우스의 머 리를 향해 내리 꽂혔다. 로만테우스 역시 오른손에 들고 있던 롱 소드 를 휘둘러 그의 검격에 대항했지만 날카로운 쇳소리가 길게 울리는가 싶더니, 한순간 무엇인가가 로만테우스의 얼굴을 스치며 허공을 가르더니 이내 땅으로 떨어지고 말았다.

채쟁—

두 사람 사이에서 떨어져 나온 것은 부러진 검의 조각, 아서의 검격에 대항하던 로만테우스의 롱 소드가 강한 충격을 버티지 못하고 두 동강이 나며 땅으로 떨어진 것이다.

그리고 부러진 검 조각이 스쳐 지나간 로만테우스의 얼굴은 붉은 선이 점점 짙어지며 이내 붉은 피를 뿜어냈다. 작은 피류의 상처에 지나지 않았음에도 두 사람의 소드 오버러가 만들어내는 영역의 충돌은 엄청난 피를 요구하고 있었던 것이다.

자신의 검이 부러진 것을 확인한 로만테우스는 물론 상대의 검을 부러뜨린 아서 모두 서로를 바라보며 움직이지 않았기에 도대체 무슨 일이 일어났는지 알 수 없었다.

"왜 검격을 멈춘 것이지?"

"…싸움이 끝난 것 같습니다."

"끝나?"

"예."

두 사람이 검을 멈추자 옆에 있던 게리오스는 침울한 표정으로 싸움이 끝났음을 말했다.

그저 로만테우스의 검이 부러졌을 뿐인데 이것으로 싸움이 끝났다는 말은 나로선 이해할 수가 없었는데 다음 순간 놀라운 일이 벌어졌다.

싸움이 끝난 이후에도 마나 에이리어를 유지하고 있던 두 사람을 감싸는 반원형의 공간이 지금까지와는 비교도 되지 않을 정도로 짙게 물들어가고 있는 것이 보였기 때문이다.

그리고 아서를 바라보던 로만테우스는 입가에 미소를 띠고 있었는데 그가 입고 있던 은빛 갑옷이 대각선으로 길게 붉은 선을 만들어내는가·싶더니 이내 크게 벌어졌고, 그와 함께 그의 가슴에서 피분수가 터져 나왔다.

"아!!"

아서가 날린 일격으로 인하여 그저 검만 부러졌다고 생각했지만 그의 검격은 검을 자르며 로만테우스의 가슴을 대각선으로 그어버렸던 것이다.

잠시 후 붉은 피를 뿌리고 있던 로만테우스는 자신을 쓰러뜨린 아서를 보며 무엇인가를 말하는 듯이 중얼거렸고, 그의 청을 들은 듯 아서가 고개를 끄덕이는 것을 볼 수 있었다.

그리고 이내 들고 있던 바스타드 소드를 들어 올려 상대를 향해 빠른 속도로 검격을 날렸다. 그의 검이 상대를 스쳐 지나는 순간 로만테우스의 목은 그의 몸에서 분리되며 땅으로 떨구어졌고, 이내 그의 몸은 볏단 쓰러지듯 땅으로 쓰러지고 말았다.

"와아아아!!"

반군의 수장인 로만테우스의 목이 땅에 떨어지자 사방에서 병사들과 기사들의 함성이 터져 나오기 시작했고, 그 승리의 함성은 제국의 중심이라 할 수 있는 주궁을 크게 울리고 있었다.

오랜 시간 이어왔던 제국의 내전은 반군의 수장이라 할 수 있는 로만테우스의 죽음과 함께 끝이 난 것이다.

로만테우스의 목을 벤 아서는 잠시간 그의 모습을 지켜보는가 싶더니 이내 몸을 돌려 아군의 진영으로 걸음을 옮겨왔고, 그가 물러나자 로만테우스 진영에 있던 다크 데블 나이츠의 기사들이 그의 시신이 있는 곳으로 달려오는 것을 볼 수 있었다. 주군의 시신을 수습하기 위한 것이었기에 난 병사들을 움직이지 않고 그저 지켜보았다.

로만테우스, 어쩌면 제국은 역사상 가장 강력한 국가를 만들 수 있는 영웅을 스스로의 손으로 죽였다고 할 수 있었다.

객관적으로 볼 때 철저한 약육강식을 부르짖은 로만테우스는 일곱 황자 중 제국의 건국 이념과 가장 가까운 사람임에는 틀림이 없었다.

하지만 아이러니하게도 가장 제국의 건국 이념에 가까운 인물이 현재의 제국에선 그리 환영받지 못하는 존재가 되어버린 것이다.

문화적으로는 뒤지지만 강력한 전투력을 보이던 제국의 부족 출신 귀족들은 수백 년 제국의 역사 동안 타성에 젖었고, 그 때문에 제국 확장주의를 부르짖은 로만테우스의 외침은 그들에게 먹혀들지 않았다.

귀족들의 입장에서는 제국 확장주의 노선을 내세우며 강력한 황권을 이룩하려던 그라는 존재는 껄끄러울 수밖에 없는 것이다.

만약 그라는 존재가 백 년 전에, 아니, 그를 제외한 여섯 형제의 존재만 없었어도 제국사에 길이 남을 황제로 이름을 날렸을 것을 시대를 타고나지 못한 것이 지금의 결과를 만들어낸 것이다.

비운의 황태자 로만테우스의 죽음으로 끝이 난 제국의 내전은 이제 위르테우스라는 유약한 황제의 존재로 인하여 대륙의 많은 국가들이 겪었던 일을 똑같이 이어가게 될 것이다.

제국의 중심을 이루던 황권은 약해지고 귀족들의 힘이 더욱 커져 제국의 실질적인 힘은 이제 제국이 아닌 그 주위의 귀족들에게로 분산될 것이기 때문이다.

물론 그러한 변화가 제국에 유리하게 작용될지 불리하게 작용될지는 아직 모르는 일이었다. 실제로 왕권이 미약하고 귀족의 세력이 강력한 국가들 중에서 그 유래를 찾아볼 수 없을 정도로 강력한 군사력과 확장주의 노선을 타며 번창했던 경우가 없었던 것도 아니기 때문이다.

그의 죽음 이후, 난 다시 한 번 토벌군의 총사령관 직을 수락하고 15만 대군을 이끌고 남하해야 했다.

로만테우스와 함께 난을 일으킨 세이반테우스가 그때까지도 무너지지 않고 도노테우스를 상대로 힘겨운 전투를 행하고 있었기 때문이다.

하지만 내전의 축이었던 로만테우스의 죽음 이후 그의 군 사기는 크게 저하됐고, 병사들은 오랜 내전으로 지쳐 있는 상태였다.

세이반테우스가 드워프들을 해한 때문에 수적으로 크게 밀리고 있던 도노테우스는 예상하지도 못한 드워프들의 조력을 얻을 수 있었고, 도노테우스와 드워프 일족의 연합 공격으로 인하여 초반에 승승장구하던 세이반테우스는 산악 지형에 밝고 개인 전투 능력이 앞서 있는 드워프들의 게릴라전에 시달리며 도노테우스의 파상 공격으로 자신의 땅으로 점차 밀려갔다.

하지만 로만테우스의 군을 격퇴하고 남하한 토벌군은 세이반 령의 중심 도시 일곱 곳을 함락하며 이미 세이반 령의 반 이상을 차지한 상태였기에 세이반테우스는 남아 있는 5만의 병력과 함께 자치령 남단의 군사 도시 이트론으로 후퇴, 최후의 항쟁을 벌였다.

그러나 압도적인 토벌군의 숫자를 감당하기에는 세이반테우스의 병사 수나 사기, 군량 모든 것이 크게 떨어져 있는 상태였기에 이트론 전투는 본격적인 전투가 시작된 지 단 사흘 만에 토벌군의 대승으로 끝이 나고 말았다.

이트론 전투에서 패한 세이반테우스는 성이 함락되는 순간 자신의 거처에서 스스로 목숨을 끊음으로써 내전은 완전히 끝이 났다.

두 자치령주의 연합으로 시작된 내전은 일 년 사 개월 만에 끝이 난 것이다.

황제가 내전을 승리로 이끌었다고는 하지만 이 내전으로 제국이 입은 상처는 엄청났다. 초반에 압도적인 기세로 밀어붙이던 로만테우스로 인하여 황제의 군대는 엄청난 피해를 입었기 때문이다.

양군을 통틀어 내전으로 전사한 자는 30만 이상, 부상자는 그 두 배 이상이었으며 내전 중에 직접적이나 간접적인 피해를 입은 제국민의 숫자는 수백만에 달할 정도였다.

제국 재정부는 이 내전으로 인하여 생긴 금전적인 손실을 2조 3천억 골드로 추산하고 있었는데, 이것은 제국 일 년 예산의 두 배 이상이었으니 일곱 황자의 존재로 제국 역사상 제일의 번성기를 누리던 제국은 그들로 인하여 역사상 가장 큰 손실을 동시에 입은 것이다.

그러나 이러한 피해는 제국의 힘이라면 충분히 감당할 수 있는 문제였다.

알디하렌 제국은 대륙 제일의 대국, 이 정도의 피해는 길어야 십 년이면 다시 내전 이전의 상태로 복구할 수 있을 만큼 저력있는 국가였다.

하지만 문제는 내전 이후의 정치 혼란에 있었다.

로만테우스는 자신의 뜻을 따르는 이들의 선처를 부탁하며 주궁을 앞에 두고 아서와의 단독 대결을 통해 마무리 지었지만, 그것은 그의 뜻일 뿐 황제의 뜻이 아니라는 것이다.

그나마 다행이라면 현 황제가 일곱 황자 중에서 가장 자애롭다고 알려져 있던 위르테우스였기 때문에 몇몇 내란 가담자들은 목숨을 부지할 수 있었는데, 문제는 제국 재상 스코트 공작과 귀족 연합장인 리스든 공작이었다.

두 사람의 주도 하에 이루어진 내란 가담자들의 숙청은 어떻게 해볼 사이도 없이 빠르게 이루어졌고, 후에 이 두 사람에 의해 숙청된 자들의 명단을 보는 순간 모든 이들은 경악을 금치 못했다. 어이가 없을 정도로 예상 밖의 인물들이 올라 있었기 때문이다.

내전의 중추에 속했던 인물이라 할 수 있는 다크 데블 나이츠의 단장인 에르가 백작은 나와 게리오스가 로만테우스의 일을 이야기하며 선처를 호소했다.

그 개인적으로 기사단장의 직함 외에는 로만 령의 작은 영지만을 가지고 있는 소영주에 지나지 않았기에 작위를 박탈당하고 영지의 모든 재산을 몰수, 그가 단장으로 있던 다크 데블 나이츠가 해체되는 것으로 끝이 났다.

그 밖에 다크 데블 나이츠에 속해 있던 기사나 귀족들 역시 작위를 박탈당하고, 영지와 재산이 몰수되었다.

그 외에 중앙 정부에 속해 있지 않았던 필로슨 공작, 텔슨 후작 등 실질적인 로만테우스의 지지자들은 작위를 한 단계 강등당하거나 영지를 압수당했다.

하지만 로만 자치령의 전 자치령주이자 전전대 황제의 여동생인 엘리사테우스 공작 부인, 스만 자치령의 전대 령주이자 전전대 황제의 동생인 그리온테우스 등은 로만테우스에게 간접적으로 지원했거나 내전을 방관했음에도 불구하고 내전의 실질적인 인물로 지명되어 사형당한 것을 비롯하여 귀족 연합회의 이인자 가이론 공작과 그의 일파였던 밀턴 후작, 에이고 후작, 실리온 백작 등의 인물은 방관자에 지나지 않았음에도 불구하고 내전에 참여했다는 죄명으로 사형당하거나 작위를 박탈당했다. 그 외에도 처형된 자작이나 남작의 숫자는 헤아리기조차 어려웠다.

일단 죽은 것으로 알려져 있는 게리오스가 로만테우스의 중심 인물들의 선처를 부탁하여 위르테우스가 그들의 작위를 강등시키거나 영지의 재산을 압류하는 것으로 끝낼 수 있었지만, 나머지 반란 가담자들에 대한 처벌은 스코트와 리스든 공작에게 일임했던 것이 이런 말도 안 되는 결과를 내고 만 것이다.

이들 모두가 숙청당한 사실을 알게 된 위르테우스는 스코트와 리스든을 불러들였지만, 이미 상황은 모두 끝난 후였고, 자신의 곁에서 끝까지 보필하며 반군을 상대로 싸웠던 스코트와 리스든을 벌할 수 없는 황제로선 그저 호통 치는 것으로 끝낼 수밖에 없었다.

그 결과 내전으로 인하여 중앙 정부에서 강력한 힘을 보이던 두 명의 황족과 귀족 백여 명의 이름이 제국에서 지워졌기에 중앙 정부는 스코트와 리스든 일파의 귀족들이 장악하게 되었다.

수많은 사람들이 죽고 엄청난 피해를 자아낸 내전. 하지만 모든 전쟁의 이후에 늘 그래 왔듯이 전쟁의 승리자에게는 전공에 따른 포상이 존재했고, 근위 기사단을 중심으로 한 내란 가담자들과 방관자들에 대한 대대적인 숙청이 끝난 이후 황제는 각지의 귀족들에게 초청장을 보내어 황궁의 승전 파티에 참석하게 했다.

과거 황제의 국상이 있었던 주궁의 대무도회장은 이전에 보았던 것과는 달리 화려하게 꾸며져 생전처음 보는 대연회가 벌어졌다.

영지에서 비교적 검소한 생활을 해왔던 나로선 이런 모습이 낯설 수밖에 없었다.

이번 내전의 제일공신이라 할 수 있는 나이지만, 이곳에 찾아든 귀족들 중 가장 초라한 복색을 하고 있었다.

그도 그럴 것이 이번 승전 파티에 참석할 수 있는 자격을 가진 이는 백작 이상의 고위 귀족들로 한정되었으니 조금이라도 황제의 눈에 띄기 위해 온갖 치장을 다했기 때문이다.

흑마법사 엘프인 필리아를 파트너로 동행한 이번 파티에는 로만테우스를 쓰러뜨리고 명실 공히 제국 제일의 기사로 이름을 떨치게 된 아서를 비롯하여 엡실론과 크리븐, 기스 등이 참가하게 되었다.

그러나 이 황궁 무도회에 참석하기 전에 내가 가장 먼저 들른 곳은 이곳이 아닌 황자들이 머물던 별궁이었다.

과거 게리오스가 머물렀던 별궁에는 게리오스와 함께 육황자 도노테우스가 자리하고 있었다.

물론 그 중심에 나와 아서 경이 있는 것은 어쩌면 이제부터 제국 재상인 스코트와 귀족 회의 의장인 리스든이 장악하고 있는 제국의 실질적인 권력을 양분할 이들의 모임이라 해도 과언이 아닐 것이다.

"스만테우스 형님의 일은 이미 황제 폐하이신 형님께 아뢰었으니 내전을 방관하고 암암리에 로만테우스 형님을 도운 일은 없었던 것으로 할 것입니다."

"하나 문제는 그들이 아닙니다. 황제 폐하께서야 괜찮겠지만, 반대파 귀족들을 모두 숙청한 스코트 공작과 리스든 공작이 스만테우스 자치령주를 그대로 보아 넘기지 않을 것입니다."

스만테우스와의 협약이 있어 그를 다른 이들과 같이 숙청시킬 수는 없는 일이었다. 아니, 그를 살려야만 앞으로 제국에서의 나의 행보가 훨씬 편해질 수 있음이 분명했기에 난 도노테우스 자치령주에게 스만테우스의 구제를 부탁했고, 황제는 나와 도노테우스의 부탁을 들어준다 약속했다.

하나 아무리 황제라 할지라도 독단적으로 일을 진행시킬 수는 없는 법, 재상인 스코트와 귀족 회의 의장이 강경하게 나온다면 스만테우스를 구제하는 것은 힘든 일이 될 수도 있었다.

"저희의 입장에선 스만테우스 자치령주를 반드시 살려야 하는 이유가 있습니다. 그것을 아십니까?"

두 사람의 이야기를 듣던 난 천천히 그들을 보며 말했고, 나의 말에 두 사람 역시 고개를 끄덕이고는 대답했다.

"예. 스만테우스 형님만이 현재로선 유일하게 일루테우스 형님을 견제할 수 있는 분이니까요."

"하나 황제 폐하께서 스만테우스 형님을 용서하신다 할지라도 다른 이들의 눈이 있으니 당분간은 자중해야 한다는 것이 문제겠지요."

게리오스와 도노테우스의 말에 나 역시 고개를 끄덕였다.

일루테우스, 그는 생각하면 생각할수록 무서운 자였다. 황도에서 보았던 네크로멘서, 마신의 힘을 사용하는 흑마법사, 어둠의 검이라 불리는 어쎄신까지 보유하고 있는 것은 둘째 치고라도 이번 내전에서 황제파에 속한 많은 이들이 상당한 피해를 보았음에도 불구하고 그는 황도에서 언데드만을 이용해 그 자신의 전력을 고스란히 남겼기 때문이다.

나중에 생각해 보니 그가 황도에서 나에게 공을 넘기고 적들을 언데드로만 상대하려 했던 것은 후일을 위해 자신의 전력을 유지하기 위함이 아닐까 하는 생각이 들었다.

물론 그가 전력을 지켜내더라도 황제파의 전력과 비교한다면 크게 차이가 나기는 하지만 겉으로 드러나지 않은 전력을 포함하고 중앙 정계를 장악한 스코트나 리스든 중 한 명이라도 끌어들인다면 그에 의해 벌어질 내전은 로만테우스 때와는 비교조차 할 수 없을 것이다.

그나마 다행이라면 그가 지배하고 있는 일루 령이 제국에서도 척박하기로 이름난 대지라는 점과 스만 령을 치고 황도까지 군사를 올린 덕분에 당장 군을 유지할 군량조차 부족한 상황이 됐다는 것이다.

그 때문에 그는 당장 반란을 일으키고 싶어도 일으킬 수 없는 처지가 되었지만 일루테우스가 만만한 자가 아니라는 생각에 불안감은 사라지지 않았다.

그는 무슨 목적으로 무리하게 스만 령을 친 것일까? 분명 그 역시 스만테우스가 내전에서 중립을 지키려 할 것임을 알았을 텐데, 그럼에도 스만 령을 치고 로만 령의 중심 도시를 점령, 병사를 나누어 군량의 부족함을 알면서도 황도까지 올라왔다는 것은 반란을 종식시키기 위한 토벌군 역할을 했다고 보기엔 그의 성격상 무리가 있었다.

"그 때문에 트리말론 대공께 부탁이 있습니다."

"예? 저에게 말입니까?"

한참을 일루테우스에 대해 생각하고 있을 때 도노테우스가 나에게 부탁이 있다는 말을 했기에 난 그에게로 고개를 돌렸다.

이제 제국 내전이 모두 끝난 시점에 제국에서 광물 교역에 필요한 권리와 여러 가지 이권만을 얻고 돌아가려 생각하고 있는 나였는데, 또 무슨 부탁을 하려는 것일까?

이런 생각을 하고 있을 때 도노테우스는 나에게 한 가지 부탁을 했고, 그 부탁에 난 입을 다물 수 없었다.

　도노테우스가 나에게 한 부탁을 생각하며 난 대무도회장에 들어서고 있었다.

　이번 황궁 대무도회는 그야말로 제국에서 백작 이상의 고위 귀족들이 모두 다 모인 대규모의 무도회라 해도 과언이 아니었다.

　아니, 어쩌면 이것은 당연한 것일 수도 있었다. 로만테우스의 반란 이후 스코트 공작과 리스든 공작의 반대파 숙청은 가혹하고 잔인하게 이루어졌기에 그동안 황궁 무도회에 참석하지 않은 고위 귀족들은 자신의 작위와 목숨을 부지하기 위해서라도 참석해야 했다.

　그 때문인지 수백여 명의 귀족은 한눈에 보아도 몇 개의 무리로 나누어져 있었는데, 그중 가장 많은 이들이 모인 곳은 제국 재상 스코트 공작과 리스든 공작, 그리고 일루테우스 자치령주의 무리였다.

　나와 함께 토벌군을 지휘했던 기르스 후작 쪽에도 꽤 많은 수의 귀족이 모여 있었지만, 전형적인 문관 귀족으로 뛰어난 학식을 지니고 있지만 아부를 하지 못하는 그의 곁에는 중립에 속한 귀족들만이 모여 있을 뿐이었다.

　쉽게 말하면 기르스 후작 쪽으로 모인 귀족들은 스코트에게도 리스든에게도 붙지 못하는 외톨이 귀족인 것이다.

　"플로렌 폰 시피른 트리말론 대공 전하 내외분께서 납시었습니다!"

　필리아를 파트너로 대동한 내가 무도회장 안으로 들어가자 수많은 귀족들의 관심은 자연히 나에게 쏠릴 수밖에 없었다.

　이번 로만테우스의 반란 진압의 제일공신이자, 전 황제가 비밀리에 대공으로 임명한 귀족으로 도노테우스 자치령주와 현 황제 위르테우스의 총애를 받는다고 알려져 있는 내 존재는 중앙 정부를 장악한 스코트나 리스든 공작과 비교할 수 없었기 때문이다.

물론 지금 당장 나의 세력이 될 귀족들은 없었지만, 마음만 먹는다면 황제파인 기르스 후작 쪽의 귀족은 물론 스코트나 리스든을 따르는 귀족을 끌어들이는 것은 그리 어렵지 않은 일이다.

지금이야 북부의 작은 공국의 주인에 불과하지만 이번 공로로 현 황제가 어떠한 포상을 내릴지 모르는 상황이기 때문이다.

아니나 다를까, 수많은 귀족들이 나에게 인사를 올리기 위해 몰려들어 조금 귀찮다는 생각마저 들 정도였다. 하지만 잠시 후 내 쪽으로 몰려들고 있던 귀족들은 누군가의 존재를 확인하고는 급히 물러서기 시작했는데, 바로 스코트 재상과 리스든 공작이 내 쪽으로 다가오고 있었기 때문이다.

"어서 오십시오, 트리말론 대공 전하."

"다시 뵙겠습니다, 스코트 공작."

미소 띤 얼굴로 인사를 하는 스코트를 보며 나 역시 미소로 답하고는 말했다.

과거 게리오스와 함께 제국의 황도에 왔을 때는 셔먼 출신의 남작 시피로스란 이름으로 만났지만, 현재 나의 신분은 작위 중 가장 높다고 할 수 있는 대공의 신분이다.

그 때문인지 정중하게 인사를 올리는 그의 모습에 조금은 들뜨는 기분이 들었는데, 아멘에서는 공작의 작위를 지녔음에도 무시당하던 내가 제국에서는 제국 재상의 인사를 받으니 어찌 기분이 좋지 않겠는가? 후후후!

스코트와 리스든의 입장에선 떠오르는 별인 나를 견제하기 위해서라도 이곳에서 나에 대해 조사해 보려 할 것이다.

앞으로 자신들의 라이벌이 될 사람이니 말이다. 하지만 아직은 그러한 낌새를 보이지 않자 두 사람은 그저 가벼운 소재로 이야깃거리를 만들 뿐, 제국 정세에 관한 중한 이야기는 권하지 않고 있었다.

내 옆에서 조용히 서 있는 필리아를 보며 아름답다는 둥, 어디의 경치가 아름답다는 등의 하찮은 이야기에 잠시간 그들과 대화를 나누던 나는 하품만 나올 뿐이었다.

하지만 이런 지루함과는 달리 난 과거 아멘 왕궁에서의 무도회와는 달리 즐거운 마음도 없지 않았는데, 그것은 현재의 파트너인 필리아가 귀족 영양들이나 부인들에게 무시를 당하지 않는다는 점이었다.

아멘이라면 대귀족의 반려자로서 이종족은 어울리지 않는다며 많은 이들이 그녀의 아름다움을 시기하고 뒤에서 나를 깎아내리려고 노력할 테지만, 제국은 종족 간의 차별이 미약하다 보니 황궁 무도회에 참석한 자들에게 그녀의 아름다움은 부러움의 대상일 뿐이었다.

"도노 령의 자치령주이신 도노테우스 전하 내외분께서 납시었습니다!"

이들 두 사람과 이야기를 나누고 있을 때 무도회장으로 도노테우스 자치령주의 내외가 왔다는 소리가 들리자 사람들은 또다시 웅성거리기 시작했다.

친 황제파의 황족으로 황제의 오른팔이라 할 수 있는 도노테우스는 자치령주라는 신분 때문에 중앙 정계에 있는 것은 아니었지만, 제국에서 일루테우스에 이어 세 번째로 강한 군사력을 보유하고 있는 사람이기 때문이다.

도노테우스의 내외가 안으로 들어오는 것을 확인한 난 스코트와 리스든에게 손을 들어 양해를 구하고는 필리아와 함께 그의 곁으로 가 황족에 대한 예의를 보이며 인사를 올렸다.

"어서 오십시오, 도노테우스 전하."

"트리말론 대공께서 벌써 무도회장에 와 계셨군요. 대공께서 황궁 무도회에 참석하시는 것은 이번이 처음이실 텐데 어떻습니까?"

"하하하! 무도회가 익숙지 않은지라 적응이 되지를 않는군요."

"하하하! 저 역시 처음 황궁 무도회에 참석했을 때는 사방에서 몰려드는 귀족가의 영양들 덕분에 숨이 막힐 정도였답니다. 그러니 이번 반란 진압에 큰 공을 세우신 대공 전하께서는 어떻겠습니까? 그나마 대공 전하께서는 옆에 아름다운 부인이 계신 덕에 귀족가의 영양들의 대쉬가 없으니 아무래도 부인께 감사해야 할 것입니다."

"이런, 그런 사정이 있었군요. 하하하!"

사전에 도노테우스와 밀약이 되어 있었기에 난 그와 최대한 친밀한 모습을 보이고 있었다.

이런 나의 모습에 스코트나 리스든은 도노테우스에게 인사는 올렸지만, 제대로 된 대화조차 나누지 못하고 있었으니 이것 역시 계획된 일이라 할 수 있었다.

황제의 최측근인 도노테우스와 친밀한 사이이며, 앞으로 제국 중앙 정계에 중심 인물이 될 나를 위해서는 이러한 모습이 반드시 필요하기 때문이다.

내가 도노테우스와 이야기를 나누는 동안 이번 황궁 무도회에 참석한 제장들이 하나둘씩 모여들기 시작했다.

이 중 가장 관심을 끌고 있는 사람은 청록의 숲의 수장인 아서였다. 도노테우스에 의해서 그가 반제국 조직인 청록의 숲의 일원임이 밝혀졌다고는 하지만 이번 내란에서 황제와의 밀약을 통해 반군을 토벌하는 데 큰 공을 세우고, 그 수장인 아서가 소드 오버러라는 단계로 제국 제일의 기사라는 것이 밝혀졌기에 아무리 이전에 반제국 조직의 수장이었다 할지라도 그를 함부로 대우할 수 없는 것이었다.

그 때문에 쉰다섯 살의 나이임에도 불구하고 상처하여 아들과 함께 황궁 무도회에 참석한 그에게 수십의 귀족이 아들이 아닌 그에게 자신의 어린 딸을 주기 위해 달려들고 있었으니 아무래도 아서는 늘그막에 회춘할 팔자인 모양이다.

"어서 오시오, 아서 경."

"대공 전하께 인사 올립니다."

아서가 오는 것을 본 나는 그의 인사를 받으며 미소 지으며 말했다.

"이거 그대 주변엔 여인들이 끊이지를 않으니 어찌 된 영문인지 모르겠소이다. 아서 경께선 이제 예순이 다 되어가는 나이에 회춘할 속셈은 아니신지 모르겠소이다?"

"별말씀을 다 하십니다."

나의 농에 주변이 금세 웃음바다가 되어버린 것은 당연한 일이었고, 무뚝뚝한 아서의 얼굴이 시뻘게지는 그 순진한 모습에 난 웃음을 참을 수가 없었다.

"하하하하!"

아서 경을 시작으로 해서 미리 황궁 무도회에 나와 있었던 엡실론과 기스, 크리븐들이 한 명씩 나의 곁으로 모이자 내 주변에는 이번 내란에 공을 세운 귀족들과 제장들로 무리를 이루기 시작했다.

귀족 연합군에 참여한 귀족 외에는 제국의 다른 귀족들과 안면이 없는 나로선 모자라다 할지라도 내 곁에 모인 귀족들과 친분을 가져야 하는 상황이었기에 그들과 이야기를 나누고 있었는데, 그때 긴 나팔 소리가 대무도회장에 울려 퍼졌다.

"황제 폐하께서 납시옵니다!"

제국의 황제 위르테우스가 주궁의 이층 계단에서 내려오자 무도회에 있던 귀족들은 모두가 고개를 숙이며 황제에 대한 예를 표했고, 나 역시 고개를 숙였다.

위르테우스는 손을 들어 그들의 인사에 답하고는 조심스럽게 계단에서 내려와 무도회장의 중앙에 위치한 황좌에 올랐다.

위르테우스가 황좌에 앉자 무도회장의 귀족들은 그제야 고개를 들었고, 귀족들이 고개를 드는 것을 보며 황제는 특유의 부드러운 음성으로 말했다.

"천신 실레이드님의 광명이 그대들과 함께하기를……."

과연 사제 출신이라고 해야 할까? 그는 사제나 할 법한 말로 자신의 신하들을 축복했고, 잠시 후 그의 곁으로 제국 행정을 담당하고 있는 행정관 한 명이 금박으로 황궁 문양이 그려져 있는 양피지를 황제에게 바쳤다. 그는 잠시간 그것을 바라보는가 싶더니 고개를 끄덕이고는 제신들을 보며 말했다.

"제신들도 알고 있다시피 상당히 불미스러운 일이 제국에 있었소. 그로 인하여 수많은 제국민들이 천신의 품으로 가야 했고, 헤아릴 수 없는 많은 것을 제국은 잃어야 했소이다. 하나 천신께서 제국과 함께하신 때문인지 더 많은 화가 제국을 덮기 전 이곳에 계시는 제신들의 도움으로 혼란이 사라졌기에 본제는 이번에 가장 공이 큰 아홉 신하에게 직접 그 공을 치하하고자 하오."

황제는 부드러운 목소리로 말을 한 후 행정관을 향해 고개를 끄덕였고, 잠시 후 행정관이 앞으로 나와서는 큰 소리로 소리쳤다.

"알리오스 폰 라센 리스든 공작!"

"오오오!"

처음 호명된 사람은 귀족 회의 의장인 리스든 공작이었다. 스코트 공작과 함께 내란 중에 황제의 곁에 머무르며 황제를 보필한 자였기에 이번 아홉 명의 명단에 들어 있는 것이다. 아니, 그가 귀족 회의 의장의 신분으로 황제를 지지했다는 것만으로도 충분히 큰 공을 세웠다고 할 수 있었다. 그가 앞으로 나오자 황제는 미소를 지으며 그를 치하했고, 이번 공으로 현재 그가 가지고 있는 영지의 삼 분의 일 이상의 영지를 하사받았다.

리스든 공작에 이어 황제의 치하를 받은 사람은 스코트 공작. 그 역시 재상의 신분으로 황제를 끝까지 보필한 공을 인정받았고, 이후로 근위 기사단 부단장인 이크리스 백작과 근위 기사단 단장인 알칼스 후작이 영지를 하사받게 되었다.

그리고 다섯 번째로 황제의 앞에 나서게 된 이는 도노테우스였다. 그가 반군이었던 로만테우스를 상대로 황도에서의 싸움에 참여한 것은 아니었지만, 로만테우스와 손을 잡았던 세이반테우스를 상대로 보인 전공은 작은 것이 아니었기 때문이다.

그리고 여섯 번째로 황제의 치하를 받은 이는 기르스 후작. 문관 귀족임에도 불구하고 그는 귀족 토벌군의 부사령관 직으로 나를 보좌하며 자칫 중구난방으로 날뛸 귀족들을 하나로 모아 반군을 토벌할 수 있었던 그의 공은 작다고 할 수 없었다.

기르스 후작은 이번 내전의 전공으로 작위가 한 단계 상승한 것은 물론 이전에 가지고 있던 영지의 두 배에 이르는 땅을 하사받게 되었다.

“청록의 숲의 수장 아서 폰 이스페온 백작.”

그리고 일곱 번째로 호명된 이는 로만테우스를 쓰러뜨린 후 제국 제일의 기사라는 명성을 얻게 된 아서 이스페온이었다.

실질적으로 라피나르 제국이 무너지며 그가 가지고 있던 이스페온이란 성과 백작의 작위는 사라졌다고 할 수 있었지만, 그에게는 예외로 과거 제국의 작위와 성을 유지할 수 있는 특권이 부여된 것이다.

그가 청록의 숲의 수장이라는 것이 밝혀지자 무도회장은 어수선하게 변할 수밖에 없었는데, 청록의 숲은 제국 건국 시기에서부터 제국에 반하던 반란의 무리였기 때문이다.

하지만 토벌군의 중심에 있었고, 반란 수괴인 로만테우스의 목을 벤 공로는 어느 누구보다 크다 할 수 있었기에 이번 내란 토벌의 공로자로서 손색이 없었다.

그가 앞으로 나오자 황제의 옆에 자리하고 있던 도노테우스가 자리에서 일어나 황제에게 예를 취하고 공손히 말했다.

“제국의 하늘이신 황제 폐하께 아뢰옵니다.”

“말하시오.”

“이번에 반란 토벌의 공을 세운 이스페온 경은 반란을 일으킨 수괴의 목을 베어 큰 공을 세웠다 하나 그가 속해 있는 무리는 청록의 숲이라는 반제국의 무리이니 이 자리에 오른 것은 합당치 않은 일이라 사료되옵니다.”

웅성웅성!!

놀랍게도 도노테우스가 앞으로 나와 아서가 공을 치하받는 것은 합당치 않은 일이라 말하자 장내는 소란스럽게 변할 수밖에 없었다.

확실히 그가 반제국 무리의 수장임은 확실했지만 그 이전에 그가 현 황제를 지지하고 있는 나의 제장 중 한 사람이었기 때문이다.

"들어보니 자치령주의 말이 틀리지 않소. 청록의 숲은 몰락한 라피나르 제국의 잔당으로 건국조이신 세프런테우스 대제 시대부터 감히 제국에 반한 무리니 그들이 행한 죄는 오늘 그가 세운 공으로 상쇄할 수 있는 것이 아닐 것이오."

황제까지 그가 공을 치하받기에 합당치 못하다 말하자 다른 제신들 역시 고개를 끄덕이며 그에 수긍하는 모습을 보였다. 그 모습을 보며 난 황제의 앞으로 나와 공손히 인사를 올리며 말했다.

"신 트리말론이 황제 폐하께 아뢰옵니다."

"말하라."

"지금 이 자리에 있는 아서 이스페온 경은 반제국 무리의 수장이었음은 사실이오나, 지금은 제국의 충실한 신하임은 부정할 수 없는 일이옵니다."

"반제국 무리의 수장이 어찌 제국의 충실한 신하가 될 수 있단 말이오!"

그런 나의 말에 도노테우스는 노기 어린 목소리로 호통을 쳤지만 난 미리 준비하고 있었던 양피지 한 장을 두 손으로 내밀며 말했다.

"이것은 전대 황제 폐하께서 저에게 친히 남기신 것으로 젊은 시절 제국 곳곳으로 암행을 즐기시며 적은 것이옵니다. 이 서신에 모든 것이 적혀 있사오니 이것을 보시어 아서 경의 제국에 대한 충성을 믿어 주시옵소서."

"그것을 가져오라."

나의 말에 황제는 서신을 가져오라 명했고, 행정관이 다가와 편지를 받아서 위르테우스에게 건네주었다.

내가 건넨 양피지를 읽어보던 위르테우스는 이내 고개를 끄덕이더니, 잠시 후 고개를 들어 아서 경을 보며 부드러운 목소리로 말했다.

"아서 경은 들으라. 그대가 한때 반제국의 무리인 청록의 숲의 수장이었음은 그 하나의 사실만으로도 죄를 사해 받기 어려울 것이다. 하나 그대는 전대 황제이자 나의 아우였던 기론테우스의 목숨을 구했으며 그와 함께 제국에 암약하는 무리를 처단했다 하니 그대가 그러한 큰 공을 세웠음에도 겉으로 드러내지 않은 것은 본제로서도 감탄하지 않을 수 없는 일이다. 그런 그대가 반제국의 무리인 청록의 숲의 수장임에도 그 신분을 감추지 않고 이 자리에 선 것은 본제 역시 그대가 제국에 충성을 맹세한 것을 믿어 의심치 않게 되니 그대와 같은 충성스러운 신하를 얻었음에 기쁨을 감출 수가 없구나."

"황제 폐하의 크나큰 은총에 감사드립니다."

"또한 이것을 알고 보니 그대가 청록의 숲의 수장으로 제국에 충성을 맹세한 것은 반제국의 무리를 회유하여 진정한 정의를 따르게 한 것으로 볼 수 있으니 이것 역시 큰 공이로다. 이에 본제는 그대에게 공작의 작위와 함께 알텐 지방 일대를 영지로 하사하니 그대의 충성이 변함없기를 바란다."

크크크크!! 사제 출신 황제라 조금 걱정했었는데, 의외로 연기를 잘하는 것을 보니 황제로서 부족함이 없군. 후후후!!

사실 아서의 문제에 관해서는 도노테우스와 함께 몇 가지 논의가 있었다. 그가 제국에서 이루고자 하는 것은 이곳에서 유일하게 차별받는 인종이라 할 수 있는 라피나르게 제국민을 위하여 자유롭고 평등하게 혜택받을 수 있는 땅을 건설하는 일이었다. 그 때문에 그에겐 제국에서의 작위와 땅이 반드시 필요했다.

하지만 반제국 조직인 청록의 숲의 수장이라는 그의 직위는 상당히 위험한 것임을 부인할 수 없는 것이고, 당장 속이고 들어간다 할지라도 정계라는 곳이 간계가 난무하는 만큼 그의 주위 인물들이 배신할 수도 있고, 그를 암해하기 위하여 다른 이들이 그의 정체를 알아낼 수도 있는 일이었다.

그 때문에 우리가 생각한 것은 외부에 그가 반제국 조직의 수장인 것을 알리며 황제에게 정식으로 인정받아 오히려 그가 반제국 조직의 수장이었음을 공으로 만드는 일이었다.

그렇게만 하면 반제국 조직의 수장으로서 그가 가지고 있던 문제점이 모두 사라지는 한편 정식으로 제국의 땅에 라피나르 제국민 출신의 땅을 건설할 수 있기 때문이다.

그래서 이번에 도노테우스, 위르테우스, 게리오스, 그리고 내가 이렇듯 연극을 꾸밀 수밖에 없었고, 조금 억지스러운 면도 없지 않았지만 제신 중 이의를 제기하는 이는 없었기에 좋은 쪽으로 넘어갈 수 있었다.

아서가 작위와 영지를 하사받고 돌아오자 많은 이들이 그에게 축하의 인사를 보내며 조금이라도 친분을 갖기 위해 노력하는 것을 보니 대충 계획은 성공했다는 것을 알 수 있었지만, 문제는 다음에 나올 자였다.

"일루 령의 자치령주 일루테우스 전하께선 앞으로 나오십시오."

이번 내전의 제2의 공로자이자 가장 문젯거리라 할 수 있는 일루테우스, 그가 황제 쪽으로 걸음을 옮기는 것을 보며 난 마른침을 삼켰다.

그 역시 로만테우스와 마찬가지로 황제의 좌를 노리고 있는 야심가.

하지만 이번 내전에서 그의 행보엔 의아한 곳이 많았기에 그를 더욱 주의하여 살필 수밖에 없었다.

황제에게 다가간 일루테우스가 예를 표하자 위르테우스가 그를 보며 말했다.

"일루테우스 형님께서 이번 내전에 큰 공을 세우시니 저로선 크게 안심이 되는군요. 하지만 형님의 공은 크나 막상 공에 합당한 상을 내리려 해도 마땅히 드릴 만한 것이 없으니 안타까울 뿐입니다. 공신에게 상을 내림은 군주의 의무이기도 하니 형님께서 이 아우에게 바라시는 것이 있으면 말씀하십시오."

황제임에도 불구하고 일루테우스에게 공대를 취하는 그를 보며 절로 미간이 찌푸려질 수밖에 없었다.

솔직히 가장 문젯거리라 할 수 있는 그를 황제의 권위로 눌렀으면 하는 생각이 들었기 때문이다. 하지만 신하에게조차 말을 함부로 하지 않는 그를 생각한다면 어쩔 수 없다는 생각에 고개를 저을 뿐이었다.

솔직히 도노테우스와 나, 그리고 현 황제는 일루테우스에게 무엇을 상으로 내려야 할지 고민될 수밖에 없었다. 제국에서 황제 다음으로 가장 높은 자리라 할 수 있는 자치령주의 신분으로 일루 령이라는 광대한 땅과 함께 엄청난 군사력까지 지니고 있는 그에게 무엇을 내린단 말인가?

그에게 마땅히 상으로 내릴 만한 것이 없었기에 할 수 없이 그가 바라는 것이 무엇인지 파악한 후 합당하다면 그것을 내리기로 결정할 수밖에 없었는데, 잠시간 황제의 말을 생각하고 있는 듯하던 위르테우스는 차가운 목소리로 말했다.

"신하 된 입장에서 제국에 반하는 무리를 처단하는 일은 당연한 일이온데 이렇게 상을 내린다 하시니 그저 의무를 다한 것에 만족함으로 사양하고 싶으나 황명의 지엄함은 만신이 따라야 하는 것인지라 한말씀드리겠습니다. 폐하께서도 아시다시피 제가 자치령주로 있는 땅은 그 대부분이 척박한 대지와 산으로 이루어져 있어 많은 자치령의 백성들이 굶주림을 면치 못하며 하루에도 수십 명이 죽어 나가고 있는 형편입니다. 저를 위시로 한 자치령의 많은 신하들은 이러한 만성적인 기아를 해결하기 위해 땅을 개간하며 자치령의 국고를 열어 그들을 구제하고 있지만, 척박한 대지는 살아나지 못하여 벌써 몇 년째 계속된 흉년으로 인해 자치령의 국고까지 바닥난 형편입니다."

"음……."

"황제 폐하의 명을 받아 자치령주로 임명된 저로서는 하루하루 눈물이 마를 날이 없는 백성들을 보며 안타까움을 금할 수가 없었습니다."

"일루 령의 상황이 그렇게 좋지 않은 줄은 생각지도 못했습니다. 그렇다면 어찌하면 좋겠습니까? 원하신다면 황궁의 국고를 열어서라도 자치령에 식량을 보내도록 하겠습니다."

일루테우스의 말에 황제는 국고를 열어 식량을 지원해 주겠다는 답변을 내렸으나 그는 고개를 저으며 답했다.

"지금 당장 황궁의 국고를 열어 식량을 지원한다 해도 그것은 한시적인 일에 지나지 않을 것입니다. 황제 폐하께서 진정 자치령의 백성들을 가여워하신다면 국고를 지원하는 것과는 다른 한 가지 청이 있습니다."

"음… 말해 보세요."

"백성들의 굶주림을 면하기 위해선 곡식을 재배할 수 있는 땅이 필요하나, 자치령의 척박한 대지에서는 한 톨의 밀조차 재배하기 어렵습니다. 이 때문에 가장 필요한 것은 곡식을 재배할 수 있는 땅이오니, 일루 령의 불쌍한 백성들을 위해 알레스 강 하류의 땅을 내려주십시오.”

“……!!”

그의 말이 끝나는 순간 황제는 물론 나나 주위에 있던 제신들 모두 경악을 금치 못하고 있었다.

알레스 강 하류의 땅. 확실히 그 땅이 기름진 대지임은 확실하지만 황제의 직할령이라면 모를까, 그 땅이 스만테우스의 자치령에 속해 있다는 것이 문제였다.

아마도 일루테우스의 말에 가장 놀란 이는 스만 령에 있는 귀족들일 것이다. 다행히 이번 내전에서 황제의 화를 피해간 것에 안도하고 있었는데, 난데없이 생각지도 못한 곳에서 일이 터졌기 때문이다.

하지만 모든 결정은 황제가 하는 일, 이들은 황제가 과연 일루테우스의 청을 수락할 것인가 긴장할 수밖에 없었다. 황제는 잠시간 생각에 잠겼는데 그때 재상 스코트가 앞으로 나와서는 황제를 보며 말했다.

“신 재상 스코트, 황제 폐하께 한말씀 올리겠습니다.”

“말하시오.”

황제의 허락을 받은 스코트는 고개를 숙여 예를 표하고는 말했다.

“스만테우스 자치령주께선 제국의 질서를 유지해야 하는 자치령주의 신분임에도 불구하고 반적의 수괴 로만테우스가 내란을 일으켜 제국의 질서를 어지럽히는 것을 방관하였습니다. 자치령주의 신분으로서 혼란을 방관함은 크나큰 죄이나 황제 폐하께서 크나큰 자비심을 보이시어 그를 용서하였나이다. 하나 아무런 벌을 내리지 않고 죄를 사하여 주심은 폐하의 자비심을 알리는 일이 될 수도 있으나 죄를 지은

자에게 벌을 내리지 아니 함은 자칫 제국의 법도를 해칠 우려가 있사
옵니다."

"음… 스코트 재상은 스만테우스 형님께 내란을 방관한 죄를 물어
일루테우스 형님의 뜻을 받아주라 하는 것인가?"

"예, 폐하."

역시나 일루테우스와 스코트 간의 밀약이 있었다는 것을 깨달은 난
미간을 찌푸리고 말았다.

그가 이렇게 일루테우스를 돕고 나선다면 황제로서도 일루테우스의
뜻을 꺾기란 어려운 일이었다.

"신 트리말론이 한말씀 아뢰겠습니다."

"말하시오."

"재상 스코트 공작이 스만테우스 자치령주께서 내란을 방관하였다
하나, 그것은 큰 오해이옵니다."

"오해라니 그건 무슨 말이오, 트리말론 대공?"

"황제 폐하를 비롯하여 제국의 만신들에게는 알려져 있지 않았지만,
실상 내전이 있기 전 스만테우스 자치령주께선 신에게 5만의 병사를
내어주어 행여 로만테우스 자치령주께서 반란을 일으킬 때 황제 폐하
를 도우라 하셨습니다."

"오! 그런 일이 있었던가?"

내 입에서 알지 못했던 사실이 드러나자 황제는 물론 스코트 공작
역시 크게 놀란 표정을 지었고 난 계속 말을 이었다.

"신이 전대 황제 폐하께 밀명을 받아 후에 있을 내란에 대비하여 병
사를 훈련시키고 있을 때 이전부터 친분이 있었던 스만테우스 자치령주
께서 저에게 5만의 병사와 군자금을 내리시며 반란의 무리에게서 황제

폐하를 보필하라 하셨습니다. 이에 소신은 자치령주께서 내리신 5만의 병사를 아서 경이 수장으로 있는 청록의 숲의 병사들과 함께 주둔시켜 반란을 대비하게 했으나 안타깝게도 여기 계시는 일루테우스 자치령주님과의 오해로 인하여 스만테우스 자치령주께서 보내주신 병력은 황도로 올리지 못하였나이다."

"오해라 하면?"

"반군 수괴 로만테우스가 반란을 일으켰을 때 당시 세이반 령의 자치령주는 반란의 수장과 손을 잡아 도노 령을 침공하였습니다. 그 때문에 소신은 일단 도노 령을 침공한 세이반테우스 자치령주를 청록의 숲과 스만테우스 자치령주께서 보내신 병력으로 처단하려 하였으나 예상치도 못하게 일루테우스 자치령주께서 스만 령을 공격하였나이다. 황제 폐하께서도 아시다시피 일루테우스 자치령주께선 아무런 언질 없이 스만 령을 공격한지라 내란으로 어지러운 상황에서 일루테우스 자치령주께서 적인지 아군인지 구분할 수가 없었나이다. 그 때문에 저로선 만약의 경우를 생각하고자 일단 병사를 돌려 반군의 무리라 오인했던 일루테우스 전하의 자치령을 공격하게 한 것입니다."

"음… 그런 일이……."

"스만테우스 자치령주께서도 병사를 움직여 제국에 반한 무리를 토벌하려 하셨으나 일루테우스 자치령주께서 오해하여 스만 령을 공격한 것으로 서로 간에 적으로 오인함으로 아군 간에 아까운 피를 흘렸으니 이러한 오해가 내란을 방관하였다는 것으로 오인됨은 잘못된 것이 옵니다."

그가 나에게 빌려주었던 5만의 샐러만더 나이츠를 아주 적절하게 써먹었다는 생각에 흡족한 마음이 들었다.

이것으로 스코트는 스만테우스를 옭아매지 못하게 되었다고 할 수 있기에 난 승리의 미소를 지을 수 있었는데, 다음 순간 전혀 예상 밖의 결과가 나를 허무하게 만들고 말았다.

"트리말론 대공 전하의 말씀은 틀림이 없는 것입니까?"

스코트가 나의 말에 물러설 기미를 보이자 이번에는 예상치도 않게 리스든 공작이 앞으로 나와서는 넌지시 말을 건넸고, 난 고개를 끄덕이며 말했다.

"물론이오. 그것에 관해서는 이미 증인을 대동하고 있으니 필요하다면 황제 폐하께서 계시는 앞에서 증명할 수 있소이다."

"오! 그렇다고 한다면 스만테우스 자치령주 전하의 공도 적지 않은 것이 아니겠습니까?"

"응? …그렇다고 할 수 있겠지요."

갑자기 리스든 공작이 스만테우스를 치켜세우자 나로선 조금 당황할 수밖에 없었는데, 그는 황제의 앞으로 가서는 정중히 예를 표하며 말했다.

"신 리스든이 한말씀 아뢰겠습니다."

"말하시오."

"다소간의 오해가 있었다고 하나, 스만테우스 자치령주 전하께서도 이번 내란에 공을 세웠다 할 수 있음이니 스코트 공작의 말대로 처벌하는 것은 부당한 일이옵니다. 이에 소신이 한 가지 생각이 있어 이렇게 황제 폐하께 말씀을 올리는 것입니다."

"그래, 무슨 생각인가?"

"스만테우스 전하 역시 내란을 진압하는 데 공을 세웠으나 일루테우스 전하의 공 역시 무시할 수 없는 일이오니 두 분 모두에게 상을 내리시는 것이옵니다."

"두 사람 모두에게?"

"예. 현재 반란의 수괴가 다스리던 땅이 일단은 직할령으로 편입될 것이나, 아직 반군의 잔당이 남아 있어 중앙의 치세가 모든 땅에 닿지 않는다 알고 있습니다. 하나 다행히도 반군 수괴가 다스리던 땅의 곁에는 이번에 공을 세우신 스만테우스 자치령주께서 계시니, 이 참에 그 땅을 스만테우스 자치령주님께 하사하시어 그곳을 다스리게 하며, 그와 함께 알레스 강 하류의 땅을 여기 계시는 일루테우스 전하께 하사하신다면 두 사람 모두에게 상을 내리는 것이 아니겠습니까?"

"오오오!!"

리스든의 말이 끝나자 좌중에 있던 제신들이 감탄성을 내질렀다. 그의 의견이 나쁘지 않다 생각한 것이다.

확실히 그렇게 한다면 두 사람 모두에게 상을 내리는 것이 될 것이지만, 나로선 예상치도 않은 놈이 날뛰는 바람에 미간이 찌푸려졌다.

일루테우스 그가 홀로 내란을 일으킬 수 없는 가장 큰 이유는 그가 다스리는 자치령의 척박함에 있었다.

그 때문에 많은 수의 병력을 지녔다고 해도 반란을 일으킬 정도의 군량을 확보하기 위해선 상당히 오랜 시간이 필요했기에 도노테우스는 천천히 그의 힘을 깎아내릴 생각이었다.

그런데 멍청한 리스든이 황제의 눈에 띄어볼 생각인지 기껏 스코트를 눌러놨더니 나서서 산통을 깨버렸다. 비옥한 농토가 일루테우스의 손에 들어갔으니 도노테우스가 세운 계획은 수포로 돌아간 것이다.

'멍청한 녀석… 으드득……'

일이 이렇게 되고 보니, 황제 역시 일루테우스의 청을 거부할 수 없

게 되었는지라 생각에 잠기는 듯한 표정을 짓고는 고개를 끄덕이며 말
했다.

"리스든 공작의 의견이 나쁘지 않소. 일루테우스 형님께선 그것으로
만족하십니까?"

"예, 폐하."

"경의 뜻이 그러하다면 그대에게 알레스 강 하류의 땅을 하사하며,
이와 함께 스만 령의 자치령주 스만테우스에게 과거 로만 령의 땅을
하사하겠소."

"황은이 망극하옵니다."

리스든의 멍청한 짓으로 드디어 제국은 로만테우스에 이어 일루테
우스라는 또 다른 적을 자신의 몸에 품어야 하는 불상사가 생기고 말
았다.

"플로렌 폰 시피른 트리말론 대공께선 앞으로 나오십시오."

일루테우스가 물러나자 드디어 행정관의 입에서 나의 이름이 터져
나왔고, 황제는 내가 군신의 예를 표하자 지금까지와는 달리 만면에 크
게 미소를 띠며 인자한 목소리로 말했다.

"트리말론 대공, 이번 내란의 토벌에 있어 그대의 공은 어느 누구와
도 비교할 수 없을 만큼 크니 제국은 그대의 공으로 다시 평화를 되찾
았다 해도 과언이 아니오."

"소신이 무슨 공이 있겠사옵니까. 모두가 전대 기론테우스 폐하와
황제 폐하의 선견지명일 따름이니 전하의 영명하심이 어찌 저 같은 것
과 비교될 수 있겠습니까?"

"하하하하. 본제를 너무 치켜세우는구려."

상당히 많은 아부가 섞여 있는 말에 그는 손을 저으며 미소 짓고 있

었는데, 그때 도노테우스가 앞으로 나와서는 예를 취하며 말했다.

"신 도노테우스가 황제 폐하께 한말씀 아뢰겠습니다."

"말씀하십시오."

"지금 이 자리에 있는 트리말론 대공은 이번 내란에서 반군의 무리를 섬멸하여 제국을 지켜내었지만, 그의 공을 따지자면 전대 황제이신 기론테우스 폐하의 시절부터 헤아려야 할 것입니다. 대공은 전대 황제 폐하의 밀명으로 친히 대공의 작위를 하사받은 이후 정체를 드러내지 않고 기론테우스 폐하의 암행을 도와 불순한 무리들을 처단한 것은 물론, 반제국 무리였던 청록의 숲의 무리를 회유하여 그들을 제국의 품으로 이끌었으니 그 공은 가히 건국의 공을 세우신 제국의 영웅들과 비견할 수 있을 것입니다. 이에 소신은 트리말론 대공을 제국 공신으로 추대하고 그 가문을 공신 가문으로 올리게 하여 제국 제일 공신가의 관례에 따라 테우스의 성을 하사해야 한다 생각하옵니다."

"오오오!!"

도노테우스의 말이 끝나자 황궁 무도회는 귀족들의 놀란 탄성 소리로 시끄러워지기 시작했다.

제국에서 테우스란 이름은 현 황제의 형제들이나 그의 자손에게 부여되는 황족으로서의 칭호이지만, 그와 함께 제국의 건국 시조인 세프런테우스 시절 건국에 큰 공을 세운 공신에게도 테우스의 칭호를 하사하였다.

그 때문에 그 이후로 제국에서는 지대한 공을 세운 신하에게 황족의 칭호인 테우스를 하사했는데, 건국 이후 지금까지 테우스의 이름을 하사받은 신하의 수는 열 명을 넘지 않았고 그나마 살아서 테우스의 성을 하사받은 이는 제국 역사에서 단 두 명밖에 없었기에 난 제국에서 사후가 아닌 사람 중에서 황족의 이름을 하사받은 세 번째 신하가 되는 것이다.

하지만 테우스란 이름은 단순히 명예만 있는 것이 아니었다. 테우스 그 이름 자체가 의미하는 것은 바로 황족임을 뜻하는 것이기에 황족의 핏줄이 아니면서도 제국의 계승 서열에 그 이름을 올릴 수 있었으니 만약 위르테우스에게 후사가 없고, 황위를 이어받을 정통 계승자가 없다면 황족의 이름을 하사받은 내가 황제가 될 수도 있었다.

거기에다 테우스란 이름을 하사받은 이들은 아무 일도 하지 않고 권세를 누릴 수 있지만, 자신이 선택한다면 자치령주의 소임을 받을 수 있었다.

거대한 땅을 소유하고 있는 제국은 대공이란 직위 위에 황족만이 가질 수 있는 직위인 자치령주란 자리가 있었는데, 이것은 계승되지는 않지만 그 자신에게 있어서는 가히 한 나라의 왕과도 같은 자격을 가져다 준다.

자치령주가 가질 수 있는 권한은 엄청난 것이라 한 나라와도 같은 거대한 땅의 통치권을 가지는가 하면 자치령 내에 한해서 백작 위까지 작위를 하사할 권리가 있으며, 황제께 간청하면 자신의 신하에게 후작 위도 내릴 수 있었다.

말이야 자치령이라지만 실제로는 한 왕국의 왕이 되는 것으로 매년 세금만 상납한다면 자치령 내에서는 무소불위의 권력을 낼 수 있으니 테우스란 이름이 주는 상징은 결코 가벼운 것이 아니었다.

이런 테우스란 이름을 나에게 하사해야 한다고 하니 황궁 무도회에 모인 귀족들이 놀라는 것은 어찌 보면 당연한 일이라 할 수 있었다.

"도노테우스 전하, 그것은 너무 과한 것이라 생각합니다."

아니나 다를까, 스코트는 내가 테우스의 이름을 하사받아야 한다고 하자 발끈하며 앞으로 나섰으나 도노테우스는 강경한 목소리로 말했다.

"트리말론 대공은 그대가 황궁 내에서 황제 폐하를 보필하고 있을 때 목숨을 걸고 제국을 위해서 일해왔소이다. 그 하나하나의 공은 오늘까지 그대가 행한 공과 비교할 수 없을 정도로 큰 것임에도 불구하고 그는 자신의 사후에도 인정받지 못할 수도 있는 일을 오직 제국에 대한 충심으로 묵묵하게 해온 사람이오. 그런 그를 공신가로 추대하고 테우스의 칭호를 하사하지 않는다면 도대체 어떤 이가 공신가에 이름을 남길 수 있겠소이까?"

물론 도노테우스와 게리오스가 남긴 자료에 있는 나의 공들은 모두 조작되거나 부풀려진 것이었다. 하지만 그는 그것을 통해 나를 단단히 치켜세워 주었고, 스코트는 그래도 테우스의 이름은 과한 것이라 반대하고 있었지만 도노테우스의 강경함에 못 이겨 물러서야 했다.

"도노테우스 자치령주와 스코트 공작의 의견은 잘 들었소. 확실히 스코트 공작의 말대로 본제의 생각으로도 트리말론 대공에게 황족의 이름인 테우스의 이름을 하사하는 것은 조금 과한 것이 없지 않소. 하나 그가 세운 공이 적지 않은 것 역시 사실이며 이번 내란에 있어 두 명의 자치령주가 받은 것을 생각한다면 테우스의 이름을 하사받는 것이 합당하다 생각하오. 이에 본 황제는 트리말론 대공에게 테우스의 이름을 하사하며 그와 함께 반란에 가담한 전 세이반 령의 자치령주로 임명하도록 하겠소."

스코트의 방해 작전이 있었지만 나의 자치령주의 임명은 예상대로 이루어졌다. 후후후! 사실 이것은 지금이 아닌 별궁에서 이루어진 일이었다.

일루테우스가 스코트와 손을 잡으려 함을 안 도노테우스는 그를 견제할 힘이 필요했으나 그의 땅은 일루테우스의 자치령과 떨어져 있는 데다가, 스만테우스를 믿기에 그는 유약한 면이 없지 않았다.

그 때문에 그를 견제할 세력이 필요한 상황에서 도노테우스는 한 가지 의견을 제시했고, 그것이 바로 나의 자치령주 취임이었다.

내가 황제의 이름을 하사받고 자치령주로 취임하여 전 세이반 령의 자치령주가 된다면 일루테우스로선 바로 옆에 큰 적을 두어야 하는 것이다.

거기에다 난 스만테우스와 밀약을 주고받은 사람, 이미 그 밀약의 대상이었던 로만테우스가 사라지긴 했지만 새로운 적인 일루테우스를 상대로 계속 밀약을 유지할 수 있었다.

후후후! 자치령주라… 한 나라의 왕과도 같은 직책을 하사받게 된 난 앞으로의 일을 생각하며 웃음을 참을 수가 없었다.

물론 타인의 눈을 의식해야 하는 위험도 있지만, 제국의 힘을 이용한다면 서면을 가지고 노는 것이야 우스운 일이었고, 그것을 바탕으로 아멘 본국에서의 나의 입지를 크게 높이는 것은 그야말로 시간문제, 드디어 이드리샤 가문의 비상이 시작되고 있는 것이다.

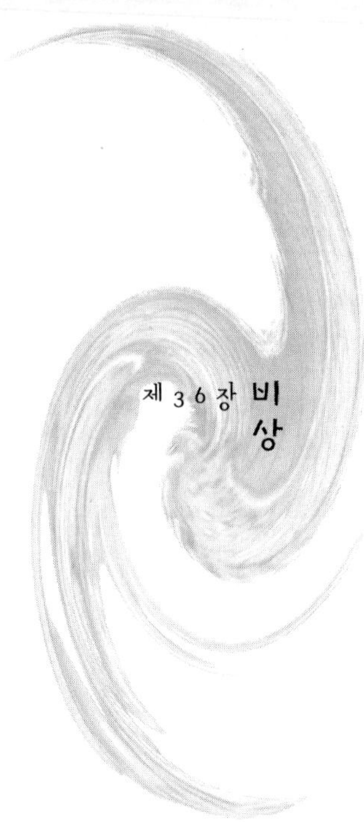

제 3 6 장 비상

황궁 무도회가 끝난 이후 난 제장들과 함께 아멘의 내 영지로 돌아왔다. 자치령주의 소임을 맡았다고는 하지만 솔직히 제국에서 너무 오래 있었다는 생각도 들었고, 가장 중요한 것은 오랫동안 알리샤를 만나지 못했다는 것이다.

자치령주의 소임은 아서에게 일임했다. 나에 비해 아서가 자치령에서 해야 할 일이 더 많았으며 그는 라피나르게 제국민을 플로렌 자치령으로 이주시켜 라피나르게의 땅을 만들 계획을 세우고 있었기 때문이다.

그에게 모든 것을 맡기고 제국을 나온 난 드워프 촌장과 만나 약속을 지킨 것은 물론 서먼 왕국의 왕당파와 은밀히 동맹 조약을 맺어 왕당파를 나의 품으로 끌어들일 수 있었다.

이번 동맹 조약에는 유사시 상호 군사 지원 조약은 물론 왕당파 지역 내의 교역 독점권 등이 있었다. 그 때문에 드워프의 물품은 물론 자치령, 서먼 왕당파와 신성 북부 도시 연합의 모든 교역권을 독점적으로 손에 쥔 나는 제국 내 광물 교역에서 유리한 고지를 점령하게 되었으니 엄청난 부를 창조할 상권을 구축할 수 있었다.

앞으로 삼사 년만 있어도 순이익으로 한 나라에 버금갈 정도의 재물을 모아들일 수 있었으니 제국 원정을 통해 내가 얻는 이득이란 실로 엄청난 것이라 할 수 있었다.

하지만 나에겐 이 모든 것을 비교하더라도 상대가 되지 않는 또 하나의 기쁨이 있었는데, 그것은 바로 알리샤가 아들을 낳았다는 것이다.

제국으로 떠나기 전 그녀는 아이들과 함께 부친인 레빈이 있는 알펜 성으로 여행을 떠났는데 그곳에서 나의 아이를 수태했음을 알았다고 한다.

제국의 일로 바쁜 와중이었기에 안타깝게도 그녀의 해산을 지켜볼 수 없었지만 영지에 도착하여 아들을 안아보았을 때의 그 기쁨은 정말 자식을 보지 않은 이는 꿈도 꾸지 못할 것이다.

하지만 이것이 끝이 아니었다. 영지에 도착한 연후 난 또 다른 여인, 바로 필리아가 나의 아이를 수태했음을 알게 되었다.

솔직히 아멘이나 서먼, 아니, 제국을 제외한 대륙 거의 대부분의 국가에서 하프 엘프라는 종족은 그저 노예로 치부될 정도로 천한 인종으로 취급되고 있었다. 그 때문에 난 필리아와의 잠자리를 극히 꺼려했었다. 하지만 오랜 시간 그녀와 제국에서 같이 지내왔고 젊디젊은 내가 마누라도 없이 외지에서 지내다 보니 참지 못하고 그녀를 품게 되었다.

그 결과 필리아는 나의 아이를 가지게 되었지만 다행이라고 한다면 이종족에 관대한 제국이 있다는 생각에 조금 안심할 수 있었다.

뭐, 이 땅에서 사랑을 받지 못한다면 제국에서 키우면 되지 않는가? 때문에 난 망설임없이 필리아를 정식 부인으로 받아들였고, 앞으로 태어날 그녀의 아이까지 합치면 내 자식은 다섯이나 되는지라 가문의 후사에 대한 걱정은 말끔히 사라졌다.

하지만 영지 내에서 난 한시도 쉴 틈이 없었다. 자식들 재롱이나 보며 살고 싶은 생각은 굴뚝같았지만 이번 제국 원정을 통해 얻어낸 상권을 확립시키는 것은 물론 영지의 병사를 양성하고 장비 문제, 그동안 밀린 일들을 처리하느라 눈코 뜰 새가 없을 정도였다.

거기에다 또 한 가지 골치 아픈 것이 나를 매일 괴롭히고 있었으니 오늘 역시 그놈은 나를 찾아와 깽판을 부리기에 머리가 부서질 지경이었다.

쿵!! 쿵!!

"이런 빌어먹을 놈!! 제발 좀 조용히 하라고!!"

선우드의 땅을 차지하여 내 영지가 넓어졌다고는 하지만 아직도 난 이전의 내 성에 살고 있었다.

일단 내 성이 과거의 군사 거점이라 규모도 클 뿐만 아니라 네라드나 페이든이 보낼지 모르는 첩자들의 눈을 피하기에는 이곳보다 더 좋은 곳이 없었다.

집무실에서 난 밀린 업무를 처리하느라 눈코 뜰 새가 없었는데, 이런 나를 아는지 모르는지 눈앞의 덩치만 커다란 놈은 나가서 놀자고 보채고 있으니 화가 났다.

"젠장! 그럼 왜 날 이곳으로 불렀는데!!"

하루도 쉴 날 없이 찾아와 나를 보채고 있는 놈은 바로 레크라스였다. 다크 데블 나이츠 소속의 슈페리어 기사인 그는 로만테우스가 죽임을 당한 이후 에르가 등과 함께 나의 휘하로 들어오게 되었고, 이미 내가 아멘 왕국의 귀족이라는 것을 알고 있던 이들은 과거의 일로 제국에서의 입지가 좋지 못한 탓에 내가 본국으로 데리고 온 것이다.

하지만 넓은 제국에서 한시도 쉴 틈 없이 빨빨거리며 돌아다니던 놈이 아멘 왕국의 구석진 곳에 처박혀 있자니 좀이 쑤셨는지 하루도 빠지지 않고 나를 찾아와 대련하자 졸라댔기에 나는 녀석 때문에 미칠 지경이었다.

"에이! 그럼 제국으로 돌아가던지! 아니, 셔먼 왕국에 자리 하나 마련해 줄 테니 제발 좀 가주라! 나도 네놈 때문에 미치겠다고!!"

더 이상 참지 못한 난 서류를 집어 던지며 소리쳤지만 저 오우거 같은 놈은 내 말을 들은 척도 하지 않은 채 발을 구르며 계속 칭얼대고 있는지라 한숨이 나올 수밖에 없었다.

"휴… 왜 허구한 날 나냐? 네놈보다 더 커다란 엘트로우스도 있고, 슈펠트나 엡실론, 아니, 네 녀석의 동료도 많잖아!!"

"엘트로우스 놈은 검보다 주먹질만 해대고, 다른 놈들은 대련해도 재미가 없단 말이야. 거기에다 난 힘이나 기교 위주의 검술을 하는 기사와는 대련을 많이 해봤어도 네 녀석처럼 재빠른 임기응변의 검사와 대련해 본 적이 없으니 어떡하겠냐."

"미치겠네! 그리고 공작 각하라고 불러! 어따 대고 반말 짓거리야!!"

"크크크, 착각하지 말라고. 지금 내 신세가 이 모양 이 꼴이 되었어도 나에게 주군은 오직 로만테우스 전하뿐이야. 너 같은 놈이 내 주군될 자격이나 있을 것 같나?"

"큭……"

레빈이 알펜 성으로 간 이후에 좀 마음 놓고 사나 했더니 이제는 오우거 같은 놈이 나타나서 내 성질을 긁는지라 미치고 팔짝 뛸 노릇이다.

하나, 어쩌랴. 이런 놈을 받아들일 수 있는 사람은 나뿐인 것을. 사실 레크라스 놈이야 귀찮기는 하지만 유사시에는 꽤 쓸 만한 놈인 것은 사실이다.

아니, 내 영지로 들어온 다크 데블 나이츠 출신의 기사 모두가 상당히 쓸 만한 존재라고 할까? 이번에 영지로 들어온 다크 데블 나이츠 출신의 슈페리어 급 기사는 모두 삼십 명, 이들을 지휘하고 있는 사람이 에르가 백작이란 것을 생각한다면 상당히 든든한 존재가 아닐 수 없다.

거기에다 이들과 함께 영지로 들어온 병력만 해도 거의 2만에 육박하고 있었기에 내 영지에 머무르고 있던 5천의 샐러만더 나이츠와 기존 영지의 사병들을 합치면 영지 내의 병사 수는 3만을 넘어서고 있었다.

과거라면 이 정도의 병력을 유지하는 것이 버거울 수밖에 없었지만, 제국과 셔먼에서의 상권을 거의 독점한 나에게 3만의 병력을 유지하는 것은 그리 어려운 일이 아니었다.

하나, 문제는 이 많은 병력을 외부의 눈으로부터 감추는 일이었기에 선우드 령이나 아메로스 령으로 보내지 못하고 이곳에 머물게 하고 있었다.

뭐, 조금 문제는 있었지만 능력있는 기사들이 상당수 영입되어 그동안 혼자 영지를 지켜내던 슈펠트의 짐이 상당히 줄어들었고, 병사들의 조련 역시 원활하게 진행되고 있어 영지가 부강해지는 것이 눈에 보일 정도였다.

"뭘 잡생각을 그렇게 해. 빨리 나가서 대련이나 하자고. 듣자 하니 네 녀석도 빨리 익스퍼드 최상급에 올라야 한다고 들었는데, 매일 책상머리에 박혀 있으면 언제 실력이 늘겠냐? 기사란 연무장에 나가 검을 휘두른 만큼 실력이 느는 거라고."

"휴~ 알겠다, 알겠어……."

생각에 잠길 여유도 주지 않고 종알거리는 레크라스에게 패배를 인정할 수밖에 없는 난 그를 따라 연무장으로 나가려 했다. 하나 그때 슈펠트가 집무실 안으로 들어오는 것을 볼 수 있었다.

"공작 각하께 인사드립니다."

"아! 슈펠트, 무슨 일인가?"

지금쯤이면 에르가와 함께 일을 하고 있을 슈펠트가 찾아오자 난 연유를 물었다.

"론 백작의 사자가 도착하였습니다."

"론 백작?"

"예, 각하."

"음……."

론 백작의 사자가 도착했다는 말에 난 미간을 찌푸렸다. 그놈의 배불뚝이 귀족 놈은 시간만 나면 내 영지로 찾아와 긁어먹을 것이 없나 두리번거리고 있었기에 짜증이 날 수밖에 없었다.

"일단 가보도록 하세."

"예, 각하."

어쨌든 영지로 찾아온 사신인지라 만나보지 않을 수 없는 난, 슈펠트 등과 함께 사자가 있는 접빈관으로 향했다.

접빈관에 도착하자 론 백작의 사신이라 생각되는 자가 시큰둥한 표정으로 자리에 앉아 있는 것을 볼 수 있었다.

"아! 이드리샤 공작 각하께 노턴 코프의 주인이신 론 백작님의 사자 미테랑이 인사드립니다."

"이렇게 본작의 영지까지 오느라 수고하셨소."

그의 인사에 가볍게 손을 들어 인사를 받은 난 자리에 앉아 그를 보며 계속 말을 이었다.

"그런데 론 백작께선 무슨 일로 그대를 이곳에 보냈는지 모르겠소이다?"

녀석과 오래 앉아 있고 싶은 생각은 없었기에 난 단도직입적으로 그가 온 이유를 물었다. 미테랑은 입가에 간교함이 가득한 미소를 지으며 답했다.

"다름이 아니옵고, 이번에 론 백작께서 새로 첩을 맞아들이셨다고 합니다."

"오! 그런 일이 있었소? 론 백작에게 본작이 축하한다 전해주시오."

'첩? 이런 빌어먹을 놈이 첩을 새로 맞았다고 내 영지까지 찾아와 자랑하는 것은 아닐 테고… 아무래도 핑계를 대어 내 영지에서 돈 좀 끌어낼 요량으로 찾아온 것 같은데…….'

아니나 다를까, 그는 나의 표정을 잠시간 살펴보는가 싶더니 이내 나를 보며 조심스럽게 말을 꺼내었다.

"공작 각하께서 축하해 주시니 론 백작께서도 기뻐하실 것입니다. 그런데 그 때문에 몇 가지 문제가 있습니다."

"말씀해 보시오."

"이번에 백작께서 맞아들인 첩에게 약간의 빚이 있는지라 영지의 자금 사정이 좋지 않아 공작 각하께서 도움을 주셨으면 하셨습니다.”

　“도움이라… 음…….”

　내게 맡겨놓은 돈주머니가 있는 것도 아니고, 사사건건 찾아와 돈을 요구하니 기가 찰 노릇이었다.

　“그래, 얼마나 필요하다시던가?”

　“휴… 공작 각하께서 도움을 주신다니 안심입니다. 론 백작님이 말씀하신 것은 대략 백만 골드 정도입니다.”

　“백만 골드?!”

　이놈이 염치가 없어도 정도가 있지 백만 골드나 달라는 말에 난 입을 다물 수가 없었는데, 미테랑이란 놈은 그런 나의 표정에 미소 띤 얼굴로 말했다.

　“조금 많은 액수이긴 하지만, 본국의 북부 쪽 상로에서 공작 각하께서 취하신 이득은 사실 론 백작의 힘이 아니었으면 어려운 일 아니겠습니까? 들리는 소문으로는 그 상로를 통해 매달 수십만 골드를 벌어들인다 하시니, 이 정도 돈이야 공작 각하께 많은 것은 아니겠지요?”

　“크윽……!”

　확실히 본국에서도 난 상권을 확충하기 위해 론 백작에게 도움을 청했고, 그 덕에 그가 장악하고 있는 본국 북부의 상권을 어느 정도 손에 쥘 수 있었다.

　하지만 그 일로 상당한 돈을 그에게 상납했는데, 그것으로 부족하여 또 돈을 요구하다니… 그칠 줄 모르는 녀석의 욕심에 이가 갈렸다.

　“이런 빌어먹을 잡놈의 새끼가 어디서 같잖은 협박을 해대고 있어?! 죽고 싶냐?!”

　그때 내 맘속에서 나오고 싶어 요동치고 있던 말이 옆에서 터져 나왔는데, 고개를 돌려보니 레크라스가 미테랑이란 놈을 노려보며 노기를 띠고 있는 것이 아닌가.

"헉……."

콰당!!

이 미터가 넘는 거구 기사인 그가 눈을 부라리며 소리치자 단신의 통통한 몸집의 미테랑이란 놈은 겁을 집어먹으며 뒤로 넘어지고 말았다.

확실히 레크라스의 인상이 더러운 것은 인정하지만, 호통 한 번에 나자빠지는 녀석이 와서 돈 내놓으라 협박을 하다니… 이런 놈을 상대하는 내가 한심할 뿐이었다.

레크라스는 뒤로 자빠진 녀석을 보며 당장에라도 달려가 짓밟아 버릴 기세를 보이고 있었기에 난 손을 들어 그를 제지하고는 옆에 있던 기사에게 눈짓을 보내 미테랑이란 자를 일으켜 세우게 하였다.

기사의 도움으로 일어난 그에게 난 미소를 지으며 말했다.

"이런… 내 기사의 성격이 불같은지라 그대에게 결례를 한 것 같군."

"아… 결례라니요… 제가……."

나의 사과의 말에 그는 떨리는 목소리로 답했다. 그의 옆에서 오우거 같은 레크라스란 놈이 살기를 드러내고 있는지라 정신을 차리지 못하는 듯했다.

"백만 골드라… 알겠소. 론 백작께서 원하신다면 보내 드려야지."

마음 같아서는 사자라고 온 놈의 목을 단참에 베어버리고 싶지만 어찌하랴, 아직 론 백작을 처리하기에는 시기상조인 것을…….

녀석을 통해 본국에서의 상권을 확충해야 하는 나로서는 열불이 나긴 했지만 요구하는 대로 백만 골드를 주기로 결정하고는 자리에서 일어났다.

"론 백작에게 본작이 앞으로도 서로 간의 좋은 친분을 유지했으면 한다 전해주시오. 그리고……."

더 이상 녀석과 말을 하고 싶지 않은 난 대충 안부를 전하라 말하고는 슈펠트에게 지시하여 그에게 금화가 가득 들어 있는 돈주머니를 건네주었다.

초록은 동색이라고 론 백작의 휘하에 있는 놈이라면 녀석 역시 상당히 돈을 밝히는 놈이 분명할 테고, 레크라스의 일도 있으니 대충 녀석의 기라도 살려줄 속셈으로 약간의 돈을 더 내어주었다.

그러자 아니나 다를까, 돈주머니를 받아 든 녀석은 입이 찢어져라 웃으니 정말 한심한 노릇이었다.

서먼이나 알디하렌과는 달리 동쪽 국경을 마주하고 있는 엘란스트 왕국을 제외한다면 드래곤 산맥이라는 천혜의 방어선 덕분에 타국의 침범을 받지 않는 평화로운 국가였다.

물론 국지적인 곳에 한해서 전투가 없었던 것은 아니었지만 양국의 군사력만 비교해 보아도 엘란스트는 알디하렌과 함께 대륙 양대 강국으로 일컬어지는 아멘과 상대가 될 만한 국가는 아니었다.

그 때문에 아멘은 건국 이래 다른 대륙의 왕국과는 비교도 되지 않는 평화가 계속되었고, 그런 이유로 한때 강력한 힘을 보이며 중앙 집권을 하던 왕가의 힘은 점점 미약해지고 귀족권이 강성해지기 시작했다.

사실 오늘날에 이르는 귀족권의 강성함은 본 가가 그 원인이라 할 수 있었다.

이곳으로 쫓겨오기 전만 해도 이드리샤 공작가는 왕가와 더불어 실질적으로 아멘 왕국을 건립한 공신 가문이었던 만큼 가문의 위세는 적지 않았다.

그 때문에 건국 이래 본 가는 가장 많은 재상을 배출했고, 본 가 출신의 왕비 역시 적은 수가 아니었다.

건국왕 빌헬름의 왕비가 바로 아멘 본 가의 시조인 알텐 공의 여동생이었고, 그 후에도 왕비는 물론 왕가의 여인 중에서도 본 가에 들어온 여인이 적지 않았다.

이드리샤 공작가는 쉽게 말하면 왕의 외척가이기 때문에 유약한 왕이 즉위했을 때는 재상 직을 맡고 있던 본 가가 전횡을 휘두른 예가 적지 않았고, 한때는 반란의 기미를 보인 적도 없지 않았다.

하지만 다행히도 본 가의 역사에서 내란을 일으킨 적은 없었기에 아직까지 그 명맥이 이어져 내려오고 있는 것이다.

네라드나 페이든 공작가를 생각하더라도 이 두 가문은 한때 이드리샤 공작가의 우군이었다. 그러나 한순간의 실수로 이드리샤 가문이 왕에게 미움을 사자, 그 기회를 놓치지 않고 가문을 외지로 몰아낸 후 자신들이 중앙 정권의 태두로 들어선 가문이다.

어쨌든 이놈의 두 가문이 본 가를 제치고 중앙의 힘을 차지한 이후로 이들의 전횡은 이드리샤 가문이 재상 직에 있을 때보다도 더 심해졌다 들었다.

뭐, 현재에는 그들의 위세가 두려워 함부로 입을 열지 않고 있지만, 이들에게 뇌물까지 바쳐 중앙 정계로 진출한 귀족 또한 적지 않았다.

론 백작같이 중앙에는 관심이 없고 자신의 영지와 가문에서 내려온 직분에만 만족하고 재물을 모으는 녀석들이야 이들과 관련없지만, 현재 아멘 대부분의 귀족가가 이들 두 가문과 연이 닿아 있음은 부정할 수 없는 일이다.

두 가문 모두 아멘 왕국에 상가를 가지고 있어 자금 운영엔 전혀 문제가 없고, 아멘 전체의 귀족가 대부분을 휘하에 두고 있어 나라가 뒤집어질 정도로 큰 사건이 없는 한 이들을 실각시킬 방법은 전무하다 할 수 있었다.

그 때문에 난 노턴 코프를 장악하고 있는 론 백작을 주목하고 있는 것이다.

아멘 본국에서 내가 비집고 들어갈 유일한 활로는 바로 론 백작이 있는 본국의 북부 지방이었다. 이미 오랜 기간 노턴 코프를 맡고 있던 론 백작가가 이 지방을 장악하고 있고, 그 주위의 귀족들 역시 중립을 지키며 론 백작을 지지하고 있었다.

그 때문에 중앙을 장악하고 있는 네라드나 페이튼도 북부만큼은 손을 대지 못하고 있고, 이러한 론 백작의 세력권 안에 있는 덕에 난 녀석들의 눈을 피해 이렇게 영지를 발전시킬 수 있는 것이다.

한마디로 그냥 두기에도 그렇고, 지금 당장 없애기도 좋지 않은 자가 바로 론 백작인 것이다.

내가 던져 준 미끼에 입이 찢어져라 웃고 있는 미테랑을 뒤로하고 접빈관을 나오자 뒤에서 레크라스의 투덜거리는 소리가 들려왔다.

"뭘 그렇게 쫑알거려?"

"흥! 제국에선 위세 좋게 나가던 놈이 이곳에선 저런 놈들한테 끌려다니는 꼴을 보니 우스워서 그런다."

"젠장. 그럼 웃어야지 왜 투덜거리는데?"

"휴… 그런 놈 밑에 있어야 하는 내 신세가 안타까워서 그렇다, 왜?"

"음… 확실히 투덜거릴 만하군."

하긴 로만테우스 밑에서 아부나 뒤로 물러나는 것은 생각도 못했던 놈이 이곳에 와서 나 같은 놈을 보니 한심하기도 할 것이다.

하지만 그에게는 그의 방법이 있듯, 나에게는 나만의 방법이 있었다. 위세 좋게 정면에서 치고 받기에는 본국에서의 내 사정은 극히 좋지 않기에, 천천히 때를 보며 네라드와 페이든 가가 오랜 기간 구축해 놓은 벽을 허물어가야 했다.

물론 나에게 힘은 있었다. 제국, 서먼, 아멘에 있는 나의 기반을 모두 동원하고 본국의 왕자들과 힘을 합친다면 아무리 네라드와 페이든이 힘이 있다 하더라도 그것은 본국에 국한된 것, 충분히 내 힘으로 녀석들을 나라 밖으로 내칠 수 있을 것이다.

그러나 그것은 내가 아멘 최고의 권력가가 되기 위한 방법이 백 가지가 있다면 그중 최악의 방법이라 할 수 있었다.

힘으로 밀어붙일 수 있는 것과 힘으로 밀어붙일 수 없는 것이 있는 것처럼 내가 그런 강수를 쓴다면 아멘 역사에 최악으로 이름이 남겨질 것이다.

또한 그렇게 나라를 장악한다면 아멘 본국의 힘은 크게 약화되어 자칫 내가 잘못되기라도 한다면 머저리 같은 서먼이나 야만 민족의 국가 알디하렌에게 기껏 조상님들이 힘들여 세운 나라가 허무하게 먹힐 수도 있는 일이다.

그 때문에 가문이 힘을 되찾는 것은 극히 신중해야 했으며, 내가 병사를 일으킬 때는 최소한의 피해로 국한시켜야 한다.

서먼과 알디하렌 제국에 나의 기반이 생겼다 해도 내 나라는 아멘 본 가의 시조가 세웠고 나의 진실한 가문이 존재하는 내 나라를 망쳐 버릴 생각은 전혀 없었다.

뭐, 이런 나의 생각이 레크라스나 다른 이들에게 소극적으로 보일 수 있겠지만, 그들이 뭐라 하든 나는 나일 뿐이다.

"레크라스, 잔소리 그만 하고 에르가에게나 가보도록 하지. 골든 아이가 어떻게 돌아가는지 궁금하니 말이야."

"대련은 언제하고?"

"젠장! 에르가를 만난 이후 해줄 테니 제발 그 입 좀 닥치고 있지 않 겠나?"

"그러지 뭐."

"휴……."

대하기 힘든 놈이다. 로만테우스가 죽은 이후 내가 그에게 얻은 것은 다크 데블 나이츠뿐이 아니었다.

바로 로만테우스의 사조직이자 대륙 전체에 퍼져 있는 첩보 조직인 골든 아이, 난 그것을 손에 넣었던 것이다.

로만테우스가 생각하면 생각할수록 무서운 존재였다는 것은 골든 아이의 존재만으로도 입증이 되고 있었다.

그는 자신이 황제가 될 것임을 의심하지 않았고, 그 때문에 젊은 시절부터 자신의 힘이 될 만한 인재들을 모으고 조직을 만들었다.

그래서 만들어진 조직이 다크 데블 나이츠와 골든 아이였는데, 그중 골든 아이는 황제가 된 이후 제국의 확장 정책을 성공적으로 이끌기 위해 가장 중요한 조직이었다.

에르가에게서 들어 알게 된 골든 아이는 그 조직원의 수만 해도 20만 여 명에 이르는 엄청난 조직이었다.

물론 그 하부 조직원 중에는 자신이 골든 아이라는 조직에 속해 있는지도 모르는 사람이 다수이긴 했으나 비밀 첩보 조직이라는 특성을 생각한다면 이것은 당연한 일일 것이다.

어쨌든 로만테우스는 골든 아이라는 조직을 통해 대륙의 국제 정세를 파악하는 데 주력했는데, 아쉽게도 자신이 황제가 될 것을 의심하지 않은 덕에 제국 내에서는 골든 아이의 정보력이 그리 크지 않았고, 그 때문에 내란에서 패하고 말았다.

만약 그가 타국에서만큼 골든 아이를 제국 내에 집중시켰다면 로만테우스는 나를 비롯한 토벌군의 모든 움직임을 눈으로 보는 것처럼 파악하고 있었을 것이다.

뭐, 어찌 됐든 아멘 본국에서의 그들을 생각한다면 로만테우스는 대륙에서 제국에 가장 방해가 될 국가로 본국을 지명하고 있었기에 아멘에 가장 많은 조직원을 두고 있었다.

이미 예전 나의 영지가 발전하기 시작했을 때 나의 가장 큰 적이라 불렸던 선우드를 생각해도 쉽게 알 수 있을 것이다.

놀랍게도 선우드 역시 로만테우스가 본국에 깔아놓은 골든 아이의 조직원으로 그가 바로 아멘 북부 지부장이었다. 하긴 그가 짧은 시간에 보석 교역으로 엄청난 부를 축적한 것을 생각한다면 제국에서 누군가 도움을 주지 않았다면 불가능했을 것이다.

나에게 패한 후 로만 령으로 갔다고 하는데, 내란에서 패배한 소식을 듣고는 제국에서 잠적했다는 말에 조금 아쉬운 마음도 있었다. 생각 같았으면 내 손으로 녀석의 목을 베어 효수해야 조금 분이 풀릴 것 같았기 때문이다.

어쨌든 선우드의 예를 보아도 알겠지만, 알게 모르게 골든 아이라는 타국의 정보 조직은 아멘 전체에 잠식해 있었고, 나중에 에르가에게서 그것에 대해 받았던 난 좀처럼 믿을 수가 없었다.

아멘에 있는 골든 아이 정보원의 수만 3만 4천여 명에 이르는 데다가 선우드와 같은 지부장의 수만 오십여 명이 되니 로만테우스가 골든 아이에 퍼부은 돈이나 노력은 천문학적이라고 해도 과언이 아니었다.

그 때문에 녀석이 내란에 성공하고 황제의 좌에 앉았으면 어찌 되었을까 하는 생각에 가끔 안도의 한숨이 나오기도 한다.

하나, 그가 만든 골든 아이는 다크 데블 나이츠와 함께 나의 손으로 들어왔기 때문에 현재의 난 과거와는 달리 아멘 본국의 정세를 훤히 알 수 있게 되었다.

에르가는 내 영지에 온 이후에도 골든 아이를 계속해서 움직이며 본국의 세세한 정보를 수집하고 있었고, 지금 난 그에게서 론 백작의 움직임과 함께 페이든과 네라드에 대한 정보를 얻기 위해 그가 있는 곳으로 향하고 있는 것이다.

로만 령이 사라진 후 에르가는 골든 아이 수뇌부를 대거 이동시켰기에 실질적인 본부는 나의 자치령 플로렌 령의 령도인 테이즌 성으로 바뀌었다.

북동쪽에 위치한 로만 령에 비해 남서쪽에 위치한 플로렌 령은 가까이에 서먼이 있어 신성 북부 도시 연합과의 연계가 가능할 뿐 아니라 본국 영지에서 거리가 가까워 조직을 운영하는 데 시리적으로 훨씬 유리해졌다고 할 수 있었다.

실질적으로 이들을 관리하고 있는 에르가는 조직을 개편하여 서먼의 레트론 성과 아멘의 이드리샤 영지에 직할부를 설치했고, 영지에 있는 내가 국제 및 국내 정세를 빠른 시간 안에 파악하는 데 심혈을 기울였다.

　직할부가 설치된 곳은 성의 외곽에 위치한 저택, 이곳은 내 영지의 교역 상인들을 위해 만들어놓은 저택이라 외부에서 찾기 힘든 곳에 만들어져 있어 직할부로 사용하기엔 충분했다.

　저택 안으로 들어가자 십수 명의 사람이 바쁘게 움직이고 있는 것을 확인할 수 있었다. 직할부가 설치된 지 얼마 되지 않아 여러 문제가 산재해 있기 때문이다.

　저택 이층에는 직할부를 관리하는 부장실이 위치해 있는데, 안으로 들어가자 에르가 로만 령에서 온 골든 아이의 간부이자 내 영지의 직할부를 맡고 있는 슈멘 경과 무언가를 논의하고 있는 것을 볼 수 있었다.

　그들은 우리들이 안으로 들어오자 자리에서 일어나 예를 취하며 말했다.

　"어서 오십시오, 공작 각하."

　"두 사람 모두 수고하는군. 그래, 일은 얼마나 진척되었는가?"

　"로만 령 총본부가 폐쇄된 이후 업무가 밀려 있습니다. 조직이 원활하게 돌아가려면 적어도 두어 달은 걸릴 것 같습니다."

　"두어 달이라……."

　"다행히 에르가 경께서 도움을 주시니 이곳 직할부는 그런대로 꾸려갈 수 있지만 필로드 성 직할부는 그다지 상황이 좋지 않습니다. 전서구에는 조직원의 부족으로 업무가 거의 마비 상태라고 합니다."

　"일단 자치령 총본부에 인원 부족에 대한 전서구를 보내 인원을 충원시킬 것이니 일단 이곳 직할부에서 사람을 몇 명 보내도록 하게."

"휴… 그렇게 하지요 뭐."

수년 간 골든 아이의 간부로 있었던 슈멘은 평민 출신의 학자였으나 로만테우스가 그의 능력을 높이 사 골든 아이에 들어온 경우였다.

원래는 로만테우스의 옆에서 각지의 정보를 파악하고 간추리는 일을 하고 있었지만, 로만테우스의 죽음 이후 에르가의 천거로 내 영지의 직할부 총책을 맡은 것이다.

아직 서른 초반의 젊은 사람이나 정보 수집 및 각국의 정세 파악에 뛰어나 직할부의 총책을 맡는 데 부족함이 없었다.

"공작 각하, 이것을 읽어보시겠습니까?"

"응?"

그때 에르가가 다가와 양피지를 한 장 건네주어 그것을 읽은 나는 미간을 찌푸리고 말았다.

"이 정보는 확실한 것인가?"

"예, 크로우 나이츠의 정규 기사로 있는 정보원이 보낸 것입니다."

"빌어먹을. 페이든 녀석, 내 기사단을 날로 처먹으려 드는군."

에르가가 건네준 양피지에는 가문의 기사단인 크로우 나이츠에 대한 것이 적혀 있었다.

크로우 나이츠는 현재 슈페리어 넘버 0인 아나단 백작이 맡고 있지만, 이드리샤 가문이 크로우 나이츠를 왕가에 넘긴 이후 명예직인 넘버 0의 귀족보다는 넘버 2의 실직적인 기사단의 실력자가 크로우 나이츠를 맡고 있었다.

그런데 현재 크로우 나이츠의 넘버 2이자 소드 마스터 최상급이라 알려져 있는 리베인 남작이 페이든 공작의 휘하에 있어 페이든은 그를 이용하여 아멘 제2의 기사단인 크로우 나이츠를 자신의 것으로 하려

하고 있었다.

다행히도 슈페리어 기사의 반 이상이 왕당파에 속해 있어 지금까지는 어떻게 버티고 있었지만 페이든 일파의 정규 기사들이 하나둘씩 슈페리어 급으로 올라오고 있어 상황이 좋지 않게 흘러가고 있었다.

양피지에 적힌 것에 따르면 몇 달 정도 후면 페이든 일파에 넘어갈 것 같다는 보고였다.

"상황이 좋지 않습니다. 현 부단장 리베인 남작이 근래에 자주 페이든 공작과 밀담을 나누고 있다 하니 슈페리어 급 심사 이후에는 수가 뒤집힐 수 있다 생각합니다."

"음…….."

확실히 아나단 백작이 나에게 말했던 시간이 가까이 왔음은 나 역시 느끼고 있었다. 상황이 이렇게 좋지 않다면 내 자신이 익스퍼트 최상급에 오른다 해도 크로우 나이츠를 되찾는 것은 쉬운 일이 아닐 것이다.

"뭘 그렇게 고민하는지 모르겠네! 일단 가자고!"

"응? 무슨 소린가?"

크로우 나이츠의 일에 대해서 고민하고 있을 때 레크라스가 답답한 듯이 소리치고 있었기에 혹시나 그에게 무슨 생각이 있을지 몰라 물어보았다.

"무관 귀족이란 놈이 책상머리에 앉아 머리만 굴린다고 뭐가 돼? 일단 왕도로 가서 녀석들과 직접 부딪쳐 보라고. 난 말이야 실력도 없이 머리 위에서 까딱거리는 놈들에게 충성을 맹세하고 싶은 생각은 죽어도 없다고. 뭐냐, 그 크로우 나이츠인가 뭔가 하는 놈들도 똑같을 것 아니야!"

"……."

네놈 같은 놈이 얼마나 될 것 같냐고 쏘아붙이고 싶은 마음도 있었지만 내가 잘못 생각하고 있는지도 몰랐다.

지금까지 아나단 백작이 요구했던 익스퍼트 최상급의 경지에 이르기 위해 검술 수련에 열중하고 기회를 노리고 있었지만, 기사란 족속들이 내가 그 경지에 올랐다고 해서 가만히 밑으로 들어올 리는 없었다.

"제가 생각해도 그것이 좋을 듯합니다."

레크라스 혼자라면 모를까 에르가까지 직접 크로우 나이츠를 만나보는 것이 좋다는 말을 하자 나 역시 그쪽으로 조금 마음이 쏠릴 수밖에 없었다.

"그대까지 그리 말하니 생각해 보도록 하겠소. 슈멘 직할부장은 왕도 쪽 상황을 최대한 모아주게."

"알겠습니다."

왕도라… 과거 무도회의 일로 한 번 가본 적이 있었지만 솔직히 그리 가고 싶은 곳은 아니다. 내 영지, 아니, 셔먼이나 제국과 비교해도 그처럼 치욕적인 모욕을 당해본 적이 없었기 때문이다.

그 때문에 왕도로 가는 것이 그리 마음에 들지 않았으나 가문의 기사단을 되찾아야 하는 사명이 있는 만큼 어쩔 수 없는 일이었다.

골든 아이 직할부를 나온 난 잔소리를 해대는 레크라스를 대동하며 기사단을 지도하는 엡실론이 있는 곳으로 향했다.

다크 데블 나이츠 출신의 기사를 기사단에 편입시키기에는 그들을 복속시키는 것이 힘들어 이들은 따로 분류하고 있었다.

엡실론이 맡고 있는 기사들은 영지에서 선발한 청년들로 구성된 기사단은 이전의 많은 전투에서 꽤나 손실을 입어 그 얼굴이 많이 바뀌어 있었지만 제국에 있는 동안 슈펠트가 꽤 잘해주었는지 훈련은 잘되어가고 있었다.

"엡실론 경, 수고하네."

"어서 오십시오, 영주님."

"그래, 기사들의 훈련은 잘되고 있는가?"

"슈펠트 경이 직접 지도한 때문인지 일이 년 정도만 더 훈련하면 정규 기사급 정도는 될 듯합니다."

"일이 년이라… 그리 나쁘지 않군. 아! 엡실론 경, 왕도로 올라갈 준비를 하게."

"왕도요?"

갑작스레 왕도로 올라간다는 말에 엡실론은 영문을 모르겠다는 표정으로 되물었다. 그 역시 아직 소드 익스퍼트 최상급의 경지에 이르지 못한 것을 알기 때문에 다른 이유로 왕도로 올라간다 생각하고 있는 듯했다.

"크로우 나이츠의 일이 급하게 되었네."

"크로우 나이츠라면… 혹시?"

"리베인 남작과 페이든 공작의 움직임이 심상치 않다 하더군. 아무래도 길어야 삼사 개월 이후면 크로우 나이츠의 소유주가 바뀔 듯하네."

"이런!"

나의 말에 엡실론은 미간을 찌푸리며 노기를 드러내었다. 그 역시 크로우 나이츠의 일원으로 기사단이 원래의 이드리샤 가문이 아닌 페이든이나 네라드의 손으로 들어가는 것을 달가워할 리가 없었던 것이다.

“어쨌든 왕도로 올라가서 급한 불이라도 끄는 것이 좋을 듯하네.”

“알겠습니다. 그런데 영지는 누구에게 맡겨놓으실 생각이십니까?”

“글쎄… 누가 좋겠나? 내 생각엔 에르가가 가장 좋을 듯한데.”

“영주님, 그들은 제국인입니다. 그리고 한때 영주님의 적이었던 다크 데블 나이츠의 일원이란 것을 잊으시면 안 됩니다.”

“알고 있네. 하나, 내가 믿지 않으면 누가 그들을 믿겠는가? 그리고 그들의 적은 내가 아니라 일루테우스라네.”

다크 데블 나이츠, 그들이 고스란히 나의 밑으로 들어올 수 있었던 것은 바로 일루테우스에 대한 증오심 때문이었다.

내전 당시 로만테우스는 황군 토벌군을 상대로 승리를 자신하고 있었다. 하지만 그것이 예상과는 다른 일루테우스의 움직임 덕분에 완전히 틀어지게 되었던 것이다.

내전이 있기 전 로만테우스는 일루테우스에게 사람을 보내어 내전에서 중립을 지켜주는 것을 조건으로 막대한 돈과 후에 제국이 서면을 차지하게 되면 서면 동부의 땅을 그에게 주기로 약속했었다.

그 이후 로만테우스는 내전을 일으켰지만 일루테우스가 약속을 깬 채 스만 령을 침공했다. 하지만 그때까지도 로만테우스는 스만 령을 침공하는 것은 있을 수 있는 일이라 생각하며 넘어갔지만 일루테우스가 스만 령 서부를 빠른 속도로 장악하며 군대를 황도와 로만 령으로 보내 버렸다.

그 때문에 로만테우스는 세워놓았던 계획을 수정해야 했는데 이 상황에서 황제를 비롯한 우리들이 모르는 일이 있었다.

일루테우스 그는 로만 령을 장악한 이후 은밀한 곳에 숨어 있던 로만테우스의 부인과 자식들을 볼모로 잡았던 것이다.

로만테우스에게 골든 아이라는 정보 조직이 있었다면 일루테우스에게는 다크 쉐도우라는 조직이 있었던 것이다.

골든 아이가 국외적인 정보 수집에 열중하는 역할이 주를 이루는 조직인 데 반해 다크 쉐도우는 제국 내의 정보 수집과 요인 암살이라는 어쎄신의 일도 같이 수행하고 있었기에 모습은 비슷하지만 그 활동에는 확연한 차이가 있었다.

이것은 이들 두 사람의 개인적인 능력과 휘하들로 인하여 달라졌던 것으로 로만테우스 스스로가 소드 오버러에 이르는 뛰어난 검사인 데다 그 휘하의 기사들의 능력 역시 제국의 수위를 자랑했기에 암살과는 거리가 멀 수밖에 없었다.

하지만 일루테우스는 그 자신이나 휘하의 중요 수하들 역시 흑마법사 출신이었기에 대외적으로 드러나지 못하는 관계에서 비롯되어 하는 일 역시 그 쪽으로 주를 이루었다.

그리고 다크 쉐도우의 어쎄신들은 로만테우스 령에도 잠복해 있었다.

그리고 이들은 로만테우스에게 극악한 짓을 저질렀는데, 일루테우스가 로만테우스의 식솔들을 언데드로 만들어 버린 것이다.

로만테우스야 자신의 식솔들이 일루테우스의 손에 죽었어도 그것이 야망을 위해서라면 무시할 수 있는 존재임은 분명하지만, 식솔들이 죽지도 살지도 못하는 언데드가 된 것은 충격일 수밖에 없었다.

아니, 슬픔은 없다 할지라도 분노는 있었을 것이다.

물론 그것을 극복한 로만테우스는 황성을 함락할 준비를 멈추지 않았지만 약간의 흔들림이 그의 판단을 흐리게 하여, 아리고스를 비롯하여 많은 이들이 그 판단의 착오로 죽임을 당한 것이다.

　그것 외에도 황성의 함락 작전 또한 실패로 끝나 그는 아서 경과의 대결에서 죽임을 당했으나 사실 아서 경과 로만테우스의 실력은 백중세, 아니, 어쩌면 로만테우스가 아서에 비해 한 수 위였을지도 모르는 일이었다.

　그는 아내와 자식들의 죽음 이후 야망까지 꺾이자 이미 그곳에서 죽을 결심을 했던 것이다.

　이 모든 것을 알고 있는 에르가를 비롯한 그의 수하들은 주군이 일루테우스의 간계로 죽임을 당하자 마지막 유언에 따라 복수를 위해 내 밑으로 들어오게 되었던 것이다.

　그런 사정이 없었다면 어찌 주군에 대한 충성심으로 뭉쳐진 다크 데블 나이츠를 손에 넣을 수 있었겠는가? 에르가에게서 이러한 사정을 들어 알고 있었기에 엡실론과는 달리 에르가를 믿을 수 있었던 것이다.

　물론 완전히 신용할 수는 없는 일이지만 말이다.

　"그것은 대충 알고 있습니다만 에르가가 영주님의 기반을 가로채고 일루테우스에게 복수를 꾀하려 한다면 어쩌시렵니까."

　"내 기반? 에르가의 힘으론 불가능해. 서먼의 북부 연합은 내가 움직일 수 있다 해도 실질적인 주인은 내가 아닌 요슨 성자이고, 자치령의 실권은 아서 경에게 일임시켜 놓아 내가 이들을 움직이게 할 순 있어도, 장악할 수는 없는 상황이니 에르가가 기반을 가로챌 방법은 없네."

　"……."

　나의 말에 엡실론은 반박할 말이 없는지 입을 다물었고, 난 미소를 지으며 그의 어깨를 두드려 주며 말했다.

　"아까도 말했듯이 내가 그들을 믿어주지 않는다면 누가 그들을 믿어

주겠는가? 에르가는 믿을 만한 사람이네. 적어도 그는 페이든이나 네라드와 같은 제 욕심만 채우는 얼빵이 귀족이 아니라 기사로서의 신의가 있는 사람이야. 배신하겠다 한다면 배신할 자이지만 나에게 충성을 한다고 했으면 죽어서도 충성할 사람이라네."

"…알겠습니다."

"좋아좋아. 이번 여정엔 위현자 노인네도 같이 데리고 가는 것이 좋을 듯하군. 그 노인네를 영지에 오래 박아두었더니 희한한 소문까지 도는군."

제국에 있는 동안 녀석은 영지에서 몇몇 아이를 제자로 삼아 자신의 학문을 지도하고 있었다 한다.

녀석 역시 현자이니 그중 몇몇은 영지의 뛰어난 재원이 될 것은 분명하지만 사상이 불순한 자인지라 자칫 잘못했다가는 수명의 이스페든을 영지에 두는 결과가 될 수도 있는 일이었다.

그렇게 해서 난 왕도로 떠나기 위한 준비를 모두 마칠 수 있었다.

이번 왕도로 향하는 여정에는 호위 기사단과 시녀들을 포함해 총 이백여 명의 인원이 동원되었다.

저번 왕궁 무도회 때의 인원보다야 조금 많기는 하지만 아직도 공작가라고 보기에는 적은 인원이었다.

하지만 그때와는 상대도 되지 않을 정도로 이번 왕도로 가는 여정에는 강한 이들이 포함되어 있었다.

엡실론과 슈펠트를 포함하여 레빈이 나에게 붙여주었던 용병 중 한 사람인 엘트로우스, 다크 데블 나이츠에는 레크라스를 포함하여 슈페리어 넘버급 여덟 명이 일행에 포함되었고, 이 밖에도 정규 기사급이 사십 명에 나머지 기사들 역시 정규 기사에 버금가는 자들로 선별했다.

거기에다 이번에는 마법사로는 그때 같이 갔던 필리아가 임신으로 인해 동행을 하지 못하는 관계로 저주사 이모랄과 그의 제자 제스토, 그리고 가장 든든한 사람이라 할 수 있는 게리오스까지 합류했으니 같은 수의 병력과 접전을 벌인다고 해도 완승할 수 있을 정도였다.

하지만 나의 입장에서 왕도는 적진과도 같은지라 이 정도의 인물들을 대동한다 해도 안심할 순 없는 일이었다.

아내와 아이들에게 작별 인사를 한 난 에르가에게 잘 부탁한다는 말과 함께 다음날 영지를 떠날 수 있었다.

제국과는 달리 아멘은 국토 전체에 치안 상태가 좋았기에 왕도로 향하는 여정에는 그리 큰 문제가 없었다.

간혹 타 귀족의 영지를 통과할 때 귀찮은 일이 몇 번 있었지만 그런 사소한 문제는 게리오스와 레크라스가 알아서 해결해 주는지라 일행은 무사히 왕도에 도착할 수 있었다.

왕도에 도착한 내가 가장 먼저 향한 곳은 그나마 아군이라 할 수 있는 아델슨 후작의 저택이었다.

이미 왕도에 도착하기 이전에 서신을 보내났었기에 아델슨 후작의 저택 근처에 도착하자 십수 명의 후작가의 사병이 마중 나와 있었고, 그 선두에는 익히 알고 있는 아델슨 후작의 아들이자 진법사 케논이라는 데리언 학파의 이름을 가지고 있는 크로이드가 있었다.

"어서 오십시오, 공작 각하."

"아! 오랜만이네, 크로이드 영작!"

크로이드의 인사에 난 반가운 표정으로 답했고, 그는 내 옆에 있던 게리오스를 보고는 가볍게 목례하고 나에게 다가와서 말했다.

"공작 각하께서 오신다는 말에 아나단 백작님은 물론 시미온 양과 삼왕자 전하께서도 저택으로 오셨습니다."

"오! 삼왕자 전하께서도 와 계신다니 이거 서둘러야겠군."

아나단이야 대충 예상은 하고 있었지만, 삼왕자까지 후작가에 있으리라고는 생각지도 못했다.

물론 그 역할에 시미온이 많은 힘을 썼을 것은 분명할 것이다.

크로이드와 함께 저택에 도착하자 많은 수의 병사가 저택 주위를 둘러싸고 있는 것을 볼 수 있었는데, 이 중에는 후작가의 사병도 있었지만 아나단 백작이 단장으로 있는 크로우 나이츠의 정규 기사와 함께 삼왕자의 호위 기사들도 그 모습을 보이고 있었다.

저택에 도착한 난 병사들을 기다리게 한 후 크로이드를 따라 후작이 있는 곳으로 향했다. 생각 같아서는 게리오스도 대동하고 싶었지만 이곳에서 그의 신분이 아직은 단승 하급 귀족에 지나지 않는지라 대동하는 것에는 무리가 있었다.

크로이드 영작의 뒤를 따라 도착한 곳은 저택 일층에 위치한 방이었다.

그가 노크를 하며 문을 열자 그곳에서 네 명의 남녀가 차를 마시며 담소를 나누고 있는 것을 볼 수 있었고, 난 그중 십대 후반 정도의 젊은 남자에게 다가가 정중히 인사를 올렸다.

"삼왕자 전하께 이드리샤 공작가의 플로렌이 인사드립니다."

"어서 오시게, 이드리샤 공작."

나의 인사에 삼왕자는 미소 지으며 답했고, 나머지 사람들은 나를 확인하고는 자리에서 일어나 인사를 나누었다.

"먼 길 오시느라 수고하셨습니다, 공작."

"후작께서 이렇게 저를 반겨주시니, 고마울 따름입니다."

이들의 인사에 답한 난 앉아서 이야기하자는 왕자의 말에 정중히 고개를 끄덕이고는 천천히 자리에 앉았다.

"그나저나 이드리샤 공작 각하께서도 다급할 것 같소. 요즘엔 페이든이 노골적으로 크로우 나이츠를 넘보는 것 같으니 말이오."

과연 삼왕자라고나 할까? 그의 성격답게 직접적으로 말을 해왔다. 물론 나 역시 이들 앞에선 구태여 내가 크로우 나이츠를 되찾으려 하는 것을 숨길 이유가 없는지라 고개를 끄덕이며 말했다.

"그 때문에 저도 왕도로 올라온 것이 아닙니까. 아나단 백작, 상황은 어떻게 흘러가고 있소이까?"

"두 달 후, 슈페리어 급 심사에서 십여 명의 기사가 슈페리어 급으로 올라설 것 같습니다. 물론 이들 모두가 페이든 공작의 기사들이지요."

"십여 명이라……."

슈페리어 급 기사의 숫자는 모두 백 명, 만약 십여 명 이상의 기사가 바뀌게 된다면 사실상 크로우 나이츠는 이들에게 넘어간다 해도 과언이 아니다.

"막아야 하오. 페이든에게 크로우 나이츠까지 넘어간다면 그야말로 사자에게 날개를 달아주는 격이 아니겠소."

아델슨 후작의 말에 모든 이들이 고개를 끄덕였다. 황가의 기사단인 피닉스 나이츠(레드 버드 나이츠)와 이드리샤 가의 크로우 나이츠는 아멘 왕국의 상징과도 같은 기사단이었기에 그들을 거느리고 있다는 것은 단순히 기사단을 소유한 것이 아니라 그 이상의 의미가 있었다.

그때 아나단이 나를 보며 무엇이 궁금한 듯 넌지시 물어보았다.

"그나저나 공작 각하께 놀랐습니다. 영지에만 계신 줄 알았더니 저보다 빨리 페이든 공작의 계략을 알아내시다니요."

"다행히 엡실론 경과 친분이 있던 기사가 그 소식을 전해주었습니다."

"그렇습니까? 음……."

물론 골든 아이의 정보력 때문이었지만 아나단 백작에게 그들에 대해 말할 이유는 없었다.

"아무래도 삼왕자 전하의 도움이 필요할 듯합니다."

"도움이라면 무엇을 말하는 것인가?"

"크로우 나이츠에서 가장 문제가 되는 인물은 리베인 남작입니다. 사실상 단장이라 할 수 있는 슈페리어 넘버 2의 자리에 있는 그가 페이든과 손을 잡고 있기 때문에 크로우 나이츠가 흔들리고 있는 것이지요. 그래서 이 기회에 넘버 2의 자리를 교체시킬까 합니다."

나의 말에 삼왕자는 물론 아나단이나 아델슨 후작 모두 크게 놀란 표정을 지었다.

"확실히 넘버 2인 리베인 남작을 그 자리에서 끌어내린다면 당분간은 안심할 수 있겠지만, 도대체 누굴 그 자리에 올리실 생각입니까?"

아나단은 이해할 수 없다는 듯 물었다.

확실히 현 크로우 나이츠에서 가장 검술이 뛰어난 인물은 리베인 남작, 기사단의 넘버 교체를 위해서는 기사단 소속의 인물만이 가능한데, 그와 대적할 인물이 없는 상황이라면 나의 말은 가능성없는 이야기에 지나지 않는 것이다.

"엡실론 경을 그 자리에 오르게 할 생각이오."

"엡실론 경이라면 확실히 자격이 있기는 하지만 리베인 남작은 소드 마스터 최상급의 실력자입니다. 상급의 엡실론 경이 상대하기에는……."

“엡실론 경이 최상급이라면 가능하지 않습니까.”

“예?”

아나단 백작은 나의 말에 놀란 표정을 지었다. 나에게 온 지 오 년도 되지 않은 시간에 벌써 최상급의 실력에 도달했다는 것이 믿겨지지 않았기 때문이다.

하지만 그것은 사실이었다. 이전에 같은 소드 마스터 상급의 단계인 실로페스와의 대전에서 압도적인 우세로 승리한 것은 단순히 실전 감각에서 더 뛰어난 것이 아니라 한 단계 검술의 경지가 상승했기 때문이다.

물론 이것은 최상급 단계인 에르가까지도 인정한 사실이었기에 그가 최상급임을 의심하지 않았다.

“만약 공작 각하의 말이 사실이라 하더라도 오래전에 최상급 단계에 오른 리베인 남작을 상대로라면…….”

“아나단 백작, 뭐든지 해보지 않으면 알 수 없는 일이오. 본인은 엡실론 경이 나이트 배틀에서 리베인 남작을 상대한다면 절대 패하지 않을 것을 자신하고 있소이다.”

“음…….”

나의 자신감있는 말에 아나단 백작은 더 이상 반대하지 못했다. 사실 그의 반대도 어느 정도 이해가 가는 일이었다.

크로우 나이츠를 장악하고 있는 리베인에게 있어 엡실론은 귀찮은 존재일 것이다.

크로우 나이츠 내엔 검술은 뛰어나지만 페이든에게 빌붙어 있는 그를 못마땅하게 생각하는 기사들이 많았고, 그 때문에 기사로서 실력이나 인품 모두 부족할 것이 없는 엡실론이 많은 기사들에게 지지를 받고 있기 때문이다.

그 때문에 리베인은 엡실론을 해하기 위해 많은 일을 획책한 적도 있어 아나단 백작은 엡실론의 안전을 위해 그를 외부 업무로 돌린다는 명목 아래 슈펠트와 함께 나에게 보낸 것이었다.

"이드리샤 공작, 확실히 리베인 남작과의 나이트 배틀에서 엡실론 경이 승리할 수 있겠소?"

"장담할 수는 없지만 엡실론 경이라면 충분히 해낼 것이라 생각합니다, 전하."

"그렇다면 이 일은 내가 왕세자 형님에게 말씀드려 추진해 보겠소."

"감사합니다, 전하."

"감사할 것까지는. 사실 크로우 나이츠를 이렇게 불안하게 만든 것은 왕가가 아니겠소. 그러니 다시 크로우 나이츠를 원래의 모습으로 만드는 것도 왕가의 일이오."

삼왕자의 말에 고개를 끄덕일 수는 없었지만, 그 말은 틀리지 않았다.

가문의 기사단인 크로우 나이츠는 이드리샤 가문의 가주가 변방의 구석진 영지로 유배되다시피 쫓겨 나간 후에 왕가가 관리하게 되었다.

아멘 양대 기사단의 하나를 그대로 내버려 둘 수 없었기에. 문제는 왕가에 피닉스 나이츠가 있다는 것이다.

그 때문에 신입 기사를 모집한다 싶으면 왕가는 크로우 나이츠보다는 피닉스 나이츠에 우선순위를 두어 재능있는 기사들은 모두 피닉스 나이트가 되어버렸던 것이다.

건국 초기만 하여도 빌헬름의 피닉스 나이츠는 용병 출신의 기사들이 주를 이루어 소드 마스터의 수가 둘인 것에 비해 라피나르 대제국의 명가였던 이드리샤 가문의 크로우 나이츠는 소드 마스터만 네 명에, 가주인 알텐 공은 소드 오버러의 실력자였으니 기사단 자체의 실력으로 피닉스 나이츠는 결코 상대가 될 수 없었다.

하나, 세월이 지나면서 크로우 나이츠를 왕가가 관리하고 재능있는 기사가 피닉스 나이츠로 흘러가자 현재 피닉스 나이츠에는 소드 마스터만 네 명에 젊은 익스퍼트 최상급의 실력자들이 슈페리어 나이트 넘버를 차지하고 있었지만, 크로우 나이츠에는 소드 마스터가 두 명, 아니, 페이튼의 주구인 리베인을 제한다면 실질적으로 크로우 나이츠가 배출한 소드 마스터는 엡실론 한 명밖에 없는 것이다.

리베인이 크로우 나이츠의 슈페리어 넘버 중 최강을 차지할 수 있었던 것도 약화된 크로우 나이츠였기 때문에 가능한 것이었으니 왕가의 잘못이 있었음은 부정할 수 없는 일이었다.

어쨌든 삼왕자의 슈페리어 넘버를 위한 나이트 배틀을 주선하겠다는 말에 회의는 급속도로 진척되었고, 두 시간 여가 지났을 때 난 시미온과 함께 왕도에 있는 저택으로 향할 수 있었다.

왕도로 떠났을 때만 해도 어린 모습이던 시미온은 몇 년이 지난 지금에는 한 명의 정숙한 여인의 모습을 하고 있었고, 그 미색 또한 과거와 비교할 수 없었다.

"누가 자매 아니랄까. 점점 리안나를 닮아가는구나."

"호호호. 영주님도 참. 아! 코넬은 잘 크고 있나요?"

시미온이 코넬에 대해 묻자 난 고개를 끄덕이며 말했다.

"코넬이야 잘 크고 있지. 간간이 엡실론 경에게 검을 잡는 법을 배우는 걸 보니 꽤 자질이 있는 것 같더구나."

내 말에 시미온은 잠시 생각에 잠기는 듯한 표정을 짓다가 결심을 굳혔는지 나를 보며 말했다.

"영주님, 한 가지 물어볼 것이 있어요."

"말해 보려무나."

"리안나 언니와 저의 아버지는 영주님의 적이셨어요. 하지만 영주님께 원망이 있는 것은 아니에요. 만약 아직도 아버지가 살아 있었다면 지금의 저는 있을 수 없는 일이니까요."

"음… 그런데?"

"영주님, 만약 코넬이 벨루보다 뛰어나다면 그에게 가주의 직위를 물려주실 생각이세요?"

그녀의 물음은 대충 예상하고 있었다. 리안나와 시미온은 나의 손에 죽임을 당한 아메로스 남작의 딸들. 사실 자신의 손으로 없앤 자의 딸을 부인으로 삼고, 왕도의 저택에 남겨 왕가와 연을 만드는 일은 상당한 모험이라 할 수 있었다.

만약 그녀들이 배신을 하면 영지에서 암살당할 수도 있고, 왕자를 속여 나를 위기로 몰아넣을 수도 있기 때문이다.

하지만 난 그녀들을 팔아넘기거나 죽이지 않고 나의 기술로 대우하고 있었다.

그 때문에 그녀들은 지금의 이런 생활을 하고 있었지만, 마음속으로는 약간의 불안감이 남을 것은 분명한 일, 혹시나 자신들의 출신 때문에 코넬이 능력이 있음에도 가문의 가주 자리에 앉지 못하지나 않을까 걱정하는 것은 당연한 일이었다.

"그것은 이미 리안나와 알리샤의 의견을 따라 결정한 바 있다. 두 아이 중 뛰어난 아이에게 본 가의 가주 자리를 물려주기로 말이다."

내 말에 시미온은 안심한 듯 길게 안도의 한숨을 쉬더니 갑자기 나를 보며 눈을 가늘게 뜨고는 조금 화난 목소리로 말했다.

"영주님!"

"휴… 또 무슨 일이냐."

"언니에게 좀 잘해주세요."

"내가 리안나에게 못한 것이 또 뭐가 있다고 그러느냐?"

"이전에 언니가 코넬과 함께 왕도에 왔을 때 조금 외로운 표정이었어요. 영주님이야 모르시겠지만 사실 대부인이신 알리샤님보다 소홀히 한 것은 사실 아닌가요? 알리샤님의 착하신 심성은 저도 잘 알고 있지만 그런 면이 언니를 더 괴롭게 한다고요."

"음……."

그녀의 말대로 리안나에게 조금 소홀한 면이 없지 않았는지라 수긍할 수밖에 없었다.

"또 듣자 하니 이번에는 필리아 언니까지 세 번째 부인으로 들이셨다고 하니 언니는 더욱 불안해할 것 같아요."

"확실히 너의 말도 틀리지 않구나. 리안나에게 더욱 신경 쓰도록 하마."

"부탁해요, 영주님."

"그나저나 넌 왕도에 오래 있더니 이거 감당하기가 쉽지 않게 변했구나. 다음부터는 왕도로 오는 것이 무서워질 것 같다."

"호호호! 명문 귀족가의 계집애들을 상대로 사교계에서 버티는 것이 쉬운 줄 아세요? 아마 영주님께선 무도회에 오시면 구석진 곳에서 혼자 앉아 계셔야 될 거예요."

"이런. 하하하하! 이거 왕도에 오려면 너에게 공물이라도 상납해야 될 것 같구나."

당찬 그녀의 말에 절로 웃음이 터져 나온 난 마차에 준비해 놓았던 선물을 그녀에게 건네주었다.

"어머? 이건 뭐예요?"

"삼왕자 전하를 상대하려면 쉽지 않을 터, 너를 위해 준비한 것이니 부담 갖지 말거라."

나의 말에 그녀는 선물 상자를 풀었는데, 그 안에는 보석으로 상당히 정교하게 장식되어 있는 장신구 세트가 들어 있었다.

"아! 너무 예뻐요."

"후후후, 드워프의 손으로 만들어진 보석 장신구 세트다. 경매에 넘긴다면 족히 3,4백만 골드는 훌쩍 넘길 것이다."

3,4백만 골드가 넘을 거란 말에 그녀는 놀란 입을 다물지 못했다. 하긴 그동안 사교계에 보내놓기는 했지만, 물질적인 지원이 그리 많았던 것은 아니었기에 이렇게 엄청난 것을 선물로 주니 시미온이 놀라는 것은 당연한 일일 것이다.

"저야 고맙기는 하지만, 영주님께 큰 부담이실 텐데."

"걱정 말거라. 그건 알고 있는 드워프에게서 선물받은 것이니 말이다. 또 영지도 꽤 안정이 되어 수입도 짭짤한 편이니 이 정도의 선물이 크게 부담될 것은 없다."

"어머, 영지에 무슨 금광이라도 발견했나요?"

"후후후, 금광이라… 삼왕자 전하를 잘만 구슬려 놓아라. 그렇게만 해준다면 이것에 열 배, 아니, 백배의 선물을 해주마."

제국과 서면의 상권을 장악하고 있는 데다, 엄청난 영지가 존재하는 만큼 이제부터 나에게 들어올 재물은 페이든이나 네라드와 비교할 것이 아니었다.

그런 만큼 왕가와 연을 맺어 중앙으로 진출할 기회를 모색해야 할 시점에 조금 비싸기는 하지만 시미온에게 이 정도의 투자는 당연한 것이었다.

물론 왕도로 떠나왔을 때의 영지만을 알고 있던 그녀에게는 내가 금광이라도 찾았나 보다라고 생각하는 것은 당연한 일이었다.

왕도에 있는 저택에 도착한 난 이곳에 남아 있는 레빈 휘하의 용병들을 크게 치하한 후 집사에게 이곳보다 더 큰 저택을 물색해 보라 전했다.

그리고 이곳 저택의 경비 책임을 맡고 있는 용병에게도 백 명 정도의 사병을 추가로 모집하라는 명령을 내려 왕도에서의 거점을 확충하는 데 최선을 다했다.

앞으로 왕도에서 계속 볼일이 있을 것은 분명한 일, 왕도에 있는 아델슨 후작을 비롯한 중립 귀족들을 포섭하기 위해서라도 이것들은 필요한 일이었다.

그 외에도 시미온에게 넉넉하게 사용할 수 있을 정도의 자금을 지원해 주어 그녀의 사교계 활동에 부족함이 없게 했다.

물론 이 모든 것은 사전에 삼왕자와의 협의 끝에 이루어낸 것이다. 아직은 페이든과 네라드의 눈에 띄지 말아야 되는 시점에서 일단 시미온이 삼왕자의 총애를 받고, 대저택을 하사받은 것으로 해야 했기 때문이다.

뭐, 삼왕자 입장에서야 여자에게 빠졌다는 등 소문이 조금 안 좋게 날 수도 있는 일이었지만 이미 시미온과 혼인을 생각하고 있는 그였으니 문제될 것은 없었다.

거점 확보를 모두 끝낸 시점에서 남은 것은 크로우 나이츠를 되찾기 위한 로비 활동이었다.

"크로우 나이츠를 확보하기 위해선 일단 슈페리어 급 기사들을 포섭하는 것이 중요합니다. 오랜 시간 왕가에 속해 있던 크로우 나이츠이지만, 근위 기사단과 피닉스 나이츠에 비해 홀대받은 것은 사실, 공작 각하께선 그 부분을 노리셔야 할 것입니다."

왕도에서 안정된 거점을 확보한 후 제장들을 모은 난 크로우 나이츠를 되찾기 위한 회의를 열고 있었다.

"하지만 페이든 쪽에서도 그러한 점을 파고들어 슈페리어 급 기사들을 포섭한다 들었는데?"

게리오스의 말에 난 이전에 들었던 말을 건넸고, 이런 나의 말에 그는 고개를 끄덕이며 말했다.

"물론입니다. 하나 공작 각하께서는 페이든 공작에 비해 유리한 점이 많습니다."

"유리한 점?"

"예. 첫째, 크로우 나이츠가 왕가에 속해 있는 기사단이라는 것입니다. 페이든 측이야 왕가의 눈치를 보아야 하기 때문에 노골적인 접근이 어렵습니다만, 공작 각하께서는 이미 왕가에 반쯤 허락을 받아놓은 상태이니 그런 어려움이 없지요. 둘째, 크로우 나이츠는 건국 기사단으로 이드리샤 가의 전통을 따르고 있다는 것입니다. 아직도 크로우 나이츠에는 이드리샤 가를 따르던 무가의 자손들이 많이 남아 있으니 그들을 통해 접근하시면 더욱 용이하실 것입니다. 셋째는 아직 적이 각하의 계획을 알지 못한다는 것입니다. 적은 우리를 모르지만, 우리는 적을 알고 있는 상황이니 그것을 잘 이용한다면 시간은 촉박해도 유리하게 일을 진행시킬 수 있을 것입니다."

"음······."

게리오스의 말에 제장들과 난 고개를 끄덕였다.

확실히 우리 쪽이 출발이 늦기는 했지만 그의 말을 들어보면 그리 문제될 것이 없다는 생각이 들었다.

"슈펠트 경."

"예, 공작 각하."

"그대는 페이든 측의 눈에 띄지 않게 본 가에 충성할 수 있는 슈페리어 급 기사와 정규 기사들을 포섭하는 데 주력해 주시오. 그에 따른 자금은 게리오스 경을 통해 무리없이 지급될 것이오."

"알겠습니다."

"엡실론 경은 슈페리어 급 승급 심사에서 리베인 남작과 겨루게 될 확률이 높으니 당분간 검술 쪽에만 모든 것을 집중해 주시오."

"알겠습니다."

"게리오스 경은 시미온을 통해 사교계 쪽에서 페이든과 네라드에게 소외되어 있는 귀족들을 포섭하는 데 주력해 주었으면 하오. 어찌 됐든 중앙에서 인맥을 키우는 것이 나쁘지는 않을 것이니 말이오."

"알겠습니다."

세 사람에게 일을 지시한 난 잠시 헛기침을 한 후 제장들을 보며 말했다.

"흠흠. 제장들도 알다시피 앞으로 두 달의 시간은 우리에게 상당히 중요하오. 이 두 달의 시간을 어떻게 보내느냐에 따라 본국에서의 우리의 입지가 결정되기 때문이오. 이곳 왕도는 우리에겐 적진이나 마찬가지니 제장들은 한시도 긴장을 늦추지 말고 모든 일을 무사히 해냈으면 하오."

“예, 공작 각하.”

마지막 당부의 말로 난 회의를 끝마쳤고, 그날 이후 우린 상당히 바쁘게 움직일 수밖에 없었다.

시간이 촉박한 이상 최대한 빨리 움직여야 했고 상당한 자금이 소모되고 있었지만, 알디하렌 제국과 셔먼, 본국인 아멘에서 상당한 자금력을 확보한 상황에서 그리 문제될 것은 없었다.

문제라면야 내 몸이 조금 힘든 것뿐이지만, 가문의 숙원을 해결할 수 있는 기회인데 이 정도를 못 참겠는가.

그렇게 한 달의 시간이 지나자 하나둘씩 결실이 보이기 시작했다.

슈펠트를 통한 크로우 나이츠 소속 기사들의 포섭 건은 상당히 진척되어 현재 아흔아홉 명의 슈페리어 급 기사 중 사십이 명이 공작가에 충성을 맹세했다.

또 정규 기사 역시 상위급 기사들 중에서 상당수를 포섭할 수 있어 조금 더 시간을 들인다면 페이든 녀석이 무슨 짓을 하든 크로우 나이츠를 다시 본 가에 귀속시키는 것에는 문제가 없을 것이란 생각이 들었다.

시미온과 게리오스의 사교계 건도 상당히 진척이 되어 삼왕자와 아델슨 후작과 친분이 있는 귀족들과 인맥을 돈독히 하는 한편, 네라드와 페이든 쪽의 귀족들도 꽤 친분을 가진 덕에 이젠 내가 직접 사교계에 나간다 할지라도 큰 문제가 없을 정도였다.

하지만 이미 오랜 시간 동안 중앙 정계를 장악하고 있는 페이든과 네라드에 비한다면 미약할 수밖에 없는 세력이었고, 그들이 확실히 나의 편이라 할 수 없는 상황에서 무리하게 일을 진행하기에는 힘들 거란 것이 게리오스의 판단이었다.

그 때문인지 막대한 자금에 비해 그다지 만족할 만한 성과가 아닌지라 불안해하고 있을 때 생각지도 않은 호재가 우리 쪽으로 다가왔다.

"블루 버드 나이츠라고?"

"예."

블루 버드 나이츠는 보통 기사단이 귀족가의 자제들로 이루어진 것과는 달리 평민들로 이루어진 기사단인데 그 때문인지 실력에 비해 칠대 기사단 중 가장 서열이 낮았다.

하지만 이 기사단은 네라드 공작에게 속해 있는데 도대체 무슨 일로 나를 찾아온 것일까?

"아델슨 후작 각하 쪽에 속한 텔트론 자작의 소개를 받았다고 하니, 일단 만나보시는 것이 좋을 듯합니다."

"음……."

아델슨 후작 쪽의 사람이 소개를 한 것이라면 믿을 수 있다는 생각에서인지 게리오스 역시 만나는 것이 좋다 말하고 있었기에 난 잠시 고민하다 고개를 끄덕였다.

"그렇다면 만나기로 하지. 그들을 데리고 오게."

"예."

잠시 후 내 집무실 안으로 두 명의 기사가 모습을 드러냈다.

한 사람은 갈색 머리에 오십 대 정도로 보이는 건장한 체구의 기사였고, 다른 이는 이십 대 후반 정도의 젊은 기사였다.

블루 버드 나이츠의 제식갑주를 입고 있는 두 사람의 모습은 평민이라고 보기에는 상당히 절도있어 보였다.

게리오스의 안내를 받으며 다가온 두 기사는 정중하게 귀족에 대한 예를 취하며 나에게 인사를 올렸다.

"이드리샤 공작 각하께 블루 버드 나이츠의 단장 로펜이 인사드립니다."

"이드리샤 공작 각하께 블루 버드 나이츠의 부단장 레오핀이 인사드립니다."

그들의 말에 난 조금 놀랄 수밖에 없었다. 그저 슈페리어 급 기사 중 한 사람이겠지 하고 생각했는데 단장과 부단장이라니…….

블루 버드 나이츠의 단장 로펜은 네라드 측의 귀족에게서 단승 남작의 작위를 수여받은 인물로 평민 출신이긴 하지만 상당한 실력으로 귀족이 된 자였다.

내가 아는 로펜은 소드 마스터 중급의 실력자인데, 그런 그가 나에게 온 이유가 무엇인지 궁금할 수밖에 없었다.

텔트론 자작의 소개로 왔다고는 하지만 아직 좋은 뜻으로 찾아왔는지, 나쁜 뜻으로 찾아왔는지 알지 못하는 상황인지라 난 이들을 보며 차가운 목소리로 말했다.

"그대들은 무슨 일로 본작을 찾아왔는가?"

이들을 상대로 시간을 끌 필요가 없다고 생각한 난 단도직입적으로 용건을 물었고, 그 때문인지 로펜은 조금 당황하는 모습을 보였다.

그런 것을 보며 난 나쁜 용건은 아니라는 것을 짐작할 수 있었다.

상대가 네라드를 믿고 나에게 도전하는 것이라면 단도직입적인 물음에 망설일 이유가 없었기 때문이다.

그는 이내 침착함을 되찾고는 나를 보며 말했다.

"저희들이 공작 각하를 찾아뵌 것은 한 가지 부탁드릴 것이 있어서입니다."

"부탁? 무엇인지 모르지만 그런 것이라면 그대들이 속한 네라드 공작에게 하는 것이 훨씬 더 용이할 텐데?"

"저희가 부탁드릴 것은 오직 공작 각하 외에는 불가능한 일입니다."

나 외에는 불가능한 일이라… 그 말에 난 그가 부탁할 것이 무엇인지 궁금할 수밖에 없었다.

"…자네의 말을 들으니 더욱 궁금해 지는군. 그래, 본작에게 부탁할 것이 무엇인가?"

잠시간 생각에 잠긴 모습을 보인 난 그것이 무엇인지 물어보았고, 로펜은 마른침을 꿀꺽 삼키더니 나를 보며 말했다.

"블루 버드 나이츠를 맡아주십시오!"

"응?"

그의 말에 난 조금 당황될 수밖에 없었다. 난데없이 찾아와서는 하는 말이 자신들의 기사단을 맡아달라니, 무슨 뚱딴지 같은 소리인가.

"허허허, 그게 무슨 소리인가? 본작은 이해가 되질 않는군."

"말씀드린 그대로입니다. 블루 버드 나이츠를 맡아주십시오."

그러면 내가 잘못 들은 것은 아닌데, 이들이 무슨 생각으로 이러고 있는지 도무지 이해가 되지 않았다.

네라드가 나를 향해 암계라도 꾸미는 것이 아닐까 하는 생각마저 들었다.

그 때문에 난 잠시간 침묵을 지킬 수밖에 없었다. 이것이 암계라면 함부로 말하는 것은 위험한 일이기 때문이다.

"공작 각하, 각하께선 블루 버드 나이츠를 어떻게 생각하고 계십니까?"

"블루 버드 나이츠라… 본국의 칠대 기사단의 하나로 꽤 실력있는 기사단이라 생각하지."

"하지만 신분이 미천한 자들이지요."

미천하지, 미천하고말고. 평민 주제에 칠대 기사단의 하나가 되었다는 그 자체만으로도 귀족의 입장에서 보기엔 탐탁지 않은 게 당연하다.

그런 나의 생각을 아는지 모르는지 로펜은 말을 계속 이었다.

"블루 버드 나이츠의 기사들은 신분이 낮을지는 모르지만, 한 사람의 기사로서 그 긍지는 어느 누구 못지않습니다. 또 그 실력 또한 다른 기사단에 비해 한 치도 뒤처짐이 없음을 자신하고 있습니다."

확실히 그의 말은 사실이다. 기사단의 개인 실력으로 본다고 하면 네라드 휘하의 같은 기사단인 그리폰 나이츠에 못지않기 때문이다.

"하지만 신분 때문에 블루 버드 나이츠는 그리폰 나이츠는 물론 타 귀족 휘하의 개인 기사단보다 못한 취급을 받고 있습니다."

그의 말에 난 헛기침을 하며 그의 말을 가로막고는 말했다.

"그대들이 타 기사단보다 못한 취급을 받는 것이 잘못됐다 치더라도 기사도를 따르는 기사가 그러한 것 때문에 주군을 바꾸려 한다니… 우습군."

주군에게 충성을 맹세했다면 그것을 지켜야 하는 것이 당연한 일. 처우가 나쁘다고 주군을 배신하려 함은 무가의 자손인 나로선 못마땅한 일인지라 미간을 찌푸리며 말했는데, 그런 나의 말에도 로펜은 부끄러운 티를 내지 않았다.

그 때문에 역시나 천한 신분의 놈들이란 생각을 하고 있었는데, 그는 못마땅해하는 나를 보며 침착한 목소리로 말했다.

"물론 저희들 역시 기사도를 숭상하는 기사로서 그것이 잘못된 것임을 알고 있습니다. 하나, 기사단이 기사단으로 있지 못하는데 기사도가 무슨 소용이 있겠습니까?"

“기사단이 기사단으로 있지 않다?”

그가 무엇을 말하는지 몰라 난 되물어볼 수밖에 없었다.

“현재 네라드 공작 각하께선 저희 블루 버드 나이츠를 해체하려 하고 있습니다.”

“해체하려 한다?”

“예. 그리고 저희들의 이름으로 다른 기사단을 세우려 하고 계시지요. 칠대 기사단의 하나로 말입니다.”

“음…….”

“공작 각하께선 아실지 모르겠지만 블루 버드 나이츠는 무를 익히고 있는 평민에겐 유일한 기회의 출구입니다. 블루 버드 나이츠가 존재하기 때문에 평민들은 희망을 가지고 검을 닦으며 나라에 자신의 힘이 쓰이기를 갈망하고 있는 것이지요. 아니, 조금이라도 신분을 상승하기 위한 유일한 희망이 블루 버드 나이츠입니다.”

그의 말에 난 고개를 끄덕였다.

확실히 같은 평민이라 할지라도 기사는 다르다. 뭐랄까, 평민 기사는 평민보다 높고 귀족보다 낮은 그런 애매한 자리라고는 하지만, 평민들의 입장이라면 그러한 어정쩡한 신분의 상승도 바라 마지 않을 것이다.

“현재 칠대 기사단은 왕가에 둘, 페이든 공작 각하 측에 둘, 네라드 공작 각하께 둘, 그리고 신성 기사단이 있습니다. 겉으로 보면 페이든 공작 각하와 네라드 공작 각하의 무력은 비슷해 보이지만, 평민 위주로 된 기사단이라는 존재는 그다지 환영받지 못함에 네라드 공작 각하께서는 휘하에 속한 기사단의 지위 상승을 위하여 현재 평민 위주로 된 블루 버드 나이츠를 귀족 위주의 기사단으로 바꾸려 하고 있습니다."

"과연……."

네라드의 입장에서는 당연한 일이라 할 수 있었다.

기사단, 그것도 칠대 기사단이라 하면 그것을 소유하고 있느냐 아니냐에 따라 상당한 힘의 차이를 보이고 있기 때문이다.

하나, 자신에게 속한 기사단이 평민 기사단이라고 한다면 타 귀족의 눈에는 그저 사병 집단 이상으로 보이지 않을 것이다. 하지만 이런 기사단을 귀족 자제들 위주로 바꾼다면 그는 제대로 된 기사단을 손에 넣게 되는 것이 된다.

뭐, 그 때문에 평민들의 기사단이 없어지기야 하겠지만, 만약 내가 네라드의 입장이라면 그와 똑같은 짓을 했을 것이다.

물론 지금처럼 적의 눈앞에 도움을 요청하는 일이 없도록 하는 것도 잊지 않았겠지.

이들의 말을 들어보니 기회가 아닐 수 없었다. 블루 버드 나이츠를 손에 넣는다면 단숨에 중앙 정계에서 막강한 힘을 휘두를 수 있기 때문이다.

"자네가 말하는 것이 그대들 모두의 뜻인가?"

"슈페리어 급 기사들 모두가 뜻을 같이하고 있습니다."

슈페리어 급 모두가 동조했다고 한다면 기사단 전부가 찬성을 했다 해도 과언이 아니다.

하지만 일이 일이니만큼 함부로 그들을 받아들일 수 없어 일단 그들을 보내야 했다.

"그대들의 뜻은 잘 알았네. 하나, 이 문제는 함부로 결정할 수 없는 것, 일주일 후 사람을 보내어 일의 가부를 전달할 것이니 이만 물러가도록 하게.”

“알겠습니다. 공작 각하의 현명한 판단을 부탁드립니다.”

나의 말에 로펜 역시 수긍했는지 고개를 끄덕이고는 물러갔다.

그들이 방을 나가는 것을 확인한 난 게리오스에게 골든 아이를 통해 블루 버드 나이츠에 대한 정보를 수집하게 했고, 얼마 후 그들의 사정이 극히 좋지 않음을 알 수 있었다.

“상황이 그렇게 안 좋았던가?”

“예. 로펜 남작의 말대로 네라드 공작은 기사들의 녹봉을 반으로 줄인 것은 물론이고, 장비마저 개인 비용으로 처리하게 하고 있었습니다. 칠대 기사단의 정규 기사가 보통 한 달에 오십 골드 정도인 데 반해 녹봉을 반으로 깎기 전에도 블루 버드 나이츠는 그 반도 안 되는 이십 골드 정도에 지나지 않았습니다. 그런 것을 또다시 반으로 깎으니 소모 장비의 구입마저 어려울 수밖에 없지요.”

“음…….”

“또 그들이 쓰고 있는 장비만 해도 네라드 공작의 다른 기사단인 그리폰 나이츠에서 폐기된 장비를 쓰고 있는 데다, 기사의 필수라 할 수 있는 말 역시 정규 기사에게 모두 보급되지 않고 있습니다.”

보통 연습용 검만 하더라도 잡철로 만든 것도 이 골드 이상, 기사들의 소모 장비라 할 수 있는 랜스만 해도 1, 2골드 정도에 거래되고 있는 것을 감안한다면 블루 버드 나이츠의 자금난이 어느 정도 이해가 되었다.

내 영지만 해도 백 명의 용병을 기사로 만들기 위해 족히 이백만 골드의 돈을 투자했는데, 칠대 기사단의 하나인 블루 버드 나이츠는 어떻겠는가?

"그런데 말이야, 만약 블루 버드 나이츠를 내가 받아들인다면 얼마 정도의 비용이 지출될 것 같은가?"

"음… 아무래도 장비 일체를 다시 재정비해야 할 테니 상당한 자금이 지출되겠지요. 하나, 그 모든 것을 감안하더라도 블루 버드 나이츠는 그만큼의 가치가 있는 기사단입니다."

"음… 좋아! 로펜 남작에게 뜻을 받아들이겠다 전해주게. 또 기사단을 제대로 움직이려면 자금도 필요할 것이니, 선수금 조로 일단 오백만 골드를 지원해 주게."

"알겠습니다."

이렇게 해서 난 칠대 기사단의 하나인 블루 버드 나이츠를 손에 넣게 되었다. 물론 아직 확실히 그 권리를 이양받은 것은 아니지만서도 슈페리어 급 기사들이 나에게 충성을 맹세한다면 사실상 기사단은 나의 손에 들어온 것이라 해도 과언이 아니다.

국가 공인 기사단의 경우 슈페리어 급 기사의 향방은 기사단의 향방과 바로 연결되는 것이 보통이기 때문이다.

"아! 한 가지 말씀드릴 것이 있습니다."

"무엇인가?"

"슈페리어 급 심사에 앞서 엘트로우스 경과 레크라스 경을 포함한 다크 데블 나이츠 출신의 슈페리어 급 기사 몇 명을 블루 버드 나이츠에 가입시키는 것이 좋을 듯합니다."

"음… 확실히 그들의 실력이라면 충분히 심사에서 슈페리어 급으로 승급할 테고, 블루 버드 나이츠 내에 내 수족이 될 자들을 몇 명 끼워넣는 것도 나쁘지 않겠지. 알겠네, 자네의 생각대로 일을 진행시키도록 하게."

“예, 공작 각하.”

엘트로우스와 레크라스들이 블루 버드 나이츠에 가입하는 것은 그리 큰 문제가 되지 않았다. 단장인 로펜 경이 내 수하가 자신의 기사단에 들어오는 것을 반겼기 때문이다.

그들의 입장에선 더욱 확실한 약속을 바라고 있으니 내 수하가 기사단에 들어오는 것을 마다할 리가 없었던 것이다.

슈페리어 급 심사 대회까지 남은 시간은 앞으로 삼 주, 내 쪽으로 끌어들인 슈페리어 급 기사의 숫자는 반수를 넘어서게 되었다.

페이든 측에서 슈페리어 급으로 승급시키려 하는 기사의 숫자가 십여 명 안팎인 것을 감안한다면 조금 위험한 숫자이기는 했지만, 그럭저럭 일은 순조롭게 풀리고 있었다.

그동안 크로우 나이츠는 왕가에 속함에도 불구하고 제대로 된 대우를 받지 못하고 있었다.

뛰어난 인재는 거의 대부분 근위 기사단이나 피닉스 나이츠 쪽으로 빠지고 있는 상황에서 대대로 크로우 나이츠에 속해 있던 하급 무가의 자제들을 제외한다면 제대로 된 인재를 받아들이지 못하고 있었던 것이다.

슈펠트는 이러한 점들을 교묘하게 파고들고 있었기 때문에 일의 진행은 어렵지 않았다.

하지만 세상일이란 것이 마음대로 풀리지 않는 것은 당연한 일이었기에 은밀하게 진행시키고 있던 슈페리어 급 기사들의 영입에 제동이 걸리고 말았다.

“뭣이!!”

그날 역시 내 쪽으로 끌어들일 귀족들의 신상명세서를 골든 아이의 정보망을 통해 파악하고 있었다.

"그것이… 슈페리어 급 기사 두 사람이 저를 도와준다며 안면이 있는 정규 기사들을 포섭하고 있는 상황에서 페이든 쪽의 기사의 눈에 띈 모양입니다."

"젠장. 그래, 두 기사는 어찌 되었는가?"

"페이든이라 할지라도 왕가에 속한 기사를 함부로 할 수 없는 상황이다 보니 아무래도 비밀리에 두 사람을 납치, 감금한 것 같습니다."

"그런……."

두 명의 기사가 녀석들에게 끌려갔다면 내 계획이 드러나는 것은 시간문제였다. 그때 고민하고 있는 나를 보며 게리오스가 조용히 자신의 뜻을 전달했다.

"아무래도 상황이 좋지 않으니 일단 아델슨 후작과 삼왕자 전하를 통해 안전을 확보하는 것이 우선일 듯합니다."

상대는 무소불위의 권력을 휘두르고 있는 귀족파의 수장, 그런 만큼 왕도에서 무슨 짓을 행할지 모르는지라 게리오스의 말을 따르는 것이 좋겠단 생각이 들었다.

"나의 뜻도 자네와 같네. 지금 당장 아델슨 후작에게 사람을 보내도록 하게."

"알겠습니다."

하지만 페이든 측의 공세는 생각보다 빨랐다. 게리오스에게 지시를 내리기 무섭게 저택 호위의 책임을 맡고 있는 빌이 황급한 표정으로 집무실 안으로 들어왔다.

"공작 각하! 큰일났습니다!"

"무슨 일인가?"

"그것이… 저택 주위를 족히 수백은 됨 직한 병사들이 포위하고 있습니다."

"그런!!"

그의 말에 놀란 난 자리에서 벌떡 일어나 급히 창문을 통해 밖을 보자, 아니나 다를까, 은색의 갑주를 입고 있는 기사들과 수백의 병사가 저택을 둘러싸고 있는 것을 확인할 수 있었다.

"드레이크 나이츠의 기사들입니다."

"젠장!! 빌! 저택 내의 병력은 어느 정도나 되는가?"

"대략 백 명 정도입니다."

백 명 정도의 기사. 내 휘하의 기사들 중 가장 뛰어난 엡실론이 슈페리어 급 심사를 위해 외지로 빠져나가 있는 상황에서 수배는 되는 적을 상대로 싸우는 것은 어려웠다.

하나, 내 저택을 둘러싸고 있는 적을 상대로 물러설 수는 없는 일, 침착함을 되찾은 난 슈펠트와 게리오스를 보며 말했다.

"이곳이 왕도인 이상 아무리 놈이라 할지라도 함부로 저택을 침범하지는 못할 것이다. 일단 저들을 이끌고 있는 수장과 이야기를 나누어 보는 것이 좋을 듯하군."

"그것은 위험한 일입니다. 페이든 정도의 권세라면 공작 각하를 해한 후 빠져나가는 방법을 택할 수도 있습니다."

이러한 나의 선택을 게리오스가 급히 반대하고 나섰지만 난 고개를 저으며 말했다.

"게리오스 자네의 걱정은 이해하네만, 난 무가의 자손! 적을 앞에 두고 물러서고 싶은 생각은 없다네."

"하오나……."

"그대는 나를 겁쟁이로 만들 생각인가!!"

"…알겠습니다."

나의 단호한 결정에 게리오스는 더 이상 반대하지 못했고, 난 슈펠트를 포함한 기사 삼십여 명과 함께 저택의 정문으로 향했다.

내가 모습을 드러내자 저택을 둘러싸고 있던 자들이 술렁이기 시작했고, 잠시 후 은색의 갑주에 황금의 휘장을 달고 있는 기사 한 사람이 나의 앞으로 다가왔다.

가슴의 갑주에는 드레이크 나이츠의 표식인 드레이크의 문양이 금색으로 각인되어 있었고, 휘장에는 45라는 숫자가 적혀 있는 것이 눈에 띄었다.

"이드리샤 공작 각하께 드레이크 나이츠의 슈페리어 넘버 45 알레스가 인사드립니다."

정중하게 인사를 올리는 그를 보며 난 차가운 목소리로 말했다.

"드레이크 나이츠의 기사가 무슨 일로 본작의 저택을 찾았는가?"

"주군이신 페이든 공작 각하께서 각하를 모셔오라는 분부가 있었습니다."

"페이든 공작이?"

"예."

페이든 공작이 나를 찾는다는 말에 어찌해야 할지 고민이 될 수밖에 없었다. 알레스란 자를 따라간다면 사자의 입에 머리를 넣는 것과 다를 바 없었기 때문이다.

하지만 수적으로 크게 뒤지고 있는 상황에서 이들을 상대로 싸우는 것조차 가망이 없어 보였다.

선택할 수 있는 조건 모두가 좋지 않은 상황에서 둘 중 어느 것을 택해야 하는 것일까.

"내가 페이든 공작의 청을 거부한다면?"

"공작 각하께 무례를 범하게 될지도 모릅니다."

강제로라도 나를 끌고 가야겠다는 말에 난 헛웃음이 나왔다. 대공작가의 가주에게 한낱 기사 따위가 협박이라니…….

"하하하! 무례를 범하게 될지도 모른다고? 재밌군."

그의 말에 물러서는 것은 내 자존심이 용납치 않았다. 녀석을 보며 대소를 터뜨린 난 당장에라도 검을 뽑아 들 자세를 취했다.

어차피 둘 모두 좋지 않은 결과라면 차라리 무가의 자손으로 싸움을 택하는 것이 좋다 생각했기 때문이다.

"공작 각하, 일단 저들의 뜻을 따르는 것이 좋을 듯합니다."

검을 뽑아 녀석들과 일전을 겨루려 할 때 게리오스가 나에게 저들을 따르라는 말을 건넸기에 난 미간을 찌푸릴 수밖에 없었다.

하지만 게리오스가 나에게 허튼소리를 할 이가 아닌지라 그를 보며 조용히 말했다.

"무슨 소리인가?"

"지금 상황에서 이들과 싸우면 필패입니다. 위험하기는 하지만 페이든 공작가로 향하시는 것이 좋을 듯합니다."

"하나, 그곳으로 간다고 위험이 사라지는 것은 아니지 않는가?"

"물론 그렇기는 하지만 시간은 벌 수 있습니다."

"시간을?"

"약간의 시간이라도 번다면 골든 아이를 통해 아델슨 후작과 삼왕

자 전하에게 소식을 전달할 수 있습니다. 일단 연락만 닿는다면 저
에게 공작 각하를 안전하게 모셔올 수 있는 방법이 있으니 맡겨주십
시오."

제 3 7 장 페이든 공작

아멘 왕국력 278년 엘란스트 왕국은 당시 두 국가의 국경선 역할을
하고 있는 로스니아 강을 넘어 23만의 대군을 이끌고 아멘 왕국을 침
공했다.

당시 엘란스트 왕국은 기병전의 대가라고 불리던 명장 슈테이노스
백작을 앞세워 아멘의 센드, 리바인, 트리시아 성을 점령하며 개전 일
주일 만에 동부 국경의 상당 부분을 장악했다.

자국의 중요 거점을 순식간에 점령당하자 당시 아멘의 실권을 장악
하고 있던 시몬 나이다르 이드리샤 공작은 그전까지 이스턴 코프를 맡
고 있던 토만 백작을 경질하고, 페이든 후작가의 가주 로이만을 앞세워
10만의 병력으로 적을 상대하게 했다.

후에 로스니아 대전이라 불리는 이 전투에서 페이든 후작가의 가주
로이만은 북부의 드래곤 산맥까지 병력을 북상시킨 후 국경을 넘어 엘

란스트 왕국령인 테리만 성을 점령한 후 남하하여 적의 보급선을 차단함과 동시에 일부의 병력을 돌려 센드, 리바인, 트리시아 성을 점령하고 있던 슈테이노스 백작의 후방 보급선을 차단했다.

이 때문에 슈테이노스는 상황을 파악하지 못한 채 점령하고 있던 세 개의 성에 고립될 수밖에 없었고, 전열을 정비한 시몬 나이다르 이드리샤 공작의 20만 병력에 차례차례 함락당했다.

슈테이노스는 기병전의 대가임에도 불구하고 거점 확보에 너무 치우친 나머지 엘란스트 왕국의 장점을 버린 것이 큰 패인이었다.

로스니아 대전을 통해 본국은 로스니아 강을 완전히 장악했고, 페이든 후작이 점령한 테리만 성을 중심으로 엘란스트 왕국은 드래곤 산맥 이남의 패권을 장악하게 되었다.

이 전투에서의 대승은 로이만이 적의 영토인 테리만 성을 점령하고 자국을 침공한 적을 고립시킨 것이 가장 큰 요인이었기에 후작가는 승전의 공로로 아멘 왕국의 세 번째 공작가의 일원이 되었다.

로스니아 대전 이후로 페이든 공작가는 이스턴 코프를 장악하게 되었고, 이스턴 코프는 페이든 공작가의 거점 역할을 하며 중앙 정계에서 페이든 가에 힘을 실어주었다.

공, 후작의 작위를 수여하는 데 타국에 비해 상당히 까다로운 본국의 상황을 감안한다면 그 당시 로스니아 대전에서 로이만이 보인 무위는 엄청난 것이었다.

그리고 지금 나의 눈에는 그러한 전적을 가진 귀족 페이든 공작가의 저택이 보이고 있었다. 그런데 그 저택을 보자니 뭐랄까, 씁쓸함이라고 할까 그런 것이 느껴졌다.

왕도에 위치한 페이든 공작가는 귀족들이 거주하고 있는 지구에서도 가장 큰 저택으로 아델슨 후작가의 저택과 비교해도 족히 서너 배는 됨 직한 규모였다.

하지만 나를 씁쓸하게 한 것은 이곳이 바로 과거 이드리샤 공작가의 저택이었다는 것이다.

건국 이후부터 오랜 시간 아멘 왕국의 제일 명문가로 이름을 떨치고 있던 본 가가 수백 년을 머물었던 곳이 적이라 할 수 있는 페이든 가의 것으로 변했으니 어찌 씁쓸하지 않겠는가.

하지만 적지로 끌려가는 상황에서 언제까지 넋 놓고 있을 순 없는 상황이었다.

드레이크 나이츠의 슈페리어 기사 알레스가 이끄는 오백의 병력에 호위라는 명목으로 끌려가고 있는 상황이기 때문이다.

그러고 보면 오백 명이나 되는 병력을 왕도 내부로 들여오는 것이 어떻게 가능했는지 궁금할 수밖에 없었다.

자칫 잘못하면 내란을 일으키려 한다는 죄목을 뒤집어쓸 수도 있기 때문이다.

뭐, 오백이란 숫자를 앞에 두고 내 곁에 있는 이십 명의 기사들은 누구 하나 긴장하는 이가 없었다. 조금 숫자 관념이 떨어지긴 하지만 말이다.

백마를 타고 내 곁을 따르고 있는 기사는 레크라스와 함께 온 다크데블 나이츠의 슈페리어 나이트 다섯 명으로, 투구 가리개를 내려 얼굴이 보이지 않았다.

그러나 그들에게서 느껴지는 위압감은 결코 가벼운 것이 아니었고, 그 때문에 나를 압송하다시피 하는 페이든의 기사나 병사들조차 내 가까이 접근하지 못하고 있었다.

그리고 그 주위로 빌과 호위 기사 열다섯 명이 감싸고 있는 상황인
지라 페이든에게 끌려가는 기분은 들지 않았다.

페이든 공작가의 정문에 다다르자 십여 명의 기사가 그 모습을 드러
냈는데, 질서 정연하게 군마를 조종하며 다가오는 이들은 한 치의 흔들
림도 보이지 않았다.

"멈추시오!"

페이든 공작가에서 나온 기사들 중 한 사람이 손을 들어 멈추게 하
자, 알레스가 앞으로 나가 기사의 예를 취한 후 힘있는 목소리로 말했
다.

"드레이크 나이츠의 알레스, 공작 각하의 명을 받들어 임무를 수행
하고 왔습니다."

"수고했네. 그대는 병사들을 다시 정 위치에 배치시키도록 하게."

"예, 단장님."

알레스의 단장이라는 말에 난 상대의 모습을 살펴보았다.

드레이크 나이츠의 단장은 현 소드 마스터 상급의 실력자인 델피스
자작이었다.

삼십 대 후반으로 보이는 델피스 자작은 다른 기사들에 비해 덩치는
그리 크지 않았지만 날카로운 눈매의 소유자로 상대로 하여금 위압감
을 느끼게 하는 얼굴이었다.

알레스에게 명령을 내린 델피스 자작은 나의 앞으로 말을 몰고 다가
와서는 기사의 예를 취하곤 정중한 목소리로 말했다.

"드레이크 나이츠의 단장 델피스가 이드리샤 공작께 인사드립니
다."

"반갑네."

별로 반가운 마음은 없었지만 일단 기사의 예를 취하는 그를 모른 척할 순 없었기에 손을 들어 그의 인사를 받았다.

"페이든 공작 각하께서 각하를 기다리고 계십니다. 자, 안으로 드시지요."

"흠……."

그래도 페이든이란 작자가 다른 귀족 녀석보다 나은 것은 적을 상대함에 있어 수하에게 예를 취하게 하는 것이다.

지금껏 상대했던 아메로스나 선우드 같은 위인들은 자신들의 위세를 믿고 대공작인 나에게 함부로 대하는 일이 적지 않았는데, 아멘 왕국의 실질적인 일인자라 할 수 있는 페이든은 한 대우를 잊지 않았기 때문이다.

뭐, 한 나라의 일인자 정도 되려면 당연한 일일 수 있겠지만, 오랜 동안 타 귀족들에게 무시당했던 나로선 조금 혹하는 기분이 있었다.

델피스 자작의 안내를 받아 난 페이든 공작가의 저택 안으로 들어설 수 있었는데 녀석을 따르는 기사들이 힐끔힐끔 내 쪽을 살펴보는 것이 보였다.

그들의 눈에는 상당한 긴장감이 서려 있었는데, 무엇 때문일까 하는 생각을 하다가 문득 나의 곁을 호위하고 있는 다크 데블 나이츠의 기사들이 생각났다.

나를 호위하고 있는 기사들은 슈페리어 급 실력자들로 한 사람을 제외하고는 모두 소드 익스퍼트 최상급의 실력자였다.

물론 상대의 확실한 실력이야 저자들도 모르겠지만 위압감마저 감출 수는 없는 일이었으니 그런 상대를 뒤에 두고 앞서서 걸으려니 신경 쓰이는 것은 당연하다.

그 때문에 짧은 시간이나마 적을 괴롭힐 수 있다는 생각에 절로 미소가 흘러나왔다.

페이든 공작가의 저택은 그 정원만 해도 상당했다. 정문에서 저택까지의 거리는 족히 백 미터가 넘는 데다 그곳까지의 바닥은 순백의 대리석이고 정원의 한편에는 아름다운 여인이 항아리를 들고 서 있는 분수대가 보였고, 그 주위로 새들이 아름답게 지저귀고 있었다.

주위에 보이는 나무나 화초는 본국에서 자생하지 않는 외국 것들이 가득했고, 왼쪽의 글라스로 가려진 정원에는 아름다운 꽃들이 만개하여 아름다움을 뽐내고 있었다.

본 가의 위세가 아직도 유지되었다면 이 모든 것을 어린 시절부터 접하고 자랐을 테지만, 그러지 못한 고로 주위의 모습에 탄성을 감추지 못했다.

물론 녀석들에게 얕보이고 싶은 생각은 없으니 속으로 하는 것이지만 말이다.

가까이 다가오는 페이든 공작가의 저택은 팔 층 정도의 높이로 좌우의 넓이만 해도 족히 이백 미터가 넘는 거대한 저택이었다.

라피나르 제국의 건축 양식을 취하고 있는 저택은 양끝으로 사각형의 뿔 모양을 한 지붕이 올라서 있었고, 중앙에는 반원형을 취하고 있는 모습이었다.

저택 중앙에 나 있는 문은 삼십여 개의 계단 위로 족히 이십 명이 한꺼번에 들어갈 정도로 넓은 데다가 그 높이 또한 칠팔 미터가 넘어서고 있어 과거 왕궁으로까지 사용될 만하다는 생각이 들었다.

저택의 문 앞에는 정원에 있는 분수와는 다른 분수가 존재했는데 이것은 저택으로 들어서는 마차가 돌아설 수 있도록 하는 용도로 쓰이는 듯했다.

중앙 분수대를 돌아 저택의 문 앞에 들어서자 저택에서 기다리고 있었다는 듯 오십여 명의 하인과 하녀가 나와 이 열로 길게 늘어서서 나를 맞이했다.

아멘 공작가의 가주가 손님으로 왔으니 당연한 일이라 할 수 있을 것이다.

내가 걸음을 옮기자 육십 대 정도로 보이는 백발의 긴 콧수염을 기르고 있는 집사가 나와 정중히 귀족에 대한 예를 취하며 말했다.

"어서 오십시오, 공작 각하. 페이든 공작가의 집사 직을 맡고 있는 리오닌 폰 나르사스 남작이라고 합니다."

"반갑소."

그의 소개에 난 조금 놀랄 수밖에 없었다. 아무리 공작가라 할지라도 남작의 작위를 가진 이를 집사로 내세우는 것은 조금 의외였기 때문이다.

페이든 공작가에 종속되어 수대로 집사 직을 이어온 자라 한다면 공작가의 힘으로 남작 자리 하나 정도쯤이야 줄 수 있는 일이기는 하지만, 그래도 귀족을 집사로 내세우고 있다니 헛웃음밖에 나오지 않았다.

웬만한 귀족가의 집사가 하급 귀족보다 더 취급받는 것을 생각한다면 이해할 수 있는 일이기도 하지만, 그렇다고 귀족은 아니지 않는가?

가만히 지켜보아도 귀족으로서의 기품이 엿보이는 집사는 나를 정중하게 안으로 안내했고, 난 기사들과 함께 그를 따라 저택 안으로 들어섰다.

문을 지나 저택의 중앙 홀에 들어서자 바닥은 대리석이며, 천장엔

원형으로 천사의 벽화가 그려져 있는 것을 볼 수 있었다.

그리고 홀 주위로 페이든 공작가의 기사단인 골드 이글 나이츠와 드레이크 나이츠의 문양이 새겨져 있는 풀 플레이트 메일 이십여 개가 이종의 병기를 들고 장식되어 있는 데다, 여기저기 꽤 비싸 보이는 장식품과 그림들이 전시되어 있는 것이 누가 보더라도 상당히 잘 꾸며져 있단 생각이 들 정도였다.

정면의 중앙 계단은 삼단으로 이어져 있었고 중앙 벽엔 한 사람의 초상화가 걸려 있었는데, 그 모습이 눈에 익은 것이 페이든 공작의 초상화였다.

"기사 분들께서는 여기에서 잠시 기다려 주셨으면 합니다."

홀에 들어서자 집사는 내 호위 기사들을 보며 정중하게 말했고, 난 손을 들어 그들을 떼어낸 후 집사의 뒤를 따랐다.

저택의 삼층으로 오른 난 얼마 후 큰 문 앞에 설 수 있었고, 집사가 문을 열자 손님을 위한 접객실로 사용되고 있음 직한 방 안이 향긋한 화향과 함께 눈에 들어왔다.

향기 어린 방 저편으로는 예쁘장한 하녀 하나를 세워놓고 창가 옆에서 차와 함께 조용히 책을 읽고 있는 노인의 모습이 보였다.

날카로운 눈매에 성질 더럽게 생긴 늙은이, 바로 페이든 공작가의 현 가주인 그루바스 폰 돌튼 페이든 공작이었다.

내가 안으로 들어왔음에도 불구하고 그는 아무런 미동 없이 조용히 책을 읽고 있었고, 집사가 다가가서야 고개를 돌렸다.

"공작 각하, 이드리샤 공작 각하를 모셔왔습니다."

"음……."

집사의 말에 페이든 공작은 살짝 고개를 들어 나를 쳐다보았다.

그 순간 난 흠칫할 수밖에 없었다.

노기 어린 표정은 아니었지만 날카로운 눈매는 내 생각마저 꿰뚫어 보는 듯했기 때문이다.

그 때문에 난 마른침을 삼킬 수밖에 없었다. 이런 나를 보며 그는 미소 지으며 조용히 말했다.

"어서 오시오, 이드리샤 공작. 이전에 왕궁 무도회에서 보고 이번이 두 번째가 아닌가 싶소."

순식간에 바뀐 분위기, 미소 하나로 방금 전과는 전혀 다른 분위기를 만들어내는 그를 보며 난 정신을 차릴 수 없었다.

하나, 이대로 침묵을 지키고 있을 수는 없는 일인지라 마음을 가다듬고 미소 지으며 그의 말에 답했다.

"페이든 공작께서는 그때보다 더욱 정정해지신 것 같습니다."

"하하하. 다 늙은 사람을 그렇게 보아주시니 고맙소. 자, 자리에 앉아 차라도 즐기며 이야기를 나눕시다."

그의 말에 걸음을 옮겨 앞에 있는 의자에 앉자 예쁘장하게 생긴 하녀 하나가 나의 앞에 차를 가져다 주었다.

위세있는 공작가라 그런지 하녀조차 예쁘장한 것을 쓰는구나 하는 생각을 하며 찻잔을 들었는데 향긋한 쟈스민 차 향이 나의 코를 자극했다.

뭐, 그다지 차를 즐기는 것은 아니지만, 차 향 자체가 마음을 안정시키는 효과가 있는지라 페이든을 만나며 생긴 긴장감이 조금씩 사라지는 것을 느꼈다.

페이든은 그런 나를 보며 읽던 책을 조용히 내려놓고는 미소를 유지한 채 말을 건넸다.

"들자 하니 근래에 이드리샤 가의 사업이 번창하고 있다는데 어떻소 이까?"

"사업이라고 하기에는 너무 과장된 말이 아닐까 합니다. 그저 자그 마한 상점 두세 개를 운영하며 입에 풀칠만 하고 있는 형편입니다."

"하하하, 겸손하시기도 하구려. 션우드 자작과 아메로스, 데니언 남 작의 영지까지 도모하였는데 어찌 자그마한 것이 될 수 있겠습니까?"

"……!!"

그의 말에 난 흠칫할 수밖에 없었다. 하긴 나를 직접 불러올 정도라 면 그 역시 어느 정도 파악하고 있었을 것이 분명하지만, 이렇게 직접 적인 이야기가 나오니 자칫 이야기를 잘못 꺼내지나 않을까 두려울 수 밖에 없었다.

상대는 암계가 난무하는 중앙 정계에서 오랜 시간 버텨온 자이니만 큼 한 마디 말도 크게 번질 수가 있는 일이었다.

"확실히 그들의 영지를 복속시키긴 했지만 사정이 좋은 것은 아닙니 다. 지금도 그 일에 입은 피해를 만회하기 위해 데니언 남작이 있었던 영지를 팔아야 되나 말아야 되나 고민하고 있으니 말입니다."

어차피 알려진 일이라면 감출 필요는 없다 생각한 난 그의 말에 수 긍하면서도 약간 사정이 어렵다는 투로 이야기를 건넸다.

"하하하하, 겸손이 너무 지나친 것도 좋은 것은 아닙니다. 들자 하니 삼왕자 전하께서 총애하시는 아이를 통해 여러 일을 도모하고 계시다 들었는데 말입니다?"

"……."

어느 순간 미소 짓던 그는 무표정한 모습의 날카로운 눈빛이 되어 있었다.

빌어먹을! 시미온 쪽의 일도 그의 눈에 걸려들었다면 빼도 박도 못하는 일이었다. 현재 그녀를 통해 나를 따를 귀족들을 포섭하느라 들어가는 돈이 상당했기에 그 돈만 파악했어도 내가 결코 자금난에 시달리지 않음을 알 수 있기 때문이었다.

거기에다 한두 푼의 돈으로 해결되지 않을 것이 뻔한 크로우 나이츠를 도모하려 하였으니 페이든은 내가 무리한 일을 진행하는 것이 아니라 그만큼의 재력을 확보한 후 움직이려 하고 있음을 파악하고 있을 것이다.

하나, 아무리 그라고 해도 셔먼이나 알디하렌 쪽의 내 기반에 대해서는 모를 것이 분명한 일, 아마도 선우드가 이루어놓았던 사업을 그를 제거함으로써 내가 이었다 생각할 것이 확실했다.

"하하하, 이거 페이든 공작의 눈을 피하기가 쉽지 않습니다. 북쪽에 오래 있다 보니 그저 론 백작을 비롯한 몇몇 귀족 외에는 친분이 없는지라 선뜻 그들과 친분을 맺기가 어려워 그 아이를 통했을 뿐입니다."

하지만 이런 나의 말을 전혀 믿지 않고 있는 페이든의 표정에 게리오스의 생각이 굴뚝같았다. 옆에서 보좌해 주던 게리오스라면 저 늙은이가 무엇을 원하고 있는지 쉽게 파악하여 내게 알려줄 것이 분명했기 때문이다.

그러나 없는 이만 애타게 찾을 수는 없는 일, 마음을 가다듬고 그의 날카로운 눈매를 마주했다.

다 늙어 빠진 노인네에게 주눅 들어 모든 것을 망칠 수는 없기 때문이다.

잠시간 나와 그는 서로의 눈을 쳐다보았고 잠시 후 페이든의 입가에서 미소가 흘러나왔다.

"젊다는 것은 참 좋은 것이오, 이드리샤 공작."

나를 보며 난데없이 주제를 벗어난 이야기를 건네는 그를 보며 영문을 몰라 하고 있을 때 그는 고개를 돌려 창밖의 모습을 쳐다보는가 싶더니 의자에 몸을 깊게 기대고는 천천히 말을 이었다.

"하나, 젊음이란 것은 자칫 도를 지나치는 행동을 만들기도 하오."

"……."

"션우드 자작의 사업은 본작에게 그리 방해될 것이 없었소. 어차피 귀금속 부분은 본작이나 네라드 공작이나 제대로 된 공급처를 마련하지 못했으니 말이오. 또 우리에겐 그것보다 더 좋은 사업이 있으니 한두 군데 길을 터주는 것이 다른 귀족들의 반발을 죽이기도 하니 내버려 두고 있었소. 지금에 와서 그것이 션우드가 되든 귀하가 되든 알 바가 아니란 것이오."

그렇게 말한 그는 다시 자세를 바로잡고는 날카로운 눈매로 나를 노려보았다.

"원한다면 다른 사업체 중 한두 가지를 더 그대에게 넘겨주는 것도 나쁘지 않다 생각하오. 어차피 재물이야 있어도 그만, 없어도 그만이니 원한다면 재물이 아니라 그대에게 힘을 실어줄 수도 있소. 과거처럼 북방의 척박한 땅에서 은인자중하는 것이 아닌 대공작가의 일원으로 중앙 정계에서 자립할 수 있도록 말이오."

도대체 무슨 말을 하려는 것일까? 본 가를 쫓아냈던 그가 사업체는 물론 중앙 정계에서의 입지도 도와줄 수 있다는 말을 하고 있기에 난 왠지 두려움마저 들고 있었다.

"크로우 나이츠라… 정녕 그것을 도모하고 싶소?"

“…….”

드디어 본격적인 이야기가 나왔다는 생각이 들었다. 그가 나를 부른 것도 크로우 나이츠 때문일 테니 말이다.

“본 가에는 칠대 기사단 중 골드 이글 나이츠와 드레이크 나이츠가 있소. 사실 크로우 나이츠야 원래 그대 가문의 것이니 넘어가든 넘어가지 않든 크게 문제될 것은 없을 것이오. 그러나 그대가 그 힘을 왕가에 실어주는 것은 그리 바라지 않는 일이오.”

오호~ 이제 봤더니 내가 왕가와 손을 잡은 것이 마음에 들지 않았던 모양이다.

“예로부터 왕가의 힘이 강할 때 나라는 조용할 날이 없었소. 우리 귀족들의 역할은 그런 왕가의 독단을 막고 나라를 평온히 유지하는 것인데, 지금의 왕가는 무력 면에서 너무 강한 힘을 지니고 있소.”

“…….”

“사실 본인이 크로우 나이츠를 도모하려 한 것은 이러한 왕가의 무력을 조금이라도 감소시킬 목적이었으나 사실 그 문제는 결코 간단한 것이 아니오.”

“간단하지 않다는 것이 무엇을 말하는 것인지 모르겠군요.”

나의 물음에 그는 미소 지으며 답했다.

“현재 귀족 연합은 본작과 네라드 공작의 이두 체제를 이루고 있으나 왕가의 견제를 제외하면 그다지 의견이 맞지 않는 것이 사실이오. 만약 내가 크로우 나이츠를 손에 넣는다고 한다면 아마도 네라드 공작은 무슨 수를 써서라도 그것을 막으려 할 것이오.”

호오! 그런 일이 있었단 말인가? 그렇다고 한다면 내가 크로우 나이츠를 손에 넣는 것은 그리 어렵지 않을 것이란 생각이 들었다.

“솔직히 귀하가 왕가에 힘을 실어줘서 왕가와 귀족 연합의 균형을 흔든다 해도 남는 것이 무엇이겠소? 과거 귀하의 가문을 알고 있는 왕가가 귀하의 가문이 자라나는 것을 그대로 두고 볼 것이라 생각하오? 현 국왕이야 모르지만 내가 아는 황태자는 절대 그런 것을 보아 넘길 이가 아니오. 아마도 왕가의 힘이 귀족 연합을 누르게 되면 귀하라는 방해가 되는 싹을 제거하려 할 것이오.”

“……”

일리가 있는 말이었고, 나 역시 왕가와 손을 잡기 이전부터 그러한 것을 생각하고 있었다.

아무리 본 가가 반유배되어 북방으로 밀려갔다 하더라도 수백 년간 왕가를 누르고 본국의 실질적인 일인자로 군림했었던 것을 잊었을 리 없기 때문이다.

“이드리샤 공작.”

“말씀하시지오.”

“크로우 나이츠를 원한다면 가져가시오. 본래부터 그대 가문의 기사단이었으니 되돌려받는 것이 당연한 것이니 말이오.”

페이든 공작이 앞을 막아서지 않는다면 크게 문제될 것이 없었다. 하나, 그가 나에게 아무런 대가 없이 그러한 것을 제시할 리가 없었기에 난 그에게 넌지시 물어보았다.

“그렇게만 해주신다면야 저야 마다할 것이 없지요. 하나, 대가없는 친절은 그리 달갑지 않군요. 무엇을 바라십니까?”

나의 말에 그는 다시금 미소를 짓고는 말했다.

“그대가 그렇게 나오니 말하기 편해서 좋구려. 본작은 크로우 나이츠를 양보하는 대가로 그대에게 몇 가지 바라는 것이 있소.”

"말씀해 보시지요."

"단도직입적으로 말하겠소. 첫째, 왕가와는 조금 거리를 두어주시오. 솔직히 선우드의 상권을 손에 넣은 귀하가 크로우 나이츠까지 손에 넣고 왕가 쪽에 힘을 기울인다면 왕가와 귀족 연합 간의 균형 축이 흔들릴 위험이 있으니 말이오."

"그런 것이라면 염려할 것이 없을 것입니다. 저 역시 왕가의 힘이 너무 강성해지는 것은 바라지 않는 일이니까요."

"그렇소? 그렇다면야 상관없지. 두 번째는 귀하가 귀족 회의에 참여해 주었으면 하는 것이오."

"귀족 회의?"

귀족 회의라… 음, 확실히 크로우 나이츠를 얻는다면 나를 무시할 귀족들은 없으니 귀족 회의에 참여하는 것도 큰 문제가 없을 것이다.

"이드리샤 가 역시 본국의 삼대공작가의 일원이니 당연한 것이 아니겠소?"

"그렇긴 하군요."

"본인이 바라는 것은 귀하가 귀족 회의에서 본인의 손을 들어주었으면 하는 것일세."

"페이든 공작의 손을 말입니까? 하나, 귀족 회의에 참여한다 해도 저의 힘은 그리 크지 않을 텐데요?"

"이런, 귀하는 귀하의 가문의 힘을 너무 얕보는 듯하군."

"가문의 힘?"

"이드리샤 공작가가 지금이야 조금 위세가 적을지 모르나 건국 공신의 가문임은 부인할 수 없는 것이오. 거기에다 가문의 상징이라 할 수 있는 크로우 나이츠까지 손에 넣는다면 아마도 귀하에게 접근하는 귀족의 수는 상당할 것이오."

"음······."

페이든 공작의 말대로 가능성이 없는 것은 아니다.

어찌 됐든 크로우 나이츠에 이어서 블루 버드 나이츠까지 손에 넣는다면 무력 면만 하더라도 본국에선 페이든과 네라드에 이어 가장 강한 힘을 소유한 귀족가로 발돋움할 것이 분명했기 때문이다.

명문가의 힘이라 하는 것도 명성과 함께 무력과 재력이 뒷받침해 주어야 함을 생각하면 당연한 일인 것이다.

"후후후, 앞으로 나라의 한 축이 될 귀 가의 모습이 기대되는구려."

"하하하하, 그렇게 봐주시니 부끄러울 따름입니다."

조금은 위험할 것이라 생각되었던 페이든 공작가의 일은 생각 외로 소득이 있는 듯했기에 절로 웃음이 나올 수밖에 없었는데 그때 접객실의 문이 열리며 집사가 황급히 들어오는 것을 볼 수 있었다.

"공작 각하!"

"무슨 일이냐?"

이야기를 하던 페이든은 황급히 들어온 집사에게 미간을 찌푸리며 답했고, 그런 그에게 조용히 집사가 귓속말로 이야기를 건네자 그는 혀를 차고는 말했다.

"그것이 무슨 큰일이라고 그렇게 소란을 피우는가!"

"하오나······."

"되었네. 이곳까지 납시었다면 정중히 모시면 될 일이지."

무슨 일일까? 페이든 공작의 말을 들어보면 지위가 높은 인물이 이곳으로 도착했다는 것을 대충 짐작해 볼 수 있었다.

페이든의 명을 받은 집사가 밖으로 나가자 그는 나를 보며 말했다.

“아무래도 귀하의 일이 왕자 전하의 귀로 들어간 것 같소.”

“왕자 전하라 하심은?”

“방금 삼왕자 전하가 본 가에 도착했다는 보고가 있었소.”

“아!”

그의 말에 난 조금 놀란 표정을 지었다. 게리오스, 그가 말한 방법이 삼왕자 전하를 모셔오는 것이라면 나를 무사히 빼가는 것도 그리 큰 문제는 없다 생각한 것이다.

아무리 공작가의 위세가 대단하다 하더라도 왕가의 힘이 강성한 왕도에서 함부로 하지 못할 것은 당연한 일이었다.

“허허, 이거 아무래도 제 수하가 상황을 알지 못하고 몇 번 뵌 적이 있는 삼왕자 전하께 이번 일을 말씀드린 것 같군요.”

“이거 아무래도 본작이 실수를 한 것 같소.”

나의 말에 페이든은 자기의 실수를 인정하는 모습을 보였다. 하긴 이전이라면 모를까 뜻을 같이한 상황이니 그 정도야 실수로 인정하는 것은 그리 어려운 일이 아닐 것이다.

잠시 후, 접객실로 삼왕자 전하께서 두 명의 근위 기사를 대동하고 모습을 드러내었고, 페이든과 나는 자리에서 일어나 공손히 인사를 올렸다.

“삼왕자 전하께 인사드립니다.”

수하에게서 내 소식을 듣고 나를 구하기 위해 달려왔으리라 생각되는 삼왕자는 내가 접객실에서 아무런 문제 없이 자리하고 있는 것을 보자 조금 놀라는 표정을 지었으나 이내 안색을 바로잡고는 미소 지으며 답했다.

“오랜만이오, 페이든 공작, 이드리샤 공작.”

"삼왕자 전하께서 이렇게 직접 찾아주시니 기쁘기 그지없습니다."

"나 역시 그대를 직접 만나니 반갑기 그지없소. 한데 이곳에 이드리샤 공작까지 자리하고 계실 줄은 몰랐소이다."

"그저 본국의 삼대공작가의 한 분이신 이드리샤 공작과 친분이나 맺고자 해서 이렇게 만나게 된 것입니다."

"음……."

하지만 단순히 친분을 맺고자 하는 따위가 아님은 삼왕자 전하 역시 잘 알고 있을 것이지만, 무턱대고 물어보지 못하는 삼왕자는 고개만 끄덕일 뿐이었다.

"오랜만에 삼왕자 전하께서 본 가를 찾아주셨으니 아무래도 그냥 보내 드리기는 어려울 것 같습니다. 마침 저녁때도 다 되어 저녁 식사에 모시고 싶으니 잠시 시간을 내주실 수 있겠습니까?"

"그대의 초대를 본인이 왜 거절하겠소. 들리는 말에 그대의 가문에 뛰어난 요리사가 있다는데 그 솜씨를 보고 싶군."

"그 요리사의 솜씨는 저와 네라드 공작까지 인정했으니 기대하셔도 좋으실 것입니다."

삼왕자의 말에 페이든 공작은 아무런 흔들림 없이 말했고, 삼왕자는 고개를 끄덕이며 페이든과 내가 이야기를 나누던 곳으로 와 앉았다.

시녀가 차를 가져다 놓자 왕자는 조용히 찻잔을 들어 한 모금 음미하는가 싶더니 페이든을 보며 넌지시 말을 건넸다.

"페이든 공작."

"예, 삼왕자 전하."

"들자 하니, 이번에 귀족 회의 안건 중에 귀족들의 사병 제한법에 관한 것이 있다고 들었는데, 그대의 생각을 알고 싶네."

본국은 각 귀족들마다 보유할 수 있는 사병이 제한되어 있고, 그것은 건국 초기부터 이어져 내려온 법률이었다.

멸망한 라피나르 제국의 가장 큰 붕괴 요인 중 하나가 바로 귀족 세력의 지나친 확장 때문이었다.

그 때문에 초대 국왕이신 빌헬름 폐하와 본 가의 선조이신 알텐 공께서는 귀족들이 거느릴 수 있는 사병의 수를 제한함으로써 왕권을 안정시키려 하신 것이다.

물론 지금에 와서는 공, 후작 이상의 고위 귀족에게 사병 제한 법은 거의 유명무실해지기는 했지만 아직까지도 백작 이하의 귀족들에겐 사병 제한이 철저히 지켜지고 있었다.

사실 내가 아메로스나 션우드, 데니언 같은 자들을 물리치고 영지를 차지할 수 있었던 것도 이러한 사병 제한법이 컸다고 할 수 있었기에 귀족 회의의 안건에 사병 제한법에 관한 것이란 말에 귀를 기울일 수밖에 없었다.

"삼왕자 전하께서 사병 제한법에 관해 주목하시는 것은 당연한 일입니다. 확실히 초대 국왕이신 빌헬름 폐하께서 여기 계시는 이드리샤 공작가의 선조이신 알텐 공과 제정하신 것은 그 당시 상황을 생각하면 당연한 일이지요. 당시에는 지방 군권이 강력하여 왕권이 크게 미치지 못하였으니 말입니다. 하나, 법이라 하는 것은 시대에 따라 변할 수 있는 것입니다."

"시대에 따라 변한다?"

"예. 현재 본국이 오랜 평화의 시대를 누리고 있다 하나, 그것은 착각입니다. 북쪽의 알디하렌 제국은 내전을 통해 일곱 명의 황자가 나누고 있던 황권이 안정되어 가고 있는 형편인 데다가 동쪽 국경을 마주하고 있는 엘란스트 왕국 역시 잃어버렸던 로스니아 강 주변의 땅을 찾기 위해 절치부심하고 있는 형편입니다. 또 남부 국경을 마주하고 있는 테일즈 왕국 역시 조용하다고 볼 수 없지요. 만약 이들 중 하나라도 헛된 야욕을 부려 본국을 침공하면 그들을 상대로 나라를 지켜내는 일은 그리 큰 문제가 없을 것이나, 개전 초기에는 큰 낭패를 볼 것이 분명합니다."

개전 초기의 낭패, 페이튼의 말은 일리가 있는 소리이기도 했다.

현재 북부 국경은 드래곤 산맥으로 타국의 침공에 대한 것은 한시름 놓은 상태이긴 하지만 그렇다고 안심할 수 없는 것이 선우드나 내가 이용했던 산맥의 통로가 있기 때문이다.

그곳을 통해 벌써 수만의 사람이 오갔음에도 불구하고 드래곤들에게 전혀 피해를 입지 않은 것을 생각하면 드래곤과 드래곤 사이의 중립 지역이 있을 거라는 가설은 들어맞는 일이었고, 그렇게 되면 드래곤 산맥이 언제까지 제국과 본국의 방패가 되지는 않을 것이다.

또 동부 국경만 해도 현재 상주하고 있는 이스턴 코프의 수가 5만 8천이라고는 하지만 엘란스트 왕국이 동부 국경에 배치한 병력은 그 두 배에 가까운 10만, 물론 엘란스트 왕국이 국경을 같이 하고 있는 국가가 본국뿐임을 생각하면 당연한 일이지만, 만약 20만의 병력이 동부 국경을 침범할 경우 개전 초기에는 동원 병력의 차이로 국경이 쉽게 뚫릴 것이 분명했다.

하지만 동부 국경만이라도 귀족들의 사병 제한법이 완화된다고 한다면 만약의 경우 동원할 수 있는 병력의 숫자는 엘란스트의 10만 병력을 감당하는 것에는 큰 문제가 없을 것이다.

그러나 그의 안건을 쉽게 수긍할 수 없는 것은 사병 제한법의 효과 때문이다. 본국이 오랜 시간 평화를 유지할 수 있었던 것은 바로 사병 제한법 때문이다.

가까운 곳의 서먼만 해도 사병 제한법이 존재하지 않은 덕에 왕권이 약화되면 오랜 시간 내전이 지속되고 있다 볼 수 있었다.

사병 제한법이 없다면 자신의 안위를 위해서라도 사병의 숫자를 대폭 늘릴 귀족들은 허다하고, 그것으로 인하여 귀족들의 무분별한 사병 양성이 가속화될지도 몰랐다.

또 무리한 사병 양성으로 인해 각 영지 백성들의 세금 부담은 더욱 커질 것이 분명했기에 자칫 평민들의 영지 이탈과 함께 여러 가지 내부 문제를 야기시킬 수 있는 것이다.

"그대의 말은 틀리지 않으나 사병 제한법은 자칫 귀족들의 무분별한 사병 양성으로 이어지고 이 나라 백성들의 부담을 가중시킬 것임을 진정 모른단 말이오?"

"물론 그러한 점은 충분히 생각하고 있습니다. 그런 이유로 사병 제한법은 동원령에 해당하는 영주들에 한하는 것을 같이 제안하고 있습니다."

"동원령?"

"예, 동원령은 전시에 국경을 담당하고 있는 군사령관이 주위의 영주들에게 사병을 소집할 수 있는 명령권입니다. 일단 동원령이 내려지면 근처의 영주들은 보유 사병의 십분의 일을 제외한 사병 모두를 국경으로 차출하게 해 왕자 전하께서 생각하시는 문제점을 해결하고자 하고 있습니다."

"음……."

동원령이라… 듣기에는 그리 큰 문제는 없는 듯했으나 문제는 이들 국경 수비군이 왕권에 속해 있지 않다는 것이었다.

물론 서부 국경을 담당하고 있는 웨스턴 코프나 북부 국경을 담당하고 있는 노턴 코프는 중립을 지향하고 있다고는 하지만 가장 많은 병력이 배치되어 있는 이스턴 코프만 해도 페이든 공작 일파의 귀족인 아레스 백작이 있었다. 그 다음으로 숫자가 많은 사우던 코프는 네라드 백작의 일파인 드리튼 공작이 장악하고 있었기 때문이다.

그런 이유로 만약 동원령이 내려진다고 한다면 페이든과 네라드 공작은 순식간에 엄청난 병력을 소집할 수 있게 되고, 자칫 내란으로 이어질 경우엔 왕권에 큰 위협이 될 수 있는 일이다.

한마디로 동원령이니 뭐니 하는 말로 교묘하게 외장을 꾸몄다 해도 그 모든 것이 자신들의 무력을 한층 끌어올려 무력 면에서 두 귀족가를 누르고 있는 왕권을 위협하겠다는 소리와 다를 바가 없는 것이다.

내가 알고 있는 것을 삼왕자 전하가 모를 리는 없으나, 상대는 이 나라의 최고 권력가인 페이든 공작이다 보니 나라를 위한다는 명목으로 한다고 하는 일은 무시할 수 없는 일이었다.

"하나, 그런 이유로 사병 제한법을 푼다는 것은 조금 무리가 있는 일이 아니겠소? 본국의 칠대 기사단의 본부를 국경 가까이로 하기만 해도 그러한 문제는 쉽게 해결될 수 있다 생각하는데?"

"확실히 칠대 기사단의 존재라면 국경이 안정되는 것은 어렵지 않을 것입니다. 하나, 칠대 기사단은 본국의 숨겨진 힘입니다. 그러한 것을 타국에 함부로 내비칠 수는 없는 일이 아닙니까?"

"나라가 필요로 할 때 그 힘을 발휘하는 것이 기사의 존재, 거기에다 오랜 평화로 인해 기사단이 해이해지고 있다 들었으니 그들을 국경에 배치하여 긴장감을 주는 것도 나쁘지 않다는 생각이 드오만?"

삼왕자와 페이든 공작은 첨예한 의견 대립을 보이며 이야기를 나누고 있었기에 나로선 끼어들 엄두도 나지 않았다.

하나, 사실 나의 입장에선 부분적인 사병 제한법의 완화도 그리 나쁘진 않았다.

어차피 노턴 코프는 언제고 내가 장악할 생각을 하고 있는 데다가 그 주변의 귀족들도 복속시킬 생각이기에 그들의 힘이 강해진다는 것은 곧 내 힘이 강성해짐을 의미하기도 했기 때문이다.

하지만 왕자의 의견도 나쁘지 않은 것이 기사단의 본부를 국경에 배치한다는 것은 기사단 자체가 옮겨온다는 뜻이니 내 기사단이 될 크로우 나이츠와 블루 버드 나이츠를 북쪽으로 불러들일 수 있는 기회이기도 한 것이다.

그렇게 된다면 난 내가 가진 병력을 한곳으로 완전히 집중할 수 있게 되는 것이니, 나중에 있을지 모를 페이든과 네라드와의 대립에서 좋은 위치를 차지할 수 있게 된다.

왕자와 페이든 공작은 거의 한 시간가량 열띤 토론을 벌였고, 그 때문인지 난 말없이 그냥 두 사람의 토론을 지켜보며 따분함을 즐겨야 했다.

당장에라도 한 판 붙을 것 같은 호전적인 삼왕자의 어투에 비해 페이든은 나이만큼이나 노련한 언변으로 조심스럽게 빠져나가거나 도리어 밀어붙이기도 하는지라 그리 짜증은 나지 않았지만, 괜스레 옆에 있던 나에게 불똥이 튈 것 같아 불안함이 사라지지 않았다.

하지만 두 사람의 토론은 다행히 조용히 끝났고, 페이든 공작이 준비해 놓은 저녁 식사를 끝으로 난 삼왕자와 함께 페이든 공작가를 나올 수 있었다.

저택 밖으로 나오자 기다리고 있던 이십여 명의 수하와 함께 게리오스가 나를 확인 후 황급히 뛰어오는 것을 볼 수 있었다.

"공작 각하!"

"아! 오래 기다리게 해서 미안하군, 게리오스 경."

"공작 각하께서 무사하신 것만으로도 안심입니다."

"그렇게 생각해 주니 고맙군."

게리오스의 말에 난 흡족한 표정을 지을 수 있었고, 그런 나를 보며 삼왕자 전하께서 다가오자 난 공손히 예를 취하며 말했다.

"왕자 전하께서 이렇게 저를 위해 힘을 써주시니 몸 둘 바를 모르겠습니다."

"별말을 다하오. 그대의 일이 곧 나의 일이거늘 어찌 그것을 외면할 수 있겠소."

삼왕자는 친근한 어투로 말을 건네고 있었지만 그 눈빛이 예전과 달라진 것을 볼 수 있었다.

하긴 내가 페이든 공작에게 끌려갔다고 해서 찾아왔는데 어이없게도 그와 차를 나누며 담소를 즐기고 있었으니 어찌 이상하다 생각하지 않겠는가? 그것도 상대는 왕가와 적대하다시피 하는 귀족파의 수뇌 중한 사람이니 말이다.

하나, 내 수하인 게리오스가 직접 찾아가 도움을 요청한 것도 있으니 내가 배신했다고는 생각하지 않을 것이 분명했다. 만약 배신했다면 수하가 그런 것을 자신에게 말해 주었을 리 없을 테니 말이다.

하나, 어찌 됐든 삼왕자에게 변명은 해야 했기에 공손히 말을 건넸다.

"이번 일은 조만간 삼왕자 전하를 찾아뵈어 말씀드리겠습니다."

나의 말에 고개를 끄덕인 삼왕자는 수하들과 함께 말을 몰아 사라졌고, 난 게리오스들과 함께 내 저택으로 향했다.

그렇게 한참을 가다 게리오스가 나를 보며 넌지시 물어보았다.

"무슨 일입니까? 삼왕자 전하의 눈빛이 그리 좋지 못한 듯했습니다."

"별것 아니네. 페이든 공작이 나에게 크로우 나이츠를 주겠다 하더군."

"예?"

나의 말에 게리오스는 조금 놀란 표정을 지었지만 이내 무엇인가를 짐작한 듯 고개를 끄덕이고는 말했다.

"페이든 공작이 공작 각하를 끌어들이려 하는군요."

"네라드와의 마찰이 생각보다 심한 듯하네. 크로우 나이츠 역시 네라드의 방해 공작 때문에 손에 넣기 쉽지 않을 것 같으니 내게 선심을 쓰는 척하며 끌어들이려 하는 것이겠지."

"이드리샤 공작가의 이름을 생각하면 충분히 가능한 일입니다."

나의 말에 게리오스는 고개를 끄덕이며 답했다.

"그나저나 귀족 연합에서 사병 제한법의 완화를 안건으로 낼 것이라 하는데 자네의 생각은 어떤가?"

"사병 제한법이오? 자세히 말씀해 주시겠습니까?"

게리오스의 말에 난 삼왕자와 페이든 공작 간의 이야기를 간단히 말해 주었고, 잠시간 나의 말을 생각하는가 싶더니 그는 이내 고개를 젓고는 말했다.

"좋지 않습니다."

"좋지 않다 하면 어떤 것을 말하는 것인가?"

"현재 귀족 연합이 왕가에 밀리는 이유는 군사적으로 열세이기 때문입니다. 하나, 사병 제한법이 풀리게 되면 귀족 연합의 열세는 사라지게 될 것입니다."

"하나, 일개 영주들이 사병을 모은다 해도 오합지졸일 게 분명하고 각 귀족마다 소집할 수 있는 사병의 수 또한 달라 지휘 체계도 엉망이 될 게 아닌가?"

난 내가 생각하고 있는 문제점을 이야기해 주었는데, 그는 고개를 저으며 말했다.

"물론 그러한 점이 없지는 않습니다만 문제는 본국의 군 제도에 있습니다."

"군 제도라면?"

"본국의 군 제도는 칠대 기사단의 기사들이 의무적으로 사방 군단의 지휘관을 역임하게 되어 있습니다. 그러나 대체적으로 페이든 공작가에 속해 있는 골드 이글 나이츠와 드레이크 나이츠는 이스턴 코프로, 네라드 공작가에 속해 있는 그리폰 나이츠와 블루 버드 나이츠들은 사우던 코프로 빠져나가며, 왕가에 속한 피닉스 나이츠와 크로우 나이츠는 중립을 표방하는 웨스턴 코프로, 신성 기사단은 신전과 노턴 코프 쪽으로 빠져나가고 있습니다."

"그렇지."

난 그의 말에 고개를 끄덕이며 수긍했다.

"만약 사병 제한법이 완화되어 동원령을 받는 귀족들의 사병 제한법이 풀리게 되면 그들은 무턱대고 사병을 양성할 것입니다. 물론 그들 대부분이 오합지졸일 것은 분명하나 문제는 국경에 있습니다."

"국경이라면?"

"왕가의 기사들이 차출되는 서부 국경은 적이 없습니다. 북부 국경 역시 드래곤 산맥으로 인하여 군사적 긴장감이 없습니다만 이스턴 코프와 사우던 코프는 타국과 국경을 마주하고 있는 상황, 이스턴 코프만 해도 엘란스트 왕국과 해마다 수차례 작은 접전이 있는 형편인데, 그러한 것을 이용하여 동원령을 내리면 어찌하겠습니까?"

"동원령을 내린다 해도 오합지졸로 무엇을 할 수 있겠는가?"

동원령이 무슨 문제일까 하는 생각에 난 그에게 물어보았고, 게리오스는 긴장된 얼굴로 나의 물음에 답해주었다.

"오합지졸이라면 정병으로 키우면 그만 아닙니까?"

"정병으로 키우다니?"

"동원령을 이용하면 그렇게 모인 병사들을 훈련시킬 명분이 주어진다는 것입니다."

그렇다. 주위의 귀족들이 모은 사병들이 엉망이라면 훈련시키면 그만 아닌가? 어차피 동원령이 내려진 귀족들이야 같은 세력일 것이 분명하니 칠대 기사단의 기사라는 이름으로 그들 가문에 속한 기사들을 영입하여 일선 지휘관으로 임명하면 지휘 체계 문제 역시 해결되는 것이었다.

"그런 문제가 있었군……."

"가장 큰 문제는 사병 제한법이 완화된다면 족히 10만이 넘는 병력이 한곳에 모이게 된다는 것입니다."

"10만이라면 반란을 도모하고도 남겠군."

간과할 문제가 아니다. 사병 제한법의 완화와 동원령, 그것은 순식간에 왕가와 귀족 연합 간의 힘의 차이를 뒤집을 정도로 엄청난 법안이었던 것이다.

"그 안건 자체의 중함을 생각하면 왕가에서 허락할 리 없는 일이지만 귀족 연합 측에서 그것을 모를 리 없으니 아마도 그에 대한 차선책을 준비해 두고 있을 것입니다."

"그렇다면 확실히 그 안건이 통과된다고 할 수 없는 것이란 말이군."

"예. 하나 미리 그에 대한 대비책을 준비해 놓는 것도 나쁘지 않을 것입니다."

"음… 그래야겠지……. 그건 그렇고 페이든 공작가에 끌려갔던 것도 그리 나쁘진 않은 것 같군."

"하나, 상대가 페이든이기에 공작 각하께서 무사히 빠져나온 것일 수도 있습니다. 만약 네라드였다면 감당 못할 일이 벌어졌을 수도 있으니까요."

게리오스의 말에 난 고개를 끄덕였다.

어찌 됐든 이러한 간 떨리는 체험은 두 번 다시 하고 싶지 않은 것이 현재의 내 마음이었다.

페이든 공작가의 일이 있고 나서 아델슨 후작과 삼왕자 전하를 만나 페이든이 제시했던 것을 이야기했다.

어찌 됐든 손을 잡고 있는 상황에서 그들을 의심하게 하고 싶은 생각은 없었다.

그 내용을 밝힌다 할지라도 나에게 문제될 것이 없는 상황이었고, 오히려 아델슨이나 삼왕자에게는 그의 청에 응하는 듯하면서 반격을 한다는 식으로 이야기했는지라 오히려 신용을 더 얻어낼 수 있었다.

물론 그 부분에 관한 자세한 것은 게리오스가 사전에 준비해 두긴 했지만 말이다.

시간은 그렇게 흘러 페이든 측의 방해 공작이 없자 크로우 나이츠의 영입은 내 쪽으로 너무 쉽게 흘러오고 있었다.

물론 거기에서 페이든의 뒤통수를 칠 준비를 하는 것은 잊지 않았다.

뻔히 자신의 손으로 들어올 수 있는 크로우 나이츠를 그는 왜 나에게 넘겨준다고 한 것일까? 물론 자신의 손에 넣기엔 네라드리는 존재가 걸린 이유도 있겠지만 그것 외에도 한 가지 더 이유가 있었다.

바로 현재 크로우 나이츠의 최강자인 리베인 남작이란 존재 때문이다.

소드 마스터 최상급의 실력자로 슈페리어 넘버 2의 막강한 실력자인 리베인 남작. 슈페리어 나이트 등급 자체가 실력으로 이루어지는 자리인 만큼 그가 존재하는 이상 내가 기사단을 완전히 장악했다고 보기에는 어려운 일인 것이다.

거기에다 현재 크로우 나이츠에서 그를 따르는 슈페리어 급 기사나 정규 기사 역시 전체의 30%에 가까운 현실에서 내가 무슨 짓을 하든 그것을 페이든의 눈에 벗어나서 행하는 것은 어려운 일인 것이다.

만약 그러한 것조차 없었다면 페이든이 나에게 쉽게 크로우 나이츠를 넘겨주려 했겠는가?

하나, 그도 모른 것이 있다면 바로 내 수하인 엡실론의 실력이 급부상하고 있다는 것이다.

한 기사단의 최강자란 말 그대로 기사단의 얼굴이라 해도 과언이 아닌 만큼 엡실론이 최강의 이름을 이어받는다면 기사단을 완전히 장악하는 것은 어려운 일이 아닐 것이다.

페이든 공작, 당신 마음대로 일이 풀린다 생각하면 큰 오산일 것이오. 후후후.

슈페리어 나이트 승급 심사, 그것은 초대 황제 폐하이신 빌헬름 전하와 알텐 공께서 처음 도입하신 제도다.

물론 이 안건을 제시하신 분은 가문의 선조이신 알텐 공, 무가의 자손이자 기사 제도를 강화하여 부국강병을 꿈꾸셨던 알텐 공께선 자칫 상위급 기사들의 정신 상태가 해이해질 것을 두려워하셨기에 이런 슈페리어 승급 제도를 도입하게 하였다.

이러한 승급 심사 제도로 인하여 기사들은 현 지위에 만족하여 검술 훈련을 도외시하는 일이 없어졌고, 본국은 대륙 제일의 기사들을 거느리는 강국으로 자리 잡게 되었다.

물론 시대가 많이 지나면서 이러한 승급 제도 역시 많이 타락하여 명문가 출신의 기사들에게 상위급 기사가 일부러 패하는 일도 적지 않았고, 승급 심사에 대적하게 될 상대 기사를 암습하여 부전승으로 올라가는 일도 적지 않았다.

그런 때문인지 슈페리어 승급 심사에서 부정을 행한 자들은 기사도를 더럽혔다는 이유로 극형인 사형까지 처해지게 될 정도로 이 심사는 철저하게 진행되고 있었다.

슈페리어 승급 심사는 왕도에 있는 콜로세움에서 치러지게 되는데, 이곳의 경비는 왕가에서 맡고 있었다.

슈페리어 심사 대회는 귀족들이나 그의 자제들, 그리고 칠대 기사단 소속의 기사가 아니면 관람할 수조차 없게 되어 있다.

이것은 본국의 칠대 기사단의 중요성 때문인데, 외부에 알려진 힘과는 달리 칠대 기사단은 말 그대로 감추어진 힘, 그런 중요한 존재를 타국에 알려지게 하지 않기 위함이었다.

　그 때문에 왕가에서는 이날 하루만큼은 근위 기사단과 왕궁 수비대를 모두 동원하여 콜로세움의 경비를 철저히 하였고 왕도에 확실한 신분이 있는 사람을 제외하고는 출입조차 금하게 했다.

제 3 8 장 슈페리어 습급 심사

슈페리어 승급 심사일이 되자 난 부하들과 함께 왕도의 콜로세움을 찾아갔다.

귀족들에게만 관람이 허가되는 이유로 콜로세움 주변은 왕궁 수비대와 근위 기사단이 철저한 경비를 서고 있었다.

이미 콜로세움 주변에 있던 주민들은 삼 일 전에 거처를 다른 곳으로 옮긴 상태였기에 주위엔 귀족들과 그를 호위하는 기사와 식솔들을 제외하곤 왕가에 속한 병사와 기사밖에 보이지 않았다.

"경비가 상당히 삼엄하군."

마차를 타고 주위를 둘러보며 중얼거리자 앞에 앉아 있던 게리오스가 고개를 끄덕이며 말했다.

"칠대 기사단의 힘은 아멘 왕국 전체 무력의 30% 가까이를 차지하고 있으니 상당수의 귀족들이 이번 승급 심사에 참관하기 위해 모이는 것은 당연한 일입니다. 이 정도의 경비가 과하다고 볼 순 없지요.”

“음…….”

그도 그렇듯이 만약 승급 심사에 맞추어 누군가 콜로세움에 궁극마법 중 최강이라는 메테오라도 떨어뜨린다면 아멘 왕국은 그야말로 공황 상태에 빠질 것이 분명했다.

그러고 보니 과거 본국의 한 왕이 왕권을 강화하기 위하여 슈페리어 승급 심사날을 기회로 삼아 반대파의 귀족들을 모두 숙청한 사례가 있었다.

수백 명의 귀족들이 숙청당한 그 사건으로 인해 본국의 권력이 왕가 쪽으로 한순간 크게 기울어졌으니 왕의 결정이 틀리다고 볼 수 없었으나 그것은 착각이었다.

반대파 귀족들을 모두 숙청한 왕은 얼마 후 기사들의 반란으로 인하여 왕위에서 물러나야 했고 본국 최초로 참수를 당한 왕이 돼버린 것이다.

슈페리어 승급 심사는 그야말로 본국 기사들에게는 신성한 축제와 같은 날이다. 그 때문에 기사도를 무시하고 그것을 정치의 암수로 사용한 왕은 기사의 나라라고까지 불리는 본국에서 결코 환영받을 수 없는 것이다.

그 사건으로 인하여 어떠한 왕도 슈페리어 승급 심사만큼은 어떤 정치적 암수도 사용하지 못하였으며 오히려 귀족들이 행여나 누군가의 암수로 불의한 일을 당하지 않을까 하는 생각에 근위 기사단과 왕궁 수비대로 하여금 철저한 경비를 하게 하였다.

하나 그날의 충격은 본국에서 쉽게 사라지지 않았기에 현재의 슈페리어 승급 심사날에 권력의 중추라 할 수 있는 공후작은 참관하지 않는 것이 관례가 되어버렸다.

귀족들의 중심이라 할 수 있는 그들이 행여나 이곳에서 죽임을 당하거나 하면 자칫 내란으로 이어질 수 있기 때문이다.

사실 공작의 작위를 가진 내가 슈페리어 승급 심사를 참관하는 것은 이례적인 일이라 할 수 있으나 아직 귀족 회의에도 서지 못한 존재인 만큼 참관한다 해서 그리 큰 문제가 될 것은 없었다.

콜로세움의 입구에 도착하자 근위 기사들로 보이는 기사들이 귀족들의 마차 하나하나를 면밀히 관찰하며 신분을 확인하는 것을 볼 수 있었다.

그리고 잠시 후 내가 있는 마차 쪽으로 다섯 명의 기사가 걸음을 옮겨 다가왔고, 마차의 문을 열고는 정중히 기사의 예를 취하며 말했다.

"근위 기사단 소속 슈페리어 나이트 넘버 34 알폰소입니다. 가문의 인장을 보여주시겠습니까?"

그의 말에 난 천천히 오른손을 들어 가문의 인장이 새겨져 있는 반지를 그의 앞에 내밀었고, 기사는 손에 들고 있던 검은 빛깔의 네모난 상자를 반지 쪽으로 가져다 댔다.

그러자 검은 상자는 푸른빛을 내는가 싶더니 본 가 문장의 형상을 만들어냈다. 그것을 확인한 알폰소라는 기사는 다시금 예를 취하고 정중한 목소리로 말했다.

"이드리샤 공작 각하께 다시 한 번 인사드립니다. 실례되지만 다른 분의 신원을 확인하고 싶습니다."

그의 말에 게리오스는 고개를 끄덕이고는 그를 보며 말했다.

"본인은 이드리샤 공작 각하를 모시고 있는 게리오스 남작이라 하오."

"알겠습니다."

신분이 확인되자 그는 고개를 끄덕이고는 예를 취한 후 물러섰고, 마차는 서서히 콜로세움 내부로 들어섰다.

왕도에 위치한 콜로세움은 아멘 왕국의 기사들에게 하나의 상징이라고 해도 과언이 아니었다.

과거 라피나르 제국의 콜로세움이 귀족들의 향락과 광란의 장인데 반해 아멘 왕국 왕도의 콜로세움은 오로지 기사들만을 위한 곳이기 때문이다.

본국 기사 제도의 중심축이라 할 수 있는 슈페리어 급만이 오직 콜로세움의 흙을 밟을 수 있었고, 그들만이 그곳에서 성스러운 기사 대전을 벌일 수 있는 자격이 있는 만큼 콜로세움은 기사의 길을 걷고 있는 자에게는 한 번은 밟고 싶은 꿈의 장소인 것이다.

콜로세움 내부로 들어서자 역대 본국의 기사들 중 강자의 모습을 조각해 놓은 전신 조각상들이 콜로세움의 중앙에 위치하여 후대의 기사들을 바라보는 듯한 모습은 가히 장관이라 할 수 있었다.

이 중에는 왕가가 자리하는 로얄 클래스 위에 아멘 왕국의 상징이라 할 수 있는 빌헬름 폐하의 조각상이 있었고, 그 옆으로 빌헬름 폐하의 절친한 친구이자 충성스러운 신하라 할 수 있는 건국 공신 알텐 공의 석상이 자리 잡고 있었다.

하지만 나를 감동시킨 것은 콜로세움 내부를 장식하고 있는 역대 기사들의 전신상 예순일곱 개 중 열세 개가 본 가의 사람으로 장식되어 있다는 것이었다.

같은 공작가인 페이튼이나 네라드 가문의 인물 중 석상으로 세워진 이가 세 개를 넘지 않는 것을 생각한다면 자랑스러운 모습이라고 할 수 있었다.

　살아 있는 이들 중 이곳 콜로세움의 전신상을 가지고 있는 인물은 현재 군무대신의 직과 함께 사방 군단 총사령관의 직을 맡고 있으며 과거 왕가의 피닉스 나이츠와 근위 기사단의 단장을 역임한 조안 폰 그로이드 리미트 백작과 현 근위 기사단의 단장이자 아멘 제일의 기사라고 불리는 소드 오버러의 최강자인 레미안 폰 탈센 미노스 자작이 있었다.

　본국 수백 년의 역사 중 예순일곱 명만이 이곳 콜로세움에 전신상이 만들어진 걸 생각하면 리미트 백작과 미노스 자작이 얼마나 뛰어난가를 입증하고 있는 것이다.

　아쉽게도 이번 슈페리어 승급 심사는 근위 기사단을 제외한 본국 칠 대 기사단만이 참여하는 관계로 소드 오버러라는 미노스 자작의 실력은 볼 수 없었다.

　하지만 이미 오버러의 능력을 지닌 제국의 황태자였던 로만테우스와 청록의 숲의 단장이자 현재 내 자치령의 대리 자치령주를 맡고 있는 아서 이스페온의 결투를 본 적이 있는 나였기에 그나마 쉽게 아쉬움을 접을 수 있었다.

　게리오스와 빌, 그리고 두 명의 호위 기사와 함께 알텐 공의 석상 밑으로 걸음을 옮기자 가까운 자리에서 나를 보며 정중히 인사를 올리는 이를 발견할 수 있었는데, 그가 아델슨 후작가의 크로이드 영작인 것을 확인한 난 미소를 지으며 그를 반겼다.

　"오랜만이오, 크로이드 영작."

　공후작 정도의 고작은 관례에 따라 참관하지 않는다고 하지만 그렇다고 아무도 보내지 않을 수는 없기에 보통 자신들의 자제나 가신들을 보내는데, 크로이드 역시 그러한 관례를 따른 듯했다.

크로이드는 나에게 인사를 올린 후 연이어 게리오스를 보며 가볍게 목례를 보냈는데, 자신이 속한 학파의 수장인 게리오스라고는 하지만 후작가의 적자인 그가 공작가에 속한 단승 귀족에게 윗사람에 대한 예를 취할 수는 없는지라 간단한 목례로 인사를 올린 듯했다.

"그래, 후작께선 별고 없으신가?"

"근래에 조금 피로하신 듯하나 건강에는 큰 문제가 없으십니다."

"그러신가? 이거 후작을 조금 본받아야 할 것 같군. 하하하하."

그의 말에 대충 형식적으로 웃어주긴 했으나 그보다는 조금 심각한 문제일 것이다. 아델슨 후작이 근래에 바쁘다는 것은 아무래도 귀족 연합의 사병 제한법 때문일 확률이 높았기 때문이다.

왕당파 내의 귀족들 입장에서 반대해야 되는 안건일지라도 귀족 회의에서 열세인 그들이 안건을 꺾어내는 건 무리일 것이고 그런 만큼 남은 것은 왕의 재가를 받는 자리뿐이니, 그곳에서 귀족 연합에 대항할 방법을 생각하는 데 바쁠 수밖에 없는 것이다.

크로이드 영작과의 담소를 끝으로 자리에 앉자 잠시 후 대여섯 명의 여인이 다가와서 내 앞 탁자에 간단한 음식과 과일 등을 가져다 놓았다.

왕가가 주최하는 심사인 만큼 참관하는 귀족들에 대한 예우는 모두 왕가에서 담당하므로 이곳에 있는 시녀들은 왕가에 속한 시녀들일 것이다.

그녀들이 가져온 포도주를 잔에 따라 가볍게 입가심을 하고 있을 때 팡파르 소리가 콜로세움에 크게 울리기 시작했고 잠시 후 로얄 클래스로 근위 기사단의 호위를 받으며 들어서는 화려한 복색을 한 사람들이 보였다.

그들의 모습을 본 난 자리에서 일어나 왕가에 대한 예를 취했는데 이들은 세피로 왕세자 전하와 델리아 왕세자빈이었다.

로필론 국왕 폐하가 아닌 왕세자 전하가 나온 것이 조금 아쉽긴 했지만, 차대 국왕의 대를 잇게 될 세피로 전하인 만큼 눈도장을 찍어두는 것도 나쁘지 않다는 생각이 들었다.

세피로스 왕세자 전하는 귀족들의 왕가에 대한 예가 끝나자 앞으로 나와 손을 들어 승급 심사의 시작을 선언했고, 그와 함께 다시 한 번 팡파르 소리가 울리는 동시에 기사들의 함성 소리가 콜로세움을 가득 메웠다.

왕세자 전하가 대회의 선언을 알리고 자리에 앉자 귀족들 역시 착석했고, 잠시 후 콜로세움 안으로 이번 슈페리어 승급 심사에 참가하는 기사들의 모습이 하나둘씩 보이기 시작했다.

승급 심사 전 기사도를 따라 정당한 경기에 임하겠다는 선서를 하기 위해 기사들이 모두 콜로세움으로 나오고 제1기사단인 피닉스 나이츠 단장 위르가 자작이 풀 플레이트 메일을 입은 채 앞으로 나와서 왕세자 전하에게 기사의 예를 취하고는 검을 자신의 눈앞에 뽑아 세워 큰 소리로 외쳤다.

"위대하신 건국왕 빌헬름 전하의 이름 아래 모인 기사들은 들어라!"

위르가 자작이 검을 뽑아 들고 소리치자 다른 기사들 역시 하나둘씩 검을 뽑아서는 똑같은 자세를 취하기 시작했다.

이들 모두가 슈페리어 나이트이거나 정규 기사들 중 가장 실력이 뛰어난 이들인 만큼 하나하나의 모습은 의연하기 그지없었고, 위르가가 왕가와 기사도의 선언을 끝낸 후 눈앞에 세운 검을 하늘 높이 들어 올리자 다른 기사들 역시 검을 높이 올리고는 큰 소리로 왕가와 국가에 대한 충성을 소리쳐 외치기 시작했다.

"왕가에 충성을! 대아멘 왕국에 영광을!"

이들 기사들의 외침은 콜로세움을 쩌렁쩌렁하게 울렸고 기사들의 외침에 귀족들 역시 자리에서 일어나 그들과 함께 왕가와 국가에 대한 구호를 소리쳐 외치기 시작했다.

그 때문에 조금 귀찮기는 했지만 나 역시 자리에서 일어날 수밖에 없었고 몇 번의 외침 끝에 왕세자 전하가 손을 들어 올리자 사람들의 충성스런 외침은 가라앉았다.

기사의 왕국이라 할 수 있는 아멘 왕국에나 있을 법한 형식적인 의례 중 하나이긴 하지만 기사들의 충성을 고취시키는 데는 이러한 것도 나쁘지 않다는 생각이 들었다.

모든 귀족들이 자리에 앉고 기사들이 하나둘씩 콜로세움 안쪽 대기실로 사라지자 이번 슈페리어 승급 심사의 진행을 담당하는 듯한 자가 앞으로 나와서 심사 대회의 본격적인 시작을 알렸다.

슈페리어 심사 대회 첫날 승급 심사는 슈페리어 넘버 하위권의 기사들과 정규 기사들 중 상위권에 속하는 기사들 간의 대전이었다. 슈페리어 급에 오를 수 있는 자격이 있는 자들은 최소한 소드 익스퍼트 중급의 실력자들이라 볼 수 있다.

가장 먼저 칠대 기사단 중 가장 하위인 블루 버드 나이츠 기사들의 대결이 시작되었다. 평민들로 이루어진 기사들의 대전인 만큼 귀족들의 반응은 시큰둥할 수밖에 없었지만 사실 슈페리어 승급 심사에서 가장 치열한 대전을 치르는 이들은 블루 버드 나이츠 소속의 기사들이었다.

 칠대 기사단 중 하나인 블루 버드 나이츠의 정원수는 8천 명. 이는 다른 칠대 기사단에 비해서도 많은 수이긴 하나 슈페리어 급 기사와 정규 기사의 수는 여기에 크게 미치지 못하는 오십 명과 백 명이었다.

 이는 평민들에게 높은 직위를 주지 않으려는 이유이다.

 평민들이 현재 자신의 신분에서 탈출하기 위한 방법은 전쟁 중이 아니라면 마법에 특별히 자질이 있어 궁정 마법사가 되거나 무예가 특출하여 블루 버드 나이츠에서 슈페리어 넘버 상위권, 즉 넘버 5 이내에 들어가는 것이다.

 넘버 5에 들어가는 슈페리어 넘버 기사들은 국가 공인 기사단의 상위 넘버로서 계승되지 않는 준남작의 작위를 하사받게 되어 있다.

 일단 준남작의 작위 자체는 그 작위를 받는 이가 귀족 출신이 아니라면 그저 평민 중에 조금 나은 정도의 대우밖에는 받지 못한다. 하나 일단 준남작 작위를 받은 이후 그를 포함한 삼대가 슈페리어 급 상위에 들어 준남작의 작위를 하사받게 되면 무가로서 자격을 얻게 되어 드디어 작위를 물려줄 수 있는 계승 남작이 될 수 있다.

 그러니 블루 버드 나이츠의 기사들치고 슈페리어 급에 목숨을 걸지 않은 이가 없으니 그들의 대전은 치열할 수밖에 없었고, 해마다 가장 많은 사상자가 나오는 대전이 바로 블루 버드 나이트들 간의 슈페리어 승급 심사 대회였다.

 기사단 자체의 실력으로만 본다면 네라드 휘하의 그리폰 나이츠와 비교해도 뒤지지 않는 이들이 모인 곳이 블루 버드 나이츠인 것에 비해 슈페리어 급의 수는 오십여 명. 그 때문에 블루 버드 나이츠의 슈페리어 급 기사는 대부분 익스퍼트 상급의 뛰어난 실력자들이었다.

그저 하위 넘버의 몇 명 정도가 중급의 실력자였기 때문에 슈페리어 급 기사를 노리는 자들은 대부분 중급의 실력자들이었다.

이번에 나올 블루 버드 나이츠 기사들 역시 익스퍼트 중급의 실력자들이었는데 경기장에 나오자마자 보이는 두 기사의 눈빛은 추호의 흔들림도 보이지 않았다.

두 기사가 경기장 가운데에 서자 심판의 외침과 함께 드디어 슈페리어 급 심사의 첫 시합이 시작되었다.

푸른색의 갑옷을 입고 있는 기사는 토를이라 불리는 슈페리어 급 기사였고, 이를 상대하는 엘리우스라는 자는 정규 기사 중 상위에 속하는 기사였다.

심판의 외침과 함께 가장 먼저 쇄도해 들어간 이는 엘리우스였다. 그는 두 손으로 바스타드 소드를 들어서 상대의 허리를 베어 넘기려 했지만 카이트 실드와 롱 소드를 들고 있던 토를은 상대의 공격을 방패로 막고 바로 반격에 들어갔다.

채쟁! 챙! 챙!

"오… 굉장하군."

치열해지는 두 기사의 접전으로 인하여 토를이 든 카이트 실드는 이미 상대의 강격에 의해 흉하게 부숴져 갔고, 이에 롱 소드의 날카로운 공격을 몇 번 허용한 엘리우스란 자는 건틀렛 밑으로 붉은 피를 흘리고 있었다.

두 사람 모두 막상막하의 실력이었지만, 빠른 스피드의 공격을 행하는 토를이 다소 유리한 상황으로 보였다. 이들의 대전은 거의 이십여 분간 지속되었고, 상대의 허리에 검을 꽂아 넣은 토를의 승리로 끝이 났다.

심판이 토를에게 승리를 선언하자 토를은 검을 높이 들어 자신의 승리를 기뻐했지만, 애석하게도 평민 기사들의 시합 정도에 환호할 만한 자들은 콜로세움에 없었기에 경기장은 적막하기 그지없었다.

하나 이들의 대전에 크게 흥이 돋은 난 타 귀족들의 행동에 상관없이 자리에서 일어나 박수를 치며 소리쳤다.

"블루 버드 나이츠의 기사 토를이여! 이드리샤 공작가의 가주인 나 플로렌 폰 나이다르 이드리샤가 그대의 승리를 축하한다!"

갑작스런 나의 외침에 콜로세움 내부에 있던 귀족들은 크게 웅성거리기 시작했다.

승자인 기사에게 가문의 이름으로 축하의 인사를 내린다는 것은 보통 그 기사가 가문에 복속되어 있을 경우에만 행해지는 일이기 때문이었다.

하나, 블루 버드 나이츠는 현재 네라드 공작 휘하의 기사단. 타 가문의 귀족인 내가 이렇게 가문의 이름을 건 축하의 말을 건네는 것은 관례에서 어긋나는 일이었다.

그런 이유 때문인지 귀족들은 물론 로얄 클래스에 있는 왕세자 전하역시 나를 보며 크게 의아한 표정을 지어 보였지만 난 그런 것에 전혀 아랑곳하지 않고 경기장에 있는 토를이란 이름의 기사를 바라보고 있었다.

보통 이러한 축하의 인사가 있을 경우 축하를 받은 기사는 자신의 상관이라 할 수 있는 귀족에게 기사로서의 예를 표하며 답례를 하는 것이 관례이니 이런 경우 네라드 휘하의 기사인 그가 나에게 답례를 표한다는 것은 문제가 될 수 있는 일이었다.

하나 나의 말에 토를은 망설임없이 기사의 예를 취하며 답례의 인사를 보냈고, 이에 귀족들의 웅성거림은 더욱 커질 수밖에 없었다.

"어떻게!"

"블루 버드 나이츠는 네라드 공작 각하의 기사단이 아닌가!"

사방에서 웅성거리는 소리는 가실 줄 몰랐으나 난 만족한 미소를 지으며 자리에 앉았고, 이에 옆에 있던 게리오스가 조용히 나를 보며 말했다.

"공작 각하, 조금 성급한 행동이 아니었나 생각됩니다."

게리오스의 말대로 아직 블루 버드 나이츠가 내 소속의 기사가 되었다고 할 수 없는 입장에서 가문의 이름을 대고 축하의 인사를 보낸 것은 다소 성급한 감이 없지 않았을 것이다.

하나 난 그와 생각이 달랐다.

어차피 네라드가 이 사실을 알고 발광을 한다 치더라도 난 내 휘하가 된 기사가 승리의 영광을 얻었음에도 불구하고 아무런 축하의 인사를 받지 못함을 참을 수가 없었다.

물론 상대가 평민 출신의 기사라고는 하지만 슈페리어 급 기사 정도면 고귀한 자가 되는 자격을 어느 정도 얻은 법. 그러한 그가 축하의 인사조차 받지 못하는 것이 말이 되는가?

또한 나 역시 토를이란 기사와 같이 공작이라는 고위 귀족의 한 사람으로서 제대로 된 취급을 받지 못한 사람이었기에 나의 부하들조차 나와 같은 서러움을 받게 하고 싶지 않았다.

그런 이유 때문에 다소 성급함이 있음을 알면서도 그에게 가문의 이름을 건 축하의 인사를 보낸 것이고 토를은 이런 나의 행위에 상당히 감동한 표정을 지어 보였다.

"다소 성급함이 없지 않으나 어차피 나의 기사가 될 사람 아닌가.

게리오스 경은 후에 저 기사의 이름을 적어 승리 축하금을 보내주도록
하시오."

"알겠습니다."

이미 벌어진 일이라 게리오스 역시 할 수 없다는 표정으로 고개를
끄덕이고는 나의 말에 답했다.

토를의 대전이 있은 후 블루 버드 나이츠의 대전은 여섯 번 더 있었
고, 난 그때마다 승자에게 가문의 이름을 건 축하의 인사를 보냈다.

이는 말 그대로 내가 기사단을 장악했음을 만인에게 선언한 행동과
같았기에 콜로세움에 있던 귀족들은 더욱 소란스러워졌다. 이후 신성
기사단의 대전이 몇 번 있은 후 왕세자 전하 내외분이 콜로세움에서
나가자 그때까지 경기를 관전하고 있던 귀족들이 마치 썰물 빠지듯 경
기장을 빠져나가기 시작했다.

"후후후후……."

그런 모습에 난 웃음을 지을 수밖에 없었지만 게리오스는 오히려 길
게 한숨을 쉬며 말했다.

"어찌하실 겁니까? 오늘 일이 네라드 공작의 귀로 들어갈 것이 분명
한데 말입니다."

"어찌할 것이 뭐 있겠는가? 왕세자 전하의 표정을 보니 그분 역시
로필론 국왕 폐하께 이 사실을 알리기 위해 성급히 빠져나가신 듯한데
말이야."

"하오나……."

"네라드 귀에 들어간다고 해도 슈페리어 승급 심사가 끝나기 전까지
는 어떠한 짓도 못하네."

국왕조차도 함부로 하지 못하는 대회가 슈페리어 승급 심사이니 이

나라 실세의 하나인 네라드라 할지라도 지금 상황에선 나에게 어떠한 제재도 가할 수 없다. 만약 이곳에서 나를 암살이라도 한다면 과거 이 대회에서 반대파를 제거한 왕 같은 꼴이 될 것이 분명하니 말이다.

"하오나 문제는 그것이 아니지 않습니까? 자칫 왕도를 벗어나지 못할 수도 있습니다."

"문제될 것은 없어. 어차피 페이든 공작 측은 나를 밀어주려 하고 있는 상황인데다 녀석이 영지로 가는 길에 나를 제거하려 한다 해도 나에겐 크로우 나이츠와 블루 버드 나이츠가 붙을 것인데 무엇이 문제인가?"

"하나 페이든 공작도 공작 각하께서 한꺼번에 두 개의 기사단을 손에 넣는 것을 우려하여 네라드와 뜻을 같이할 수도 있는 일입니다."

확실히 게리오스의 말은 있을 법한 일이었다. 하나 일은 벌써 벌어진 후니 지금에 와서 후회한들 무슨 소용이 있겠는가?

그저 지금 이 순간을 잘 벗어날 수 있는 방법을 찾아야 했다.

"벌써 일은 저질렀으니 어찌할 수 있겠는가?"

"휴……."

나의 말에 게리오스는 길게 한숨을 쉬고는 고민에 잠기는 듯했다. 그 역시 되돌릴 수 없는 일, 탓해봤자 아무 소용 없음을 알았기 때문이다. 지금 당장 중요한 것은 이 상황을 어떻게 타개하느냐 하는 것이었다. 하나, 게리오스와는 달리 난 그리 큰 걱정은 하지 않았다.

소란스러웠던 오늘의 슈페리어 승급 심사가 끝나자 난 게리오스들과 함께 왕도의 저택으로 돌아갔는데, 아니나 다를까, 저택에 도착하자 집사가 황급히 마차 쪽으로 뛰어왔다.

"무슨 일인가?"

집사에게 묻자 그는 황급히 뛰어온 탓에 숨을 헐떡이며 말했다.

"헉헉… 지… 지금 이왕자 전하와 삼왕자 전하, 그리고 아델슨 후작님이 저택에서 공작 각하를 기다리고 계십니다."

"호오……."

찾아올 것은 예상하고 있었지만 이왕자 전하까지 내 저택을 찾아오리라고는 생각지 못했던 난 잠시 탄성을 내질렀다.

저택 안 접객실에 도착하자 세 사람이 서로 이야기를 나누고 있는 것을 볼 수 있었고, 내가 안으로 들어서자 세 사람 중 나보다 작위가 한 단계 아래인 아델슨 후작이 자리에서 일어나 말했다.

"어서 오시오, 이드리샤 공작."

"왕자 전하 분들께 인사드립니다."

먼저 왕족의 일원인 두 왕자 분들께 인사를 올리고 아델슨 후작과도 인사를 나눈 후 자리에 앉자마자 삼왕자는 무엇이 급한지 나를 보며 물었다.

"슈페리어 승급 심사 대회의 일을 들었네. 어찌 된 일인가?"

역시나 가장 궁금한 건 그것이겠지 하는 생각을 하며 난 잠시 회심의 미소를 짓고는 삼왕자 전하를 보며 말했다.

"별것 아닙니다. 근래에 블루 버드 나이츠의 단장인 로펜 경이 저에게 도움을 요청한 것이 있어 그것을 받아들였을 뿐입니다."

"허허, 이드리샤 공작. 그리 중요한 일을 우리에게 언급조차 하지 않다니 너무하시오."

이런 나의 말에 아델슨 후작은 너털웃음을 지으며 나를 탓했다. 하긴 국가 공인 기사단 하나가 소리 소문 없이 나의 휘하로 들어오는 데 어찌 중요하지 않겠는가?

"그 일은 둘째 치고 공작의 행동은 너무 성급한 것이 아닌가 하오."

아델슨 후작의 말에, 내가 답할 시간도 주지 않고, 조용히 앉아 있던 이왕자인 숀 전하가 나를 보며 말했다.

게리오스와 마찬가지로 숀 전하 역시 나의 성급함을 탓하고 있는 것이다. 하나 대공작가의 가주인 내가 어찌 생각없이 일을 저질렀겠는가?

물론 그때는 그저 내 휘하의 기사가 될 이가 초라히 빠져나가는 것이 보기 싫어서 그러한 행동을 한 것도 사실이다. 하지만 적당히 왕가에 충성스러움을 보일 정도의 답변은 이미 준비해 두고 있었다.

"확실히 성급한 감은 없지 않았지만 어떻습니까? 지금쯤 네라드 공작 쪽은 이번 일로 인하여 크게 소란스러울 것이니 오히려 이번 귀족 회의의 안건을 생각한다면 오히려 제게 약간의 시선을 끄는 것이 더 좋을 수도 있는 일 아닙니까."

나의 말에 왕자 분들과 아델슨 후작은 조금 놀란 표정을 지었고, 아델슨 후작은 황급히 나를 보며 물었다.

"그게 무슨 말인가?"

"사병 제한법의 완화 안건을 말씀드리는 것입니다. 그 안건은 귀족들 사이에서 이번 회의를 통해 나올 것이란 얘기만 있는 상황에서 아직 귀족 회의가 열리지 않은 이 시점에 제가 네라드 쪽을 휘젓는다면 어찌 되겠습니까?"

"음……."

"사병 제한법의 완화는 그 이면에 칠대 기사단이 존재해야만 확실한 이점이 성립되는 안건으로 만약 블루 버드 나이츠가 저의 손에 들어오게 되면 페이든 공작 측이야 모르겠지만 네라드 공작 측은 계획을 다시 짜야 되는 사태가 오게 될 겁니다."

나의 입에서 이런 말이 나오자 세 사람은 다시 한 번 놀란 표정을 지었다. 확실히 사병 제한법의 완화는 국경 방위의 군단 병력 수를 교묘히 늘리게 하기 위한 술책으로 여기서 칠대 기사단의 존재는 병력을 정예화 시키기 위해 반드시 필요한 것이었다.

하나 내가 네라드 휘하의 블루 버드 나이츠를 손에 넣게 되면 그것은 네라드 측에서 볼 때 가장 중요한 중심축이 빠지는 것이 되니 다급하지 않을 수 없는 것이다.

블루 버드 나이츠는 평민 출신의 기사들이 모여 만들어진 기사단인 만큼 다른 공인 기사단에 비해 일반 병사들의 신임이 훨씬 높았기 때문에 그대로 일을 진행하다간 네라드가 장악하고 있는 사우던 코프의 일부분까지 나에게 뺏길 확률이 높았다.

물론 그러한 것은 네라드 측에서 적당히 지휘관의 인사를 조종하면 해결될 일이긴 하나 블루 버드 나이츠가 빠짐으로서 생기는 공백은 그리폰 나이츠가 채워야 하고 그렇게 되면 전체적인 계획이 틀어지게 되는 것은 당연한 일이었다.

"음……."

나의 말에 잠시 생각에 잠기는 세 사람이었고 난 회심의 미소를 지으며 마침 시녀가 가져오는 차를 들고 가볍게 그 향을 즐겼다.

"확실히 공작의 말은 틀리지 않소. 하나 그 계획으로 인하여 공작 자신이 위험해짐을 모르는 것이오?"

"아마도 그렇겠지요. 네라드 공작이 쉽게 물러나지 않을 것이니 말입니다. 하나 왕도에 있는 블루 버드 나이츠와 이번에 제 손에 들어오게 될 크로우 나이츠를 동원한다면 어느 정도의 위험은 피해갈 수 있을 것입니다."

"아니, 그것이 더 위험할 수도 있는 일이오. 크로우 나이츠는 페이든 쪽의 간세가 있고, 블루 버드 나이츠에는 네라드 쪽의 간세가 있을 것인데, 자칫 그들에 의해 암수를 당할 수도 있는 일 아니겠소?"

"물론 그러한 일이 생길 수 있으나 한둘 정도의 간세야 제 호위 기사들이면 충분히 감당할 수 있습니다."

그 말에 세 사람은 더 이해하지 못하겠다는 표정을 지었다. 국가 공인 기사단 소속의 슈페리어 급 기사들은 말 그대로 아멘 왕국의 정예 기사. 그런 그들이 펼칠 암수를 한낱 호위 기사가 막을 수 있다고 자신하는 것이 이상하게 생각될 것이다.

"아무리 자네의 호위 기사들이 뛰어나다 할지라도 자네에게 암수를 펼칠 이는 국가 공인 기사단 중의 정예이네. 그런데 어찌……?"

"하하하하! 아델슨 후작님, 만약 제 호위 기사들이 그들보다 뛰어나다면 어쩌겠습니까?"

"……!"

"이드리샤 가문의 힘은 아직 살아 있습니다. 현재 왕도에 있는 수하들만으로 부족하다면 제 영지에 사람을 보내어 기사들 수백을 더 충원할 수도 있습니다. 그것도 슈페리어 급 정도의 실력을 가진 기사들로 말입니다."

"그런!"

조금 과장되기는 하였지만 그렇다고 틀린 말은 아니었다. 내 영지에는 알디하렌 제국 최강의 기사단 중 하나였던 다크 데블 나이츠가 존재하고 있기 때문이다.

물론 슈페리어 급 실력의 기사 수백은 숫자적으로 무리이기는 하나

적어도 수십은 가능하지 않은가.

"도대체 그런 자들을 어떻게……?"

내 말에 아델슨 후작은 믿지 못하겠다는 표정으로 중얼거렸다. 하긴 그 역시 내가 북쪽의 척박한 땅에서 반유배 생활을 해왔다고 알고 있을 텐데 갑자기 슈페리어 급 기사 수백이 나왔으니 어찌 믿을 수 있겠는가.

하나 믿을 수 없다 해도 상관할 것이 없었다. 어차피 내가 지금 한 말은 왕당파 내에서 나의 입지를 상승하기 위한 발언이었고, 그것에 대한 진위는 내가 아닌 이들이 판단한 문제였기 때문이다.

한참을 그렇게 침묵에 잠기던 세 사람 중 먼저 입을 연 이는 삼왕자 델피르 전하였다.

"모르겠군……."

무엇을 모르겠다는 것인가? 그 때문에 사람들의 시선은 모두 델피르 전하에게로 향할 수밖에 없었고 그는 날카로운 눈매로 나를 바라보며 말했다.

"공작 그대를 모르겠소. 허술하게 보일 때가 있다가도 어느 때 보면 누구보다 철저하게 계산된 행동을 하고. 페이든 공작에게 끌려갈 정도로 그리 강한 힘을 보이지 않은 그대가 지금에 와서는 슈페리어 급 기사 수백 명이 있다고 자신있게 말하니, 그대는 알면 알수록 더욱 모르는 사람이 되가는군."

알면 알수록 더욱 모르는 사람이 된다라… 뭔가 조금 이상한 말이 돼버리긴 했지만 현재 삼왕자 전하의 심정을 잘 알 수 있는 말이었다.

하긴 나도 내가 어찌 나갈지 모르는데 남이 날 알 수 있을까. 그저 나도 모르게 저지른 일을 합리화시키며 주절대고는 있지만 그때마다 일이 생각 외로 잘 풀리며 돌아가는지라 나도 당황스러울 때가 적지 않은 것이 사실이었다. 그저 운이 좋아 이리저리 핑계 대는 것이 잘 맞아 들어가는 것인지, 아니면 정말 나 자신이 뛰어나서 일이 잘 성사되는 것인지는 알 수 없었다.

물론 대공작가의 가주인 내가 못날 리는 없지 않은가? 후후후후.

"어찌 됐든 그대가 한 행동은 벼랑 위에서 줄타기를 하는 것과 같이 위험스럽기 그지없는 일인 것은 사실이오."

"부정하지 않겠습니다. 하나 본 가는 북쪽의 땅으로 유배되었을 때부터 더 이상 잃을 것이 없었습니다."

"……"

방금 나의 말은 다분히 본 가를 북쪽의 척박한 땅으로 내치게 만든 왕가를 탓하는 의도도 있었다.

건국 때부터 왕가에 충성한 본 가를 북쪽의 땅으로 유배시킨 왕가. 물론 그것이 왕국의 실세를 장악하기 위한 네라드, 페이든 공작가의 암수가 반 이상을 차지하고 있었다 하나 왕가 역시 그러한 암계에 한몫 거들었음은 부정할 수 없을 것이다.

어차피 왕가와 손을 잡든 페이든과 손을 잡든 그들은 자신들의 목표를 완성할 때 가장 먼저 숙청해야 할 대상으로 나를 지목할 것임을 나 역시 모르는 바 아니었다.

아! 이런, 내가 너무 강하게 나간 것 같군. 아직은 이렇게 성질을 드러낼 때가 아닌데 말이야. 흠…….

두 왕자는 모르겠지만 아델슨 후작의 표정은 조금 차갑게 변해 있었다. 아무래도 방금 한 말로 인하여 나에 대해 조금 거리낌이 생겼을 수도 있다.

하긴 지금까지 그저 몰락한 공작가의 가주라 생각해 지극히 편히 대하고 있었는데 그것이 사실이 아님이 드러났으니 어찌 긴장하지 않을 수 있겠는가?

이 말을 끝으로 몇 가지 잡다한 이야기가 오간 후 두 왕자 전하 분과 아델슨 후작이 돌아가고 그 자리에 앉아 차를 즐기는 나를 보며 게리오스는 심각한 표정으로 말했다.

"영주님."

"알고 있어, 알고 있다고. 내가 왜 이리 성급하게 일을 진행하는지 묻는 것이 아닌가?"

"그렇습니다. 블루 버드 나이츠의 일은 둘째 치고라도 왕가에까지 적의를 드러내시면 어찌하실 생각입니까? 모든 이를 적으로 만드실 것입니까?"

다그치는 투가 역력한 그의 말에 난 차를 머금어 넘기고는 미소를 지으며 말했다.

"게리오스, 난 말이야, 한때 내 처지를 비관하고 모든 것을 포기하며 살았었네. 그저 좁은 영지에서 나오는 세금으로 허울뿐인 귀족이란 신분을 유지한 채 말이야."

"……."

"그런데 그것이 알리샤와 레빈, 그리고 자네들이 오면서 전부 변하고 말았지. 적적한 영지에서 아무 일 없이 늙어 죽어야 했을 내가 말이야."

"과거의 일일 뿐입니다."

그런 나의 말에 게리오스는 단호히 과거의 일이라 말했고, 난 자리에서 일어나 그를 보며 말했다.

"그렇지, 과거의 일이지. 하나 난 과거를 잊을 수가 없어. 힘이 생기니 지금까지 조부와 부친이 받았던 모욕이 생각나고 내 자신이 받았던 모욕이 생각나서 이 땅을 모두 뒤집어 버리고 싶은 생각이 들 정도라고……."

그렇게 말한 난 다시 창문 쪽으로 고개를 돌렸다.

맑은 하늘의 모습.

과거에는 하늘조차 올려다보지 못할 정도로 피폐했던 자신을 생각하면 참으로 신기한 일이었다. 그저 같지도 않은 주제에 공작이라는 허울뿐인 껍데기에 연연하던 나를 생각하면 참으로 희한한 일이었다.

"게리오스, 자네에게 처음으로 밝히네. 이 땅에서 내가 최종적으로 원하는 것이 무엇인지 아나?"

"……."

"바로 대공의 작위네… 대공."

대공, 지금까지 아멘 왕국 역사상 단 한 번도 존재하지 않았던 자리가 바로 대공이란 자리였다.

귀족의 작위 중 하나임에도 대공은 공국이라는 자신의 땅을 가질 수 있었고 그것을 바탕으로 한 나라의 왕 행세도 할 수 있는 자리였다. 국가에 속했음에도 국가에 속하지 않은 자립의 국가가 바로 공국이었고 난 이 땅에 내 자신, 내 가문의 이름으로 공국을 세울 생각이었다.

게리오스는 이런 나의 생각을 들었음에도 전혀 흔들림이 없었다. 하긴 현재야 내 신하라고는 하지만 한때 대륙 제일의 강국인 알디하렌의 황제의 좌에 앉아 있었던 이이니 대공의 자리라는 것이 우습겠지. 후후.

아니, 차라리 내가 원하는 대공의 자리는 현재 아서 이스페온이 대리로 맡고 있는 자치령주만도 못한 자리였다.

"꼭 이 땅이어야만 하는 이유가 있습니까? 영주님께서 원하신다면 제국에 새로운 왕국을 세울 수도 있을 것입니다. 아니, 서먼의 땅까지 포함하여 신성왕국이란 이름으로 아멘과 버금가는 왕국을 만들 수도 있습니다. 그런데 왜 아멘의 땅에 그리 연연하십니까?"

나의 말에 게리오스는 전혀 다른 말을 했다. 하긴 그의 눈에는 현재의 행로가 마음에 들지 않았던 것이다.

가문의 기사단인 크로우 나이츠를 되찾겠다고 난리를 치는 나였지만 그의 말대로 아멘의 땅에 연연할 필요는 없었다.

서먼이나 알디하렌 제국에서 나의 기반은 아멘보다 더 튼튼했고, 그곳에서라면 하나의 왕국을 세우는 것도 어렵지 않을 일이기 때문이다.

"내가 왜 아멘의 땅에 그리 연연하냐고? 그것은 내가 아멘 건국 공신가인 이드리샤 가의 가주 플로렌 폰 나이다르 이드리샤이기 때문일세."

블루 버드 나이츠에 대한 나의 노골적인 행동이 있었음에도 불구하고 네라드 공작 측에선 그다지 격한 반응을 보이지 않았다.

하지만 이전과 달라진 것이 있다면 네라드 공작가의 자리에 조금 위치가 높은 자가 이번 슈페리어 승급 심사를 관전하기 위해 찾아왔다는 것이다.

슈드란 폰 그로만 톨스 자작, 현 네라드 공작가의 가주인 이스타시오 폰 그로만 네라드의 둘째 아들인 그는 현재 문무 부대신의 직함을 가지고 있는 귀족가의 실세 중 하나였다.

가문의 장남인 리드런 영작이 공작가의 차기 후계자이긴 했지만, 그 자질이나 능력은 결코 톨스 자작을 당해내지 못하는지라 현 네라드 공작가의 가신들은 거의 대부분이 톨스 자작을 따르고 있다 해도 과언이 아니었다.

네라드 공작을 따르는 남부파 귀족의 차기 권력 핵심 인물인 그가 직접 콜로세움을 찾아왔다는 것은 결코 가벼운 일이 아니기는 했지만, 공작가의 가주도 아니고 후계자도 아닌 톨스 정도의 인물이 왔다는 것에 난 그리 긴장하지 않았다.

물론 네라드 공작을 따르는 남부 귀족 다수가 그의 곁에 붙어 알랑방귀를 뀌고 있기는 하지만 내 곁에도 많지는 않지만 북부 귀족과 중립을 지키는 몇몇 귀족들이 모여 있었다.

블루 버드 나이츠에 대한 행동으로, 입지가 약한 귀족들과 시미온을 통해 내 쪽으로 끌어들인 귀족들이 내게 크게 마음이 기울었기에 생겨난 현상이었다.

"저자가 톨스 자작이란 말이지?"

"예, 공작 각하. 네라드 공작가의 둘째로, 학문이 뛰어난 인물입니다."

"호오……."

게리오스의 설명을 들으며 그를 보고 있을 때 상대의 시선이 나를 향하고 있음을 확인할 수 있었다.

사십 대 초반 정도로 보이는 톨스 자작은 붉은 머리에 깔끔한 인상이었는데 네라드 공작과는 달리 조금은 부드러운 눈을 하고 있었다.

그 역시 나의 시선을 확인했는지 가볍게 목례를 건넸고, 그런 그의 모습에 나 역시 목례로 답했다.

전혀 적으로 보지 않는 듯한 그의 행동에 조금 의아한 생각이 들었는데 나의 목례를 받음과 동시에 입가에 살짝 드러난 미소에 한순간 섬뜩함이 밀려왔다.

"음… 게리오스 경, 톨스의 평은 어떠한가?"

"뛰어난 자입니다. 문무 부대신의 직함은 둘째 치고라도 열일곱 살에 정계에 진출하여 스스로 자작의 작위를 따냈다고 하는 것은 공작가의 배경이 있다 할지라도 쉬운 일은 아닙니다."

"음…….."

순수히 자신의 힘으로 계승 자작까지 얻어냈다 함은 확실히 가벼이 볼 상대가 아니었다. 열일곱 살에 정계에 진출하여 현재 문무 부대신이라는 고직에 올랐다고 하는 것은 처세술 역시 만만치 않음을 뜻하고 있으니 뭐랄까, 조금 불안감이 느껴지는 것은 어쩔 수 없는 일이었다.

며칠의 슈페리어 승급 심사는 이제 거의 중반에 이르러 드디어 중위권 슈페리어 급 기사들의 대전이 시작되었다.

난 이 대전을 가장 기대하고 있었는데 그것은 바로 이번에 내 휘하의 기사라 할 수 있는 레크라스와 엘트로우스가 참가하고 있기 때문이다.

레크라스야 다크 데블 나이츠에서도 슈페리어 넘버 7의 실력자이니 그다지 문제될 것은 없었으나 엘트로우스가 과연 승리할 수 있을지에 대해선 불안할 수밖에 없었다.

엘트로우스의 특기는 거구의 덩치에서 나오는 괴력이라 할 수 있어 기사라고 하기에는 조금 외도를 달리고 있는 자라 레크라스에게 부탁하여 검을 익히게 하였지만, 검이라는 것이 하루아침에 익힐 수 있는 것이 아닌지라 불안할 수밖에 없었다.

"다섯 번째 대전! 블루 버드 나이츠 슈페리어 넘버 27 란스 피란돌 경 대 동 기사단 슈페리어 넘버 50 엘트로우스 리델 경의 대전을 시작하겠습니다!"

대전을 알리는 주심판관의 목소리가 콜로세움에 크게 울려 퍼지자 두 사람이 대기실에서 천천히 경기장으로 걸음을 옮겨왔다.

란스 피란돌이란 자는 백팔십 정도의 키에 금발의 머리 색을 하고 있는 다부진 몸을 가진 자였다. 왼손에는 견고하게 생긴 라운드 쉴드를, 오른손에는 바스타드 소드를 들고 있었는데 날카로운 눈매에다 귀에서 턱 끝까지 나 있는 긴 검상 때문에 사나운 맹수를 보는 듯한 모습이었다.

하나 관중들은 그의 모습보다 엘트로우스가 나오자 놀라운 함성을 터뜨렸는데, 그의 덩치가 너무나 컸기 때문이다.

란스란 자 역시 보통 사람과 비교하면 큰 편에 속했지만 엘트로우스는 그 키만 해도 이 미터 삼십오, 아니, 근래에 들어서도 그 키가 더 자라고 있는지라 아마도 사십은 될 듯한 모습이니 어찌 놀라지 않을 수 있겠는가.

거기에다 내가 직접 그를 위해 만들어준 풀 플레이트 메일을 입은 채 얼굴을 완전히 가리는 풀 헬름을 쓰고 있는 모습은 어떻게 보면 오우거에 갑옷을 입혀준 것 같은 그런 모습이었다.

그의 손에는 폭 이십 센티미터에 길이가 이 미터에 가까운 거검이 들려 있었다.

쿵! 쿵!

한 걸음 한 걸음을 걸을 때마다 경기장이 쿵쿵 울리는 것이, 원래의 몸무게에 풀 플레이트 메일과 거검의 무게까지 합쳐져, 경기장 바닥이 부수어질 것 같은 기세였기에 헛웃음밖에 나오지 않았다.

"제5대전! 시작!"

두 사람이 경기장 안으로 들어서자 심판관은 두 사람의 모습을 잠시 살펴보는 듯하다 이내 두 손을 하늘로 들어 올리고는 크게 시작을 외쳤고, 그 목소리와 함께 란스란 이름의 기사가 빠른 속도로 엘트로우스에게 쇄도해 들어갔다.

상대의 덩치가 워낙 컸기 때문에 스피드를 이용하여 상대를 쓰러뜨리겠다는 생각을 하는 듯했고, 순식간에 엘트로우스의 앞까지 달려온 그는 오른손의 바스타드 소드를 휘둘러 상대방의 허리를 향해 휘둘렀다.

카가강!

하지만 그의 검은 급히 엘트로우스의 건틀렛을 낀 왼손을 내려쳤고, 날카로운 쇳소리가 경기장에 크게 울려 퍼졌다.

엘트로우스의 건틀렛은 미쓰릴 합금으로 만들어져 있는 데다 워낙 그의 손이 큰지라 방패라 해도 크게 다를 것이 없었다.

"끄윽!"

자신의 검이 건틀렛에 막히자 란스란 자는 급히 뒤로 물러섰는데, 그 순간 그의 머리 위에서 빠른 속도로 거검이 내리 꽂혔다.

쿠구궁!!

상대의 공격을 막은 엘트로우스가 오른손 거검을 상대에게 휘둘렀던 것이다.

란스란 자는 급히 몸을 피하여 상대의 공격을 피하기는 했지만, 엘트로우스가 휘두른 검의 엄청난 기세에 그대로 경기장 바닥으로 내리 꽂히고 말았으니 사방에선 큰 함성이 터져 나왔다.

"와아아아!!"

마나를 이용한 기사의 검의 위력이 어느 정돈지 잘 알고 있기는 했지만, 엘트로우스의 검은 그 도를 지나쳐 거의 바닥을 삼십 센티미터 이상 파고들어 가 있었기 때문이다.

엄청난 검의 위력에 란스란 자는 얼굴색이 파래지며 놀란 기세가 역력했으니 만약 그 검에 그대로 적중당했다면 말 그대로 피떡이 되었어도 이상할 것이 없었기 때문이다.

상대가 검을 피하자 엘트로우스는 바닥에 박힌 검을 뽑아 들고는 다시 상대를 공격해 갔고, 그 후부터 엘트로우스의 공세는 계속 이어졌다.

괴력을 이용한 무투술을 주로 사용하는 엘트로우스이지만 덩치에 비해 스피드 역시 그리 느리지 않았으니, 빠른 공세에 리치마저 상대의 두 배를 넘어설 것 같은 그를 란스란 자는 어찌 공격할 방도를 찾지 못하고 있던 것이다.

그러한 공세가 계속 이어지며 어느 순간 란스란 자는 경기장 구석까지 밀려 버렸고, 그때 엘트로우스는 거검을 대각선으로 그의 왼쪽 어깨를 향해 휘둘렀다.

카강! 쿵!

"끄악!!"

상대의 공격에 란스란 자는 급히 라운드 쉴드를 들어 검을 막아보려 했지만, 거검의 엄청난 무게와 함께 실린 엘트로우스의 괴력은 쉴드로 막는다고 막을 수 있는 그런 것이 아니었다.

굉음과 함께 밀려들어 간 거검은 그대로 상대의 라운드 실드를 보기 흉할 정도로 구부려 놓은 것은 물론 란스의 어깨뼈마저 부수어 버렸으니 검의 기세에 밀려 그대로 땅에 처박혀 버린 그는 바닥에 쓰러져 꿈틀거리다 혼절하고 말았다.

"허… 거참……."

과거 알디하렌에서 보여주었던 무력보다 더 강해진 것 같은 모습을 보여주는 엘트로우스를 보며 웃음밖에 나오지 않았는데, 그는 상대를 쓰러뜨리자 거검을 하늘 위로 들어 올려서는 괴성을 내질렀다.

꾸오오오오!

거구의 몸집에서 나오는 괴성은 경기장을 크게 울리는 것도 모자라 부수어뜨릴 것만 같은 기세였으니 한순간 주위의 귀족들의 어깨가 흠칫 떨리는 것을 볼 수 있었다.

"…정말 오우거 아니야?"

"…그런 것 같습니다."

나의 중얼거리는 말에 게리오스까지 황당한 표정을 지으며 답할 정도였으니 다른 이들은 어떻겠는가? 벌써 귀족가의 여자들이나 어린아이들은 크게 놀라 울음을 터뜨리는 자까지 생겨났으니 할 말이 없었다.

하나 엘트로우스가 승리했는데 가만히 있을 수 있는가? 난 자리에서 일어나 그에게 가문의 이름으로 승리를 축하해 주려 했는데, 그때 예상치도 못한 일이 벌어졌다.

"하하하하! 참으로 엄청난 괴력이오, 블루 버드 나이츠의 기사 엘트로우스여! 네라드 공작가의 대행, 나 슈드란 폰 그로만 톨스 자작은 그대의 승리를 축하하는 바이오!"

지금까지 기사들의 경기를 그대로 관전만 하고 있었던 톨스 자작이 자리에서 일어나 가문의 이름으로 그에게 축하 인사를 던져준 것이다.

그 때문에 그것을 보고 있던 관중들은 크게 놀라서 웅성거리기 시작했으니 이전까지 내가 블루 버드 나이츠의 승자에게 가문의 이름으로 축하의 인사를 던진 것을 잘 알고 있었기 때문이다.

그가 직접 일어나 축하의 인사를 던졌다는 것은 네라드 공작가가 블루 버드 나이츠를 아직 포기하지 않았다는 뜻으로도 해석할 수 있었다.

하나 네라드 공작가는 이미 블루 버드 나이츠를 내가 포섭했음을 잘 알고 있는 상황. 만약 이런 상황에서 내가 다시 엘트로우스에게 승리의 축하를 했을 때 엘트로우스가 나에게 답례로 기사의 예를 취한다면 그는 크게 망신살이 뻗치는 일이 되는 것이다.

그것을 알고 있음에도 이런 행동을 한다는 것은 결코 쉽게 생각할 수 있는 일이 아니었다.

하나 그렇다고 내 진짜 기사 중 하나인 엘트로우스가 승리했는데 가만히 있을 수는 없는 일이기에 나 역시 자리에서 일어나 소리쳤다.

"블루 버드 나이츠의 기사 엘트로우스여! 나 플로렌 폰 나이다르 이드리샤 공작은 그대의 승리를 축하하는 바이다!"

웅성, 웅성!

톨스 자작에 이어 나까지 일어나 축하의 말을 던지자 귀족들은 더욱 크게 웅성거리기 시작했고, 잠시 후 엘트로우스가 나를 향해 기사의 예를 취하자 그 웅성거림은 더욱 커질 수밖에 없었다.

엘트로우스의 기사의 예를 받으며 난 자리에 앉았으나 불안감은 가시지를 않았다. 고개를 돌려 톨스 자작의 모습을 보자 네라드 공작가를 따르는 귀족들이 그의 곁에서 무엇인가를 중얼거리고 있는 모습을 볼 수 있었다.

하나 당사자인 톨스 자작은 아무런 흔들림 없는 모습이었으니 한순간 나의 눈이 그와 마주쳤을 때 톨스 자작은 입가에 미소 띤 모습이었다.

"뭐지?"

큰 망신이라 할 수 있는 상황에서 톨스가 미소를 짓는 이유가 무엇인지 알 수 없는 나로선 크게 불안감이 밀려올 수밖에 없었다.

"게리오스! 녀석의 속셈이 무엇인지 알 수 있겠는가?"

"저로서도……."

게리오스 역시 톨스 자작이 무슨 생각을 하는지 알지 못했고 그 때문에 불안감은 더욱 커질 수밖에 없었다.

뭐지? 도대체 무엇을 노리고 그가 그런 행동을 한 것일까? 그저 블루 버드 나이츠가 변심한 것을 확인한 것에 지나지 않는 것일까?

아니, 그런 것으로 보기엔 무리가 있었다.

뭔가 다른 것이 있다는 생각에 난 기사들의 대전 내내 그 생각에 골몰할 수밖에 없었고, 그것은 저택으로 돌아온 후에도 계속되었다.

과연 톨스 자작이 노리고 있는 것은 무엇일까? 상대는 젊은 나이에 자작의 작위에 문무 부대신까지 오른 수완가. 그렇다면 아무런 의미 없이 그런 행동을 했을 리 없다.

슈페리어 승급 심사는 모든 것이 수월하게 진행되었다. 페이든이 크로우 나이츠에서 손을 뗌으로써 그의 수족들 중 슈페리어 승급 심사에 나간 이는 예상보다 적은 다섯 명. 그중 네 명이 슈페리어 급에 들어간 것을 생각하면 다행이 아닐 수 없었다.

하지만 슈페리어 승급 심사가 매년 거행되는 행사인 것을 생각하면 안심하고 있을 수만은 없는 일이었다. 중급 넘버들의 대전이 모두 끝나자 드디어 상급 슈페리어 넘버들의 대전이 시작되었다.

상급 슈페리어 넘버들은 블루 버드 나이츠를 제외하면 상위 20번까지의 실력자였고, 실질적으로 대전에 참가하는 기사들 대부분이 익스퍼트 최상급의 실력자들이었다.

아멘 왕국의 기사들 중 엘리트들의 대전이라 할 수 있는 상위급 넘버들의 대전이 시작되자 지금까지와는 비교할 수 없을 정도로 많은 귀족들이 콜로세움으로 모여들었다.

그도 그럴 것이 블루 버드 나이츠를 제외한다면 오늘 모인 기사들은 앞으로 아멘 왕국 군부의 중심을 이룰 인물들이니 당연한 일이었다.

거기에다 중위급 넘버의 대전부터 조금씩 모여든 귀족가의 여인의 수는 거의 세 배 가까이 불어났는데, 오늘 대전을 벌일 기사들 중 아직 성혼을 하지 않은 기사들을 잡고자 온갖 멋을 다 부린 모습이다.

밤새 톨스 자작의 행동 때문에 잠 한숨 제대로 못 이룬 나였지만 일단 오늘의 대전은 중요한지라 자리하기는 했지만 연신 새어 나오는 하품은 참을 수가 없었다.

"하암……."

"공작 각하, 체통을……."

"응?"

그런 나의 모습에 옆에 있던 게리오스는 급히 나를 보며 주의를 주었고, 난 고개를 내저으며 졸음을 쫓아내고는 말했다.

"톨스 자작이란 자 때문에 잠을 못 자서 말이야."

"음… 저 역시 그것에 대해서 생각해 보았습니다."

"그래, 자넨 녀석이 무엇을 노리는지 알겠는가?"

"일단 몇 가지 가정을 세울 수 있습니다만 확실치 않은 것이라 말씀드리기 어렵습니다."

게리오스가 몇 가지 가정을 세웠다는 말에 난 궁금함을 느껴 그가 생각한 것에 대해 물었다.

"그것이 무엇인가? 어서 말해 보게."

"톨스 자작이 모욕을 당할 걸 알면서도 그러한 행동을 한 것은 선전 포고일 가능성이 있습니다."

"선전 포고?"

"예. 아시다시피 네라드 공작가는 아멘 귀족들 중 반수 이상의 지지를 받고 있는 명문가입니다. 그런 명문가가 많은 이들이 보는 자리에서 모욕을 당했다는 것은 결코 쉽게 볼 수 있는 일이 아닙니다. 그런 이유로 본다면 아마도 자신의 손을 쓰지 않고 상대를 처리하기 위함일 수도 있습니다."

"자신의 손을 쓰지 않고 상대를 처리한다?"

난 그의 말이 무엇을 뜻하는 것인지 알 수 없어 되물어볼 수밖에 없었다.

"현재 이드리샤 공작가의 힘은 극히 미약한 것으로 세간에 알려져 있습니다. 그에 반해 네라드 공작가는 말 그대로 아멘 왕국의 실세로서 중앙에 진출하고자 꿈꾸는 뭇 귀족들에겐 이번 일이 네라드 공작에게 잘 보일 수 있는 기회란 것이지요."

"음……."

"자신들이 지닌 힘으로 충분히 이드리샤 공작가를 칠 수 있다고 생각하는 귀족들은 언제든 공작 각하를 노릴 수 있을 겁니다."

확실히 있을 수 있는 일인지라 고개를 끄덕였다. 아직 내가 션우드와 데니언, 아메로스의 땅을 차지했음을 많은 귀족들이 알지 못하는 상황이니 말이다.

"다른 가정으론 블루 버드 나이츠 자체를 포기했을 수도 있습니다."

"블루 버드 나이츠를 포기해?"

"예. 어차피 평민 위주의 기사단이었기 때문에 이미 네라드는 블루 버드 나이츠를 귀족 위주의 기사단으로 재편성하려고 생각했던 바, 이번 기회에 블루 버드 나이츠의 국가 공인 기사단 자격을 박탈하고 새로운 기사단을 국가 공인 기사단으로 올릴 수도 있다는 겁니다."

"아!"

"염두해 두어야 할 것은 블루 버드 나이츠가 아직은 네라드 공작가에 속해 있는 기사단이라는 것입니다. 그런 와중에 네라드 공작가를 대표하는 톨스 자작을 무시하고 이드리샤 공작가에 예를 보였다 함은 기사도에 어긋났다고 볼 수 있는 것입니다."

"그런!"

게리오스의 말에 난 정신이 퍼뜩 들 수밖에 없었다.

톨스가 노린 것이 그것이라면 난 엄청난 실수를 해버린 것이 되기 때문이다. 아멘은 기사의 왕국이라 해도 과언이 아닌 곳. 그 때문에 기사도란 것은 결코 쉽게 볼 수 있는 기사들만의 이념이 아니었다.

주군에 대한 충성은 기사들의 기본적인 규범 중 하나인데, 난 그것을 많은 귀족들이 보는 앞에서 어기게 만들었으니 그것은 결코 간과할 수 있는 일이 아니었다.

물론 엘트로우스 전에야 가문의 이름으로 축하를 하는 이가 나밖에 없어 그리 큰 문제가 될 것은 없었지만, 엘트로우스의 승리가 있었을 때는 현재 기사단의 주인이라 할 수 있는 네라드 가문을 대표하는 이 앞에서 어기게 만들었으니 엄청난 실수라 할 수밖에 없었다.

"젠장!"

아마도 톨스 자작은 갑자기 나타난 엘트로우스가 내 수족임을 사전에 알아내고는 확실한 승부수를 던졌을 것이다.

내 수족인 엘트로우스가 다른 이에게 기사의 예를 표할 리 없으니 말이다.

"게리오스, 그렇다면 어찌해야 하지?"

"첫 번째 가정이야 그럭저럭 넘어갈 수 있는 일이지만, 두 번째 가정의 경우에는 손쓸 바가 없습니다. 이미 많은 귀족들이 블루 버드 나이츠가 기사도를 무시한 행위를 했음을 두 눈으로 확인한 상태이니 국가 공인 기사단의 자격을 박탈할 명분은 충분합니다."

"큭……."

톨스란 자를 너무 쉽게 생각했다. 어린 나이에 고위직까지 오른 수완가를 다른 이들과 똑같은 방법으로 대했으니 이런 결과가 오는 것은 당연한 일이었다.

"일단 왕가와 페이든 공작에게 이 사실을 알리고 도움을 요청하는 것이 좋을 듯합니다. 어쨌든 엎질러진 물이긴 하지만 이대로 당할 수는 없는 일 아닙니까."

"왕가야 모르겠지만 페이든 공작가에는… 오늘 엡실론의 대전을 생각하면 어려운데… 미치겠군."

잘되던 일이 꼬여 버리자 골치가 아플 수밖에 없었다.

"제1대전 블루 버드 나이츠 넘버 8 론다르 피아스 경 대 동 기사단 넘버 78 토멘 레크라스 경의 시합을 시작하겠습니다."

블루 버드 나이츠의 일로 골치가 아플 때 드디어 첫 번째 대전이 시작되었다.

오늘의 첫 번째 대전은 내가 기다리고 있던 레크라스의 시합이었다.

이번 승급 심사를 통해 블루 버드 나이츠 상위 넘버를 획득하기로 되어 있었는데, 이제는 그가 이겨도 말짱 도루묵이 된 일인지라 한숨만 나왔다.

이 미터가 넘는 거구의 레크라스는 처음 만났던 때와 마찬가지로 두 개의 배틀 엑스를 들고는 상대를 노려보고 있었다.

그에 반해 상대인 론다르라는 자는 백팔십의 장신이긴 하나 라운드 실드와 롱 소드를 들고 있는 전형적인 기사의 검술을 익히고 있는 자였다.

"제1대전 시작!"

심판관의 선언이 떨어지자 가장 먼저 선공을 가한 이는 레크라스였다. 특유의 멧돼지 같은 기세로 상대를 향해 돌격해 들어가는 그의 모습에 과거 처음 만났던 때가 생각나 절로 미소가 흘러나왔다.

그때도 저런 기세로 달려와서 나를 기죽이려 했던 녀석은 지금도 마찬가지로 그다지 변한 것이 없었기 때문이다.

녀석의 기세에 론다르라는 기사는 그때의 나와는 달리 물러서지 않고 오른발을 뒤로 돌리며 자세를 바로잡았고, 그때 달려들어 온 레크라스와 충돌했다.

카가강!

레크라스는 오른손에 들려 있는 배틀 엑스를 론다르를 향해 내려쳤으나 도끼는 그의 라운드 실드에 막혔는데, 푸르스름한 기운이 실드에 서려 있는 것이 마나를 돋운 듯이 보였다.

마나를 돋운 병장기는 보통의 것보다 견고한 방어력이 있는 게 당연한 일인지라 방패는 조금 일그러진 정도로 끝났고, 레크라스의 첫 번째 공격을 막은 그는 롱 소드로 레크라스의 복부를 찔러 들어갔다.

카가강!

하나 레크라스 역시 만만치 않은 실력자. 그의 검은 레크라스의 왼손에 들려 있는 도끼와 맞부닥쳤고, 순간 푸른 불꽃이 사방으로 작렬했다.

하지만 덩치에서 앞서고 있는 레크라스가 힘과 병장기의 기세에서 크게 앞서고 있는지라 론다르의 검이 밀리는 것은 당연한 일, 그는 자신의 검이 튕겨져 나가자 왼손에 들려 있던 라운드 실드를 옆으로 돌려서는 그대로 상대의 옆구리를 방패의 윗모서리로 후려치는 공격을 시도했다.

"훙!"

그의 공격에 레크라스는 오른손의 도끼로 방패의 정면을 후려쳐 공격 방향을 꺾어놓으려 했지만, 이번 공격에 론다르 역시 상당한 힘을 기울였는지 방패는 밑으로 기울어지는가 싶더니 그 기세를 잃지 않고 원래 공격 방향보다 약간 아래를 내려쳤다.

카강!

"크윽!"

그 때문에 방패는 레크라스의 허벅지 부분을 강타했고 상대의 공격에 레크라스는 신음을 내질렀다.

하나, 그것은 잠시, 레크라스가 왼손에 들려 있던 도끼를 그대로 위로 쳐올리자 론다르는 왼손의 방패로 공격을 막았다. 그러나 엄청난 괴력은 그의 몸을 위로 크게 띄워 버렸다.

"흐억!"

강한 도끼의 기세에 몸이 떠버린 론다르였으나 허공에 오십 센티미터 정도 뜬 순간에도 침착함을 잃지 않고 중심을 잡았다.

"크아아!"

하나, 공중에서 균형을 잃지 않았다 하더라도 움직임은 당연히 어려워질 수밖에 없는 일, 그 기세를 멈추지 않고 레크라스는 왼손의 도끼를 내려쳤고, 쿵 하는 소리와 함께 론다르란 기사는 등에 강한 타격을 입고 그대로 땅에 처박히고 말았다.

"와아아아!!"

레크라스 정도의 기사가 내려친 도끼라면 당연히 뼈와 살이 끊어지지 않을 리 없었지만, 최후의 일격이라 생각했는지 그는 도끼의 옆면으로 상대를 가격한 탓에 론다르는 죽음을 면할 수 있었다.

상대의 괴력이 실린 도끼에 등을 강타당하고 쓰러졌던 론다르는 고통스러워하는 표정으로 자리에서 일어났고, 자신의 패배를 인정했는지 고개를 숙이곤 시합장을 내려왔다.

"크아아아!!"

론다르가 시합장을 내려가자 레크라스는 도끼를 든 두 손을 하늘 위로 올리고는 괴성을 내질렀고, 그의 음성에 또다시 관중들은 함성을 질렀다.

"음… 엘트로우스가 레크라스에게 괴성마저 배웠던 듯하군."

레크라스에게 잠시 동안 검술을 배웠던 엘트로우스였으니 기사의 예를 모르는 그가 레크라스의 행동을 따라 했던 것은 어찌 보면 당연한 일인지도 몰랐다.

그 때문에 난 얼굴을 감싸며 저 머저리 같은 레크라스 놈을 어찌 처리해야 할지 고민할 수밖에 없었으나 일단 축하는 해주어야 했기에 자리에서 일어나 그에게 가문의 이름으로 승리에 대한 축하를 해주었다.

톨스 자작은 어제의 일로 대충 마무리 지었다고 생각했는지 이번에는 어제와 같은 일을 하지 않았다.

레크라스 이후로 각 기사단의 슈페리어 상위급 기사들의 대전이 계속 있었으나 어차피 내 것도 아닌 것들의 싸움이니 그리 관심은 없었다.

내가 기다리고 있는 것은 바로 크로우 나이츠의 대전, 이번 해 슈페리어 승급 심사의 하이라이트라고 할 수 있는 대전이 기다리고 있었기 때문이다.

바로 크로우 나이츠 슈페리어 넘버 2의 소드 마스터 최상급의 실력자인 리베인 남작과 슈페리어 넘버 3의 마스터 급의 실력자 엡실론 자작의 대결이었다.

슈페리어 넘버에서 하나 위인 리베인이 남작인데 반해 그 아래로 평가되는 엡실론이 자작이라는 것이 타국에서 보면 조금 이상하게 생각될 수 있을 것이다.

하나, 아멘 왕국은 검술만으로 작위를 줄 만큼 호락호락한 나라가 아니었다.

리베인이 얻은 남작 작위는 그 자신의 실력만으로 따낸 자리인 데 반해 엡실론이 얻은 작위는 그 자신의 힘도 컸지만 크로우 나이츠에 소속되어 있던 무가에 양자로 들어갔기 때문에 가능한 일이었다.

젊은 시절엔 그리 큰 두각을 보이진 않았지만, 성실한 기사였던 엡실론은 이십 년 전 정규 기사 시절에 슈페리어 넘버 4였던 티안 폰 엡실론 자작의 양자로 들어갔고, 그 후 자작이 죽으면서 가문을 이어받았기 때문이다.

어찌 됐든 그런 이유로 리베인은 엡실론이 내 휘하로 들어오기 전에도 작위와 슈페리어 넘버 간의 차이로 인하여 상당히 사이가 나쁜 인물이었다.

실력 면에서 리베인이 엡실론에 비해 뛰어나긴 했지만 아멘 왕국에서 자작의 권위는 무엇보다 우선하고 있었기 때문에 부단장 자리에 있는 리베인은 감히 엡실론을 함부로 하지 못한 것이다.

사실 내 휘하로 들어와 장시간 기사단을 비운 것 자체가 크게 문제될 수도 있는 일이었지만 작위에서 엡실론이 위인 것은 물론 그의 가문이 대대로 크로우 나이츠에 종속되어 있던 무가였던지라 리베인은 규율을 어긴 죄로 벌을 주고 싶어도 줄 수 없는 그런 처지였다.

아마도 리베인이란 놈, 이번 대전을 상당히 벼르고 있을 것은 분명한데 과연 엡실론이 그를 상대로 승리할 수 있을까?

"제8대전, 크로우 나이츠 슈페리어 넘버 2 틸라스 폰 리베인 남작 대 동 기사단 슈페리어 넘버 3 그라센 폰 엡실론 자작의 시합을 시작하겠습니다."

리베인을 상대로 엡실론이 과연 승리를 거둘 수 있을까 하는 생각에 빠져 있을 때 드디어 두 사람이 그 모습을 드러내었다.

리베인 남작은 크로우 나이츠에서 칠 년간 최강의 기사로 명성을 떨친 인물로 갈색 머리를 내려 왼쪽 눈을 가리고 있는 호남형의 인물이었다.

사용하고 있는 병장기는 폭이 넓은 곡선 모양의 한쪽 날이 선 검 펄션으로 검면에는 화려한 문양을 음각으로 새겨 그곳에 금을 입힌, 멋을 한창 부린 병기였다. 곡선 모양의 생김새로 내려칠 때의 위력이 뛰어나 좁은 공간에서 상당한 위력을 보이는 무기이나 아멘에서는 쓰는 사람이 그리 많지 않은 병기였다. 오히려 남쪽 국경을 마주하고 있는 테일즈 왕국의 중갑 보병들이 주로 애용하고 있는 병기인데, 크로우 나이츠의 슈페리어 급 기사란 자가 그런 무기를 사용하는 것이 조금 이상하게 생각되었다.

펄션과 함께 그가 들고 있는 방패 또한 괴상했는데, 폭이 오십 센티미터 정도 되는 원형의 방패에는 중앙에 돌기처럼 날카로운 송곳이 튀어나와 있었고, 방패의 주위에는 날카로운 칼날이 붙어 있었다.

"희한하게 생긴 방패로군. 게리오스 경, 저것이 무엇인지 알겠는가?"

"음… 아마도 테일즈 왕국 남부 쪽에서 간혹 보이는 아스피스란 방패가 아닌가 합니다. 물론 완전히 똑같다고는 할 수 없지만 원형의 방패에 중앙엔 원추형의 송곳이 있는 것은 아스피스의 전형적인 모습이라 알고 있습니다."

"아스피스라……."

기사의 왕국이라 불리는 아멘 왕국에선 명문가의 기사들이 기형 병기를 사용하는 예가 드물었다.

기형 병기라 하는 것은 살상력을 뛰어나게 하기 위해서 병기를 변형하는 무기이다 보니 정당한 무력 대결을 모토로 삼는 기사들에겐 맞지 않았기 때문이다.

그런데 크로우 나이츠의 부단장의 직함을 지닌 자가 어디서 보기도 힘든 이상한 병기를 들고 있다는 것에 난 의아할 수밖에 없었다.

"리베인 남작이란 자에 대해 자세히 말해 주게."

"골든 아이의 조사에 따르면 이십 년 전 처음 크로우 나이츠에 모습을 보였다고 합니다. 페이든 가의 추천서를 받고 입단하여 일 년 만에 정규 기사로 승격, 오 년 후에 슈페리어 급까지 오른 뛰어난 기사입니다만 기형 병기를 주로 사용하여 기존의 기사들과 잘 융합하지 못했다고 합니다. 입단 초기에는 테일즈 왕국 쪽의 사투리가 강했다고 하니 테일즈 왕국 출신이 아닐까 생각되지만 그의 내력에 대한 자세한 것은 알아내지 못했습니다.”

“테일즈 왕국이라… 음…….”

테일즈 왕국은 현재 재상이자 외척인 티르몬 공작이 열 살의 국왕을 대신하여 대리 섭정을 행하고 있는 국가였다.

해마다 많은 수의 유민이 본국으로 유입될 정도로 국가의 사정이 좋지 못하고 귀족들의 부패가 심하여 국가 망조 말기 현상을 보이고 있는 왕국이라 해도 과언이 아닌 곳이었다.

유민에 대한 배척이 심한 아멘 왕국의 사정상 테일즈 왕국 출신의 기사가 국가 공인 기사단의 부단장 자리까지 올랐다고 하는 것은 상당한 실력이 없으면 불가능한 일이었다.

“그가 진실로 테일즈 왕국의 출신이라면 페이든 공작의 저의가 조금 의심스러울 수밖에 없군.”

“저 역시 그렇게 생각합니다.”

단순히 실력이 뛰어나다고 테일즈 왕국의 기사를 국가 공인 기사단의 일원으로 추천한다는 것은 대공작이 행할 일이 아니었다.

무엇인가 모종의 계략이 있지 않을까 하는 생각이 들 수밖에 없었지만 일단 시합이 시작된지라 이내 엡실론 쪽으로 시선을 돌렸다.

기이한 병기를 들고 있는 리베인과는 달리 엡실론은 전에 보았던 전형적인 본국 기사의 모습이었다.

오른손에는 롱 소드를, 왼손에는 크로우 나이츠의 문양이 새겨져 있는 라운드 실드를 들고 있었는데 굳건하게 서 있는 그 모습은 본국의 소드 마스터로서 부족함이 없어 보였다.

두 사람 모두 하프 플레이트 메일을 입고 있었는데 상대를 바라보는 눈에는 흔들림이 없었다.

"제8대전 시작!"

드디어 심판관의 시작 선언이 떨어지자 두 사람의 기사는 서로 간에 기사의 예를 취하고는 천천히 자세를 잡았다.

그리고 잠시 상대를 바라보던 두 사람 중 먼저 선공을 가한 이는 리베인이었다.

한순간 오른발을 박차고 빠른 속도로 앞으로 쇄도해 들어간 리베인은 순식간에 엡실론의 이 미터 앞까지 밀려들어 왔고, 그가 다가오자 엡실론 역시 몸을 움직였다.

"응?!"

엡실론을 향해 빠른 속도로 들어간 리베인의 몸이 한순간 크게 왼쪽으로 치우쳐지자 난 영문을 알 수가 없었는데 다음 순간 엄청날 정도로 빠른 리베인의 공격이 시작됐다.

슈욱! 카강! 슈욱! 카강! 카강!

허리를 크게 숙이며 왼쪽으로 몸을 치우친 리베인은 한순간 전광석화와 같은 기세로 오른쪽으로 허리를 사용하여 몸을 회전시키며 검을 휘둘렀고, 엡실론의 검과 충돌하며 푸른색의 불꽃과 함께 강렬한 소리가 콜로세움을 울리기 시작했다.

하나, 처음의 강격이라 생각했던 것은 오른쪽으로 치우쳐진 몸을 허리를 사용하여 다시 왼쪽으로 돌리며 연속적으로 상대를 공격하기 시작했다.

검은 쉴 새 없이 엡실론을 공격해 들어왔는데 워낙 빠른 속도와 강한 위력의 검격에 엡실론은 반격도 하지 못하고 계속 검으로 상대의 검을 팅겨내고 있을 뿐이었다.

검이 지나갈 때마다 푸른 섬광이 보이고 있는 것이 마나를 돋우고 있는 상태였기에 방패로 막기에는 그 위력이 워낙 강하여 엡실론은 검으로밖에 상대의 공격을 막지 못하고 있었다.

"음……."

그런 리베인의 연속 공격에 나도 모르는 사이 주먹을 쥐고 있었고, 손은 땀으로 질퍽하게 젖어 있었다.

리베인의 공격을 계속 허용하자 엡실론은 천천히 걸음을 뒤로 돌리며 적의 연속 공격을 회피하고 반격할 기회를 모색하고 있었지만, 상대는 그러한 틈도 주지 않았다.

"이런!"

그러는 사이에 상대의 계속되는 공격으로 엡실론이 들고 있던 검은 군데군데 이가 빠지기 시작했다.

마나를 돋우고 있는 상태인지라 부러지지는 않았지만 상대 역시 마나를 돋운 강한 검격인지라 검에 이가 빠지는 것은 어쩔 수 없는 것이다.

"끄압!!"

상대의 계속되는 공격을 더 이상 허용했다가는 검이 남아나지 못할 것 같은 모습이었다. 그러한 것을 엡실론 역시 잘 알고 있었는지 크게 고함을 질렀고, 그 순간 푸른색의 마나 기운이 검에 크게 어리기 시작했다.

"와아아!"

그 순간 대전을 지켜보고 있던 관중들은 크게 함성을 지르기 시작했는데 엡실론의 검에 서려 있는 마나 양은 소드 마스터 최상급 인물만이 가능할 정도였기 때문이다.

역시나 내가 원했던 대로 엡실론은 소드 마스터 최상급의 기운을 완숙하게 사용할 정도의 경지에 오른 것이다.

엡실론이 자신의 검에 마나를 극한으로 끌어올리자 계속 공격을 하던 리베인은 발을 박차고 뒤로 물러섰다.

"후후후. 엡실론 자작, 당신이 승부를 겨루자고 했을 때 조급함이 아닌가 생각했는데 이제 보니 실력에 자신이 생겨서였군요."

"……."

차가운 리베인의 말에 엡실론은 답하지 않았고, 엡실론의 무반응에 리베인은 코웃음을 치며 계속 말을 이었다.

"소드 마스터 최상급이라… 그렇다면 오랜 시간 미루어왔던 결말을 보아야 할 듯하군요. 당신이 죽거나… 아니면 내가 죽거나 말입니다!"

마지막 말에 언성을 크게 높인 리베인은 한순간 눈에 보이지도 않을 정도로 빠르게 신형을 놀렸고, 엡실론 역시 한순간 신형이 사라질 정도로 빠른 속도로 움직이며 상대와 대치해 가기 시작했다.

카강! 캉! 캉!

그리고 다시 사방에서 푸른색의 불꽃이 작렬하며 두 사람의 검은 강맹한 기세로 충돌해 갔고, 그 기세로 시합장의 주위는 서로 다른 마나의 충돌로 인하여 강한 돌풍이 일렁였다.

소드 마스터 최상급 기사의 격돌, 과거 오버러들 간의 대결을 본 적이 있는 나라고는 하지만 최상급 마스터 간의 대결 역시 상당히 흥분되었다.

그렇게 빠른 속도로 접전을 벌이던 두 사람은 한순간 시합장의 왼편 끝에서 그 움직임이 멈추어졌다.

검과 검이 마주치며 강한 마나 기운의 힘 겨루기가 시작된 것이다.

두 개의 검이 엑스 자로 마주쳐 강한 기세로 밀어붙였고, 두 사람의 얼굴은 극한 마나의 소모로 인하여 크게 일그러져 있었다.

소드 마스터 최상급의 실력자들이라고는 하지만 마나라는 것이 무한일 수는 없는 법, 일검에 크게 어릴 정도로 마나를 돋운 상태에서 견딜 수 있는 시간은 길게 봐야 이십 분.

시합이 시작된 지 십 분이 채 지나지 않은 두 사람에게는 아직 그만큼의 시간을 더 겨룰 수 있음을 뜻하고 있었다.

그 때문인지 상대를 밀어붙이고 있는 두 사람은 땀으로 범벅이 되어 있었지만, 표정은 시작할 때와 변함없었다.

자신감있는 표정으로 차가운 미소를 감추지 않는 리베인과 무표정한 모습으로 침착하게 검술을 시전하고 있는 엡실론.

"끄압!"

치지지징!

리베인이 고함을 지르며 검에 힘을 가하자 쇠와 쇠가 부딪치며 불꽃이 사방으로 튀기기 시작했고, 마나의 충돌로 생겨난 돌풍은 점점 커지고 있었다.

검과 검의 힘 겨루기는 둘 모두 비슷한 상태였는데, 리베인이 방패를 들고 있던 왼손을 검의 등에 대고는 강하게 밀어붙이기 시작했다.

"크윽!"

그 때문에 엡실론은 신음을 내지르고 있었는데 상대의 검은 한쪽 면만 날이 있는 펄션이었으므로 검의 윗부분에 방패를 댄다고 해도 그리 문제될 것은 없었다.

하나 엡실론이 들고 있는 검은 양날이었다. 그와 같은 수법으로 방패로 검을 밀어 힘을 증가시킬 수 없었던 것이다.

물론 방패에 마나를 돌워 견고함을 강화시킬 수는 있지만 상대인 리베인은 검에 모든 마나를 집중한 상태이니 검에 서려 있는 마나가 크게 차이가 날 것이 분명한 일이었다.

그런 차이 때문에 엡실론의 검은 점점 뒤로 밀리기 시작했는데, 상대가 들고 있는 방패는 방패의 중앙에 송곳이 달려 있는 아스피스 형 방패였기 때문에 그 긴 송곳이 엡실론의 얼굴을 향해 다가오고 있었다.

"이런!"

그 모습에 난 자신도 모르게 자리에서 일어날 수밖에 없었다. 어떻게라도 하지 않으면 엡실론이 패배를 면치 못하는 순간이었기 때문이다.

하나 리베인에 비해 전투 경험이 많은 엡실론 역시 만만한 인물이 아니었는지 왼손에 들려 있던 라운드 실드를 옆으로 돌리는가 싶더니 이내 강한 기세로 검과 검이 마주쳐 있는 곳을 방패의 끝부분으로 강하게 강타했다.

카가강!

최상급의 소드 마스터의 능숙한 마나의 조율로 한순간 마나를 방패의 끝부분에 강하게 집중시킨 일격으로 인하여 엡실론을 향해 밀려들어 가던 검과 방패의 송곳은 강하게 옆으로 튕겨져 나갔고, 그 순간을 틈타 엡실론은 위기에서 벗어날 수 있었다.

"헉헉……."

하지만 마나의 조율이 능숙하다 해도 한순간 그 힘을 다른 곳으로 돌리는 일은 최상급의 실력자라 해도 쉬운 일이 아니었는지 엡실론은 가쁜 숨을 몰아쉬고 있었다.

“휴······.”

어쨌든 엡실론이 위기를 벗어난 것을 보며 난 안도의 한숨을 내쉴 수 있었다.

최상급에 올랐고 경험에서 위인 엡실론이 리베인보다 조금 우세가 아닐까 생각되었던 시합은 기형검의 활용과 최상급에 먼저 올랐던 리베인 쪽에 유리하게 진행되고 있었다.

그렇기 때문에 난 승리를 하지 못해도 아무 문제 없이 그가 돌아오기만을 바랄 수밖에 없었는데, 내 생각과는 달리 엡실론은 아직 포기하고 싶은 생각이 없는 듯했다.

“엡실론 자작님, 어떻습니까? 당신 역시 대 나이트 배틀을 위한 마스터 급의 결정기를 하나 정도는 익혀두고 계실 듯한데, 그것으로 결말을 보는 것이 말입니다.”

“음······.”

결정기의 대결, 그것은 난전에서 사용할 수 없는 마나를 이용한 기술이었다. 마스터 급이라 해도 마나가 무한한 것이 아닌 만큼 난전 중에 무리하게 마나를 이용한 기술을 사용하지는 않는다.

그저 검에 약간의 마나 기운을 기울여 강도와 예리함을 강화시키는 선에서 끝내는 것이 보통이지만 마법사와 마찬가지로 검사 역시 마나를 이용하여 통상의 기술과는 비교도 할 수 없을 정도의 위력을 가진 기술을 사용할 수 있었다.

하나 그 기술들은 한순간 엄청난 마나를 소모시키는 기술이었기에 대개는 일 대 일로 겨루는 나이트 배틀에만 가끔씩 사용될 뿐이었다.

물론 나이트 배틀 시에도 기술이 빗나갈 때는 엄청난 마나의 소모로 패배를 피할 수 없는지라 많이 사용되고 있지는 않지만, 마스터 급에 오른 기사들은 거의 대부분 자신만의 결정기를 갖고 있었고, 그것은 엡실론 역시 다르지 않았다.

조용히 말하는 리베인의 말을 들은 엡실론은 고개를 끄덕이고는 천천히 자세를 잡기 시작했다.

그리고 그의 검에서 푸른 마나의 영기가 피어오르기 시작했다.

결정기를 사용하기 위하여 검에 마나를 주입하고 있는 모습, 그런 엡실론의 모습에 리베인 역시 자신감있는 표정으로 자신의 검에 마나를 주입해 나갔다.

"음……."

손에 땀을 쥐게 하는 긴장감이 나의 온몸을 사로잡았다. 결정기와 결정기의 대결은 쉽게 볼 수 없는 것이지만, 가장 중요한 것은 거의 대부분 패자의 죽음을 불러오기 때문이다.

"차압!"

"하압!"

그리고 잠시 후, 두 기사는 기합 소리를 내지르며 서로를 향해 빠른 속도로 쇄도해 들어갔다.

먼저 선공을 가한 이는 엡실론이었다. 그가 기술을 시전하자 수십 개의 검이 리베인을 향해 뻗어 들어가기 시작했다.

어디 한 군데 피할 틈 없이 검은 리베인의 몸 전체를 감싸듯이 밀려 들어 갔기에 도저히 피할 구멍이 없어 보였는데, 그런 위급한 상황에도 리베인은 얼굴색 하나 변하지 않았다.

"흥!"

그리고 다음 순간 리베인은 검을 앞으로 쭉 찔러 나갔는데, 그 모습에 난 어이가 없었다.

마나가 깃들어진 검을 상대로 그저 간단할 것 같은 찌르기 비슷한 공격을 하려 하다니, 어처구니가 없을 수밖에.

하나 잠시 후, 시합장에 있던 모든 이는 경악할 수밖에 없었는데, 놀랍게도 화려한 공격을 해오며 리베인을 압박하던 엡실론의 검의 잔상이 사라져 버렸기 때문이다.

쿠구구구궁! 콰광!

"끄으윽!"

상대의 기술을 깨며 밀고 들어간 리베인의 검은 그대로 엡실론을 향해 밀려갔고, 엡실론은 급히 방패를 움직여 상대의 검을 막아섰지만, 찔러 들어간 검은 순간 강한 섬광을 일으키며 방패를 사방으로 산산조각 내버렸다.

"엡실론!"

사방으로 산산조각난 방패를 보며 난 엡실론의 이름을 소리쳐 부를 수밖에 없었고, 검은 멈추지 않고 그대로 엡실론의 복부를 향해 밀려들어 갔다.

카가강!! 쿵!

"끄윽!"

그리고 리베인의 검과 닿은 엡실론의 하프 플레이트 메일도 산산조각으로 부서지자 강한 기세의 힘에 닿은 엡실론은 뒤로 튕겨져서는 그대로 땅에 처박히고 말았다.

"이런! 게리오스! 어서 사람을 밑으로 보내게!"

엡실론이 리베인의 검의 기세에 갑옷이 부서지며 땅에 처박히자 난 크게 놀라 게리오스에게 소리쳤다.

자칫 엡실론이 크게 다쳐 죽음이라도 당하게 되면 전력상 엄청난 손실이 있을 수밖에 없기 때문이다.

하나 잠시 후, 엡실론의 신형이 꿈틀거리는가 싶더니 힘들게 자리에서 몸을 일으켰고, 그제야 난 안도의 숨을 쉴 수 있었다.

"이런, 그 기술을 막아내다니 놀랍군요!"

엡실론이 자리에서 일어나자 리베인은 크게 놀랐다는 표정으로 중얼거렸고, 난 얼굴에 가득한 땀을 닦으며 다시 안도의 한숨을 쉬었다.

하나 엡실론은 이런 나의 불안을 아는지 모르는지 계속 대전을 할 생각으로 검을 들어 올리는데, 다음 순간 들어 올리던 검이 두 동강나며 땅으로 떨어졌다.

챙그랑!

"……."

그것을 보며 엡실론은 미간을 찌푸리고는 심판관에게 자신의 패배를 인정했고, 관중들은 크게 함성을 지르며 리베인의 승리를 환호하기 시작했다.

"검이……."

"마지막 리베인 남작의 검격을 방패가 부서지자 검의 옆면으로 막은 듯합니다. 그 기세를 모두 막지 못하여 갑옷이 부서졌으나 목숨은 건졌으니 다행이라 할 수 있지요."

"아!!"

옆에 있던 게리오스가 검이 부러진 이유를 설명해 주자 그제야 난 고개를 끄덕일 수 있었다.

제39장 어전 회의의 공방

그토록 기대했던 슈페리어 승급 심사가 끝나고 드디어 기사단의 향후 방향을 결정하게 될 어전 회의가 시작되었다.

어전 회의는 로필론 국왕 전하를 필두로 하여 왕세자 전하, 그리고 본국의 백작 이상의 고위 귀족 대부분이 참가하여 왕국의 향후 국정에 대한 결정을 내리는 회의이다.

이러한 어전 회의는 평소에도 자주 있는 일이긴 하지만 슈페리어 승급 심사 후에 있는 어전 회의는 중앙의 관료들과 평소 지방에 상주하고 있던 백작 이상의 고위 귀족들이 모두 참석하게 되는 만큼 그 중요성이 상당히 높았다.

어전 회의가 열리는 왕국의 어전 회의장 앞 대기실에는 관료들과 각지에서 올라온 백작 이상의 고위 귀족들이 파벌끼리 모여 단합을 위해 입을 맞추고 있는 것이 보였다.

그중 가장 많은 수를 차지하고 있는 것은 대기실 서쪽에 위치한 네라드 공작을 따르는 남부 귀족파였다. 백작 이상의 고위 귀족들만 모였음에도 불구하고 그 숫자가 마흔세 명이나 되었는데, 그중에는 관료 자격으로 참석한 톨스 자작의 모습도 보였다.

네라드 일파에 이어 가장 많은 수를 차지하고 있는 파벌은 페이든 공작을 위시로 한 동부 귀족파였는데, 테라스를 중심으로 모여 있는 이들의 숫자는 서른여섯 명으로 네라드 공작의 파벌에 비해서 적은 숫자이긴 했지만 그들 역시 만만히 볼 수 있는 자들이 아니었다.

또 페이든 공작의 동부 귀족파 너머로는 아델슨 후작을 중심으로 한 서부 귀족파 스물다섯 명이 모여 이야기를 나누고 있는 것이 보였다.

그야말로 아멘 왕국의 중추를 담당하는 대부분의 귀족들이 모두 모여 있다 해도 과언이 아니었다.

"무엇을 그리 생각하십니까, 공작 각하?"

"아! 아무것도 아니오, 론 백작."

이들과는 별개로 난 론 백작을 중심으로 하는 북부 귀족들의 모임에 참여하고 있었다. 현재 내 영지가 위치해 있는 곳이 북부였기에 아델슨이나 다른 귀족파 쪽에 참여하지 못하고 이곳에 있었던 것이다.

하지만 당장에라도 떠나고 싶은 마음이 가득했는데, 저들 세 무리는 앞으로 있을 어전 회의에 관한 일로 심각한 토론을 벌이고 있는 데 반해 북부 귀족은 사소한 이야기로 도배를 하고 있었던 것이다. 난 왠지 입맛이 씁쓰름할 수밖에 없었다.

"그러고 보니 공작 각하께서는 어전 회의에 참석하는 것이 이번이 처음이겠군요. 하하하, 처음 어전 회의에 오신 소감이 어떠십니까?"

"글쎄요. 조금 떨리는 것은 어쩔 수 없군요."

"하하하, 당연한 일입니다. 저도 스물다섯에 처음 어전 회의에 참석했었는데 너무 긴장한 나머지 와인을 수도 없이 마셨더니 막상 회의에 참석했을 때는 오줌보가 꽉 차 죽을 맛이었습니다."

"하하하하하!"

잘났다, 이놈아! 론 백작의 헛소리를 들어가며 시간을 보내야 하는 내 자신이 싫어지고 있었다.

"그런데 소문 들으셨습니까?"

"소문이오?"

헛소리만 지겹게 해대던 론 백작은 잠시 남부 귀족파 쪽을 보다가 나를 보며 은밀히 이야기를 꺼내왔다.

"어전 회의 전에 있었던 귀족 회의에서 남부 귀족과 동부 귀족들이 담합하여 사병 제한법 완화를 통과시켰다고 합니다."

"사병 제한법 완화요?"

"예. 귀족 회의에서 통과되었으니 어전 회의에 상정되기는 하겠지만 도대체 무슨 생각으로 그런 말도 안 되는 것을 통과시켰는지 이해할 수가 없군요."

"음… 사병 제한법을 완화시켜 왕가의 압도적인 무력에 대항하려는 것이 아닐까 생각되는군요."

"하지만 그것을 로필론 국왕 폐하께서 그대로 보고 계실 리가 없지 않습니까. 분명 왕의 재가를 얻지 못할 것이 분명한 안건을 통과시키다니, 그러니 이상한 것이지요."

이미 알고 있는 사실이었지만 나 역시 론 백작과 같은 생각이었다. 왕의 재가를 얻지 못할 안건을 통과시킨 이유는 무엇일까?

이런 저런 이야기를 나누는 동안 시간은 흘러 드디어 어전 회의의 막이 올랐다.

태어나서 처음 들어가 보는 어전 회의장은 이채롭기까지 했다. 중앙으로 붉은 양탄자가 길게 깔려 어전 회의장을 나누고 있는 가운데 그 끝으로는 로필론 국왕 폐하가 앉으실 황금으로 아름답게 꾸며진 왕좌의 모습이 드러났다.

그리고 붉은 양탄자를 사이에 두고 우측과 좌측에 의자가 일렬로 늘어서 있었는데 우측은 중앙에 관직을 가지고 있지 않은 귀족들이, 좌측에는 관료들이 앉게 되어 있었다.

어전 회의장으로 들어서자 시종들이 귀족들을 안내했고 난 우측에서 세 번째에 자리할 수 있었다.

본국 세 공작 중 가장 나이가 어렸기에 세 번째 자리에 앉는 것은 당연한 일이었다. 그리고 내 옆으로는 아델슨 후작이 자리했다.

좌측의 상석은 순서대로 왕세자 전하와 군무대신, 국무대신, 외무대신이 자리하고 있었는데, 국무대신 트리실로온 백작은 네라드 일파, 외무대신 라디온 백작은 페이든 일파 쪽의 사람이었다.

각 관료들과 귀족들이 시종들의 안내를 받으며 자리에 들어서자 잠시 후 시종장이 국왕 폐하의 등장을 알렸다.

"대아멘 왕국의 로필론 국왕 폐하께서 납십니다."

그러자 신료들과 귀족들은 모두 자리에서 일어나 군신에 대한 예를 취했고 나 역시 그들을 따라 국왕 폐하께 예를 올렸다.

국왕 폐하는 왕세자 전하와 함께 어전 회의장 안으로 들어오셨고, 폐하가 왕좌에 자리하자 각 귀족들은 예를 멈추고는 자리에 앉기 시작했다.

귀족들이 모두 자리에 앉자 시종장이 이번 어전 회의에 관한 안건이 써 있는 두루마리를 들고 국왕 폐하의 옆에 섰고, 그중 하나의 두루마리를 펼쳐서 큰 소리로 읽기 시작했다.

"아멘 왕국력 318년 로필론 국왕 폐하의 치세 24년 제4차 어전 회의를 시작하겠습니다!"

처음 접해보는 어전 회의인 탓인지 아직 제대로 된 시작도 하지 않았는데도 불구하고 몇 년은 흐른 듯한 착각이 들 정도로 나는 긴장하고 있었다.

떨리는 심정으로 시종장이 하는 소리를 모두 듣고 있는 동안 뭘 그리 쓸데없는 이야기를 많이 하는지 시간이 지나면서 조금씩 따분해지고 있었다.

하지만 대아멘 왕국의 앞으로의 향방을 정하는 어전 회의에서 이 정도의 관례는 마땅히 따라야 할 일이었다.

"첫 번째 안건을 발표하겠습니다."

어전 회의의 처음 안건은 조금 시시한 것으로 시작되었다.

본국 남부에 위치한 토리만스 일대가 충해로 인해 생산량이 크게 급감했다나 뭐라나. 어차피 남부 일이야 내가 그리 상관할 바가 아닌지라 그저 한쪽 귀로 넘길 뿐이었다.

지금 나에겐 그것보다도 앞으로 나올 크로우 나이츠의 일이 더 중요했다.

그러나 막상 지금에 와서도 크로우 나이츠의 일은 조금 찜찜한 면이 적잖았다.

그도 그럴 것이 엡실론이 리베인과의 대전에서 패했기에 내 품으로 들어올 크로우 나이츠에 페이든이라는 종양을 제거하는 데 실패했기 때문이다.

왕가의 허락을 받고 크로우 나이츠가 본 가에 귀속되면 먼저 크로우 나이츠의 본부부터 시작하여 여러 가지 바뀌어갈 것은 당연한 일이지만 페이든을 따르는 기사들이 크로우 나이츠에 붙어 있는 한 내 기사단이라 할지라도 마음을 놓을 수 없기 때문이다.

하지만 어찌하랴, 이미 일은 되돌릴 수 없음을. 그 때문에 차후에 있을 슈페리어 승급 심사를 기다려야 하는 난 일단 왕가에 귀속되어 있는 크로우 나이츠를 찾기 위한 사전 작업에 들어갔다.

국가 공인 기사단을 손에 넣는 일이니만큼 일은 그리 만만한 것이 아니었다. 아무리 왕가가 나에게 호의적이라 할지라도 기사단 하나를 아무런 대가도 없이 그냥 내어주는 것은 말이 되지 않는 일이다.

그 때문에 본 가에서 왕가에 지불해야겠다 생각되는 비용은 1억 골드. 엄청난 액수의 돈이었지만 기사단 하나를 손에 넣는 것을 생각하면 그렇게 많다고 볼 수는 없는 일이었다.

"이러한 이유로 인하여 작물의 수확이 급감한 바, 토리만스 일대에 한하여 세금을 탕감해 주시기를 간청하는 바입니다."

토리만스 일대를 다스리는 레파나스 백작의 말이 끝나자 로필론 국왕 폐하는 고개를 끄덕이고는 말했다.

"백성들의 고통이 그리 심하다면 그리해야겠지. 그대의 청대로 토리만스 일대에 한하여 국세를 반으로 탕감하도록 하겠소."

기사단에 관해 생각하는 사이에 첫 번째 안건이 끝났다. 자신의 안건이 통과된 레파나스 백작은 크게 기뻐하는 표정을 하며 자리에 앉았다.

그 후로도 몇 번 안건이 나온 후 드디어 내가 기다렸던 크로우 나이츠에 대한 안건이 올라왔다.

"일곱 번째 안건을 발표하겠습니다. 주청하신 이드리샤 공작 각하께서는 국왕 폐하께 안건을 발표하십시오."

안건을 발표하라는 시종장의 말에 난 자리에서 일어나서 국왕 폐하께 예를 취하고는 주청을 올렸다.

"대아멘 왕국의 국왕이신 로필론 폐하께 이드리샤 가에서 주청드리옵니다. 현재 국가 공인 기사단인 크로우 나이츠는 본래 위대하신 건국왕 빌헬름 1세 전하께서 이 땅을 건국하시기 이전부터 이드리샤 가의 건국 공신이신 알텐 공께서 소유하고 계시던 기사단이옵니다. 그것이 후세에 들어 본 가의 미흡함으로 기사단을 유지할 수 없었기에 이를 왕가에 위탁하게 되었사옵니다."

그 말과 함께 난 내 뒤에 있던 시종에게 눈짓을 한 후 하나의 두루마리를 건네주었고 그 시종은 그것을 시종장에게 넘겨주었다.

"이에 저는 그동안 본 가에서 관리할 수 없었던 크로우 나이츠를 다시 본 가에 귀속시키고자 하오니 대아멘 왕국의 위대하신 국왕 폐하의 윤허를 바라옵니다."

내 말이 끝나자 시종장은 내게서 건네졌던 두루마리를 국왕 폐하께 올렸고 로필론 국왕 폐하는 그것을 받아 들어 읽고는 크게 흡족한 표정을 지었다.

그리곤 시종장에게 지시하여 두루마리를 왕세자에게 전했고, 왕세자 역시 읽어보고는 놀란 표정으로 고개를 끄덕였다.

"세피로스, 너의 의견은 어떤지 묻고 싶구나."

"예, 폐하. 본국의 기사단인 크로우 나이츠는 위대한 건국왕이신 빌헬름 1세 전하께서 이 땅에 건국하시기 이전부터 이드리샤 가에 속해

있던 기사단이옵니다. 그러니 그것이 다시 이드리샤 가로 돌아가는 것
은 순리라 할 수 있습니다."

왕세자가 나의 주청을 긍정적으로 받아들이자 난 회심의 미소를 지
을 수 있었는데, 그때 재수없는 놈 하나가 딴지를 걸고 나왔다.

"신 아우로비친, 폐하께 아뢰옵니다."

"말하시오."

"왕세자 전하께서 말씀하신 대로 크로우 나이츠가 건국 이래로 이드
리샤 공작가의 기사단임은 부인할 수 없는 일이지만 그것은 과거의 일
이옵니다. 크로우 나이츠는 국가 공인 기사단의 하나로 기사단의 거취
를 왕가에서 공작가로 옮길 시 뭇 기사들의 반발이 우려되옵니다."

아우로비친이란 자의 말이 끝나자 다른 귀족들도 모두 고개를 끄덕
였는데 그것은 이미 예상하고 있었던 일인지라 나 역시 앞으로 나서며
말했다.

"아우로비친 경의 우려는 당연한 것입니다. 하나 이미 크로우 나이
츠의 슈페리어 급 기사 여든 명이 본 가에 귀속됨을 찬성하며 연판장
을 보내왔으니 그것에 대한 문제는 없을 것입니다."

하지만 그것이 끝은 아니었는지 자신의 말이 끝나자 또다시 남부 귀
족파에 속하는 귀족이 앞으로 나왔다.

"한 기사단을 유지하기 위해서는 그에 따르는 부수적인 것이 상당한
법입니다. 하나 제가 듣기로 이드리샤 가는 그 영지가 크지 않고 수입
또한 그리 많지 않다 들었는데 기사단을 유지할 수 있는지조차 의심스
럽군요."

음… 역시나 내가 크로우 나이츠를 찾는다니까 이리저리 말이 많긴
하군.

그의 말이 끝나 내가 반박하려고 앞으로 나설 때 로필론 국왕 폐하
께서 손을 들어 막고는 방금 말한 놈을 보며 말했다.

"헤일드 경, 이드리샤 경이 그동안 있었던 기사단 위탁에 대해 왕가
에 어느 정도의 배상금을 약속했는지 한번 보겠소?"

로필론 국왕 폐하는 그 말과 함께 왕세자 전하가 가지고 있던 두루
마리를 그에게 건네주게 하였고, 헤일드란 자는 두루마리 안에 적힌 내
용을 보고는 크게 놀란 표정으로 소리쳤다.

"1… 1억 골드!"

1억 골드, 결코 만만한 액수가 아닐 것이다. 과거 본국에서 보석에
관한 모든 것을 독점하고 있다 해도 과언이 아니었던 선우드가 한 해
에 벌어들인 순이익이 5천만 골드인 것을 생각하면 그야말로 엄청난
액수인 것이다.

헤일드의 입에서 1억 골드란 말이 나오자 장내는 술렁거리기 시작
했으니 북방의 척박한 땅에 영지를 가지고 있는 내가 1억 골드란 엄
청난 돈을 배상금으로 지불하리라고는 생각지도 못했기 때문일 것이
다.

"이 정도의 배상금을 지불할 수 있을 정도의 재력이라면 크로우 나
이츠를 운영하는 데 그리 큰 문제는 없을 것이 아니겠소."

로필론 국왕 폐하의 말씀에 반론을 하는 이는 없었다. 잠시 후 국왕
폐하는 만족한 표정을 지으며 말했다.

"더 이상 반론이 없다면 이드리샤 공작의 청을 받아들이도록 하겠
소."

역시나 돈이 좋긴 좋구나 하는 생각이 들었다. 배상금이 1억 골드나
되니 반대를 하던 놈들도 입을 다무니 말이다.

"무리한 일이야, 무리한 일이었어."

그때 나의 귀로 누군가의 목소리가 들려와 고개를 돌리자 페이든 공작이 고개를 저으며 중얼거리는 것을 볼 수 있었다.

"무리한 일이라니요?"

"너무 쉽게 자네를 드러냈어. 보게나, 탐욕스러운 자들의 눈이 보이지 않는가?"

그가 무슨 말을 하는지 알 수가 없었지만 페이든은 상관없다는 듯 계속 말을 이었다.

"내가 자네였다면 5천만 골드, 이십 년 분할 배상 정도가 한계였을 것이네. 내 손을 들어줄 자의 환심을 사는 것도 중요하나 아직 완성되지 않은 전력을 두고 구태여 적을 끌어들일 필요는 없으니까 말이야."

"……!!"

그제야 난 그가 하는 말이 무슨 뜻인지 알 수 있었다. 1억 골드를 십년 동안 분할 배상한다는 것은 영지에 확실한 재력과 수입원이 없으면 불가능한 일. 무력이 미약한 영주가 엄청난 돈을 가지고 있다면 주위의 늑대들이 호시탐탐 기회를 노릴 것은 당연한 일인 것이다.

나와 게리오스가 그러한 것조차 알지 못했을까? 그런 것 정도는 이미 예상한 일이었다.

하지만 크로우 나이츠에 이어 블루 버드 나이츠까지 손에 넣는다면 상황은 역전될 것이다. 내 손에 국가 공인 기사단이 두 개나 있는데 감히 내 영지를 침범할 녀석이 있을까? 물론 크로우 나이츠를 손에 넣은 지금의 상황에서도 감히 내 영지를 침범할 녀석은 없을 것이다.

"여덟 번째 안건을 시작하겠습니다. 이드리샤 공작께서는 국왕 폐하께 주청하신 안건을 말씀하십시오."

드디어 여덟 번째 안건, 블루 버드 나이츠에 대한 안건이 시작되자 난 또 자리에서 일어나 안건을 발표했다.

"대아멘 왕국의 국왕이신 로필론 국왕 폐하께 이드리샤 가에서 주청 드리옵니다. 이번에 제가 주청드리는 안건은 국가 공인 기사단인 블루 버드 나이츠에 관한 일이옵니다. 현재 블루 버드 나이츠는 평민들로 이루어진 유일한 국가 공인 기사단으로 이 역시 본 가에 의해 창설된 기사단입니다. 최초 블루 버드 나이츠를 창단한 목적은 재능있는 평민 무사들을 국가에서 등용하여 국력을 강화하고 그들로 하여금 일반 병사들을 통솔케 하여 군 수뇌와 일반 병사들의 의사소통을 원활하게 하기 위함이었습니다. 하나 근래에 들어와서는 블루 버드 나이츠 본래의 그 목적이 불분명해지고 있는 상태입니다."

거기까지 말한 난 다시 시종에게 전과 같이 두루마리를 건넨 후 계속 말을 이었다.

"이번에 국왕 폐하께 드린 것은 블루 버드 나이츠 슈페리어 급 기사들의 연판장과 그들의 현 상황에 대한 보고서입니다. 근래 들어 블루 버드 나이츠의 상부에 대한 귀속감이 떨어지고 업무의 효율이 떨어지는 것을 이상하게 생각하여 조사해 보니 소속 귀족가에서 내리는 녹봉이 크게 줄어든 것은 물론 장비마저 지급해 주지 않고 그것을 사재로 구입하게 하였다고 합니다. 이는 소속 귀족가의 기사단 운용이 자금 부족으로 원활하지 않음을 말하고 있으니 이에 저는 블루 버드 나이츠를 본 가에 귀속시켜 기사단의 운용을 더욱 원활하게 하고자 하오니 국왕 폐하의 재가를 바라옵니다."

내 말이 끝나자 남부 귀족들은 크게 웅성거리기 시작했고 잠시 후 남부 귀족 중 한 사람이 자리에서 일어나 말했다.

"기사라 함은 국왕 폐하께 충성하며 국가에 몸을 바친 자이온데, 단순히 녹봉이 부족하다 하여 업무의 효율이 떨어졌다 함은 그 기사들 자체의 정신 상태에 문제가 있는 것이 아니겠습니까?"

그의 말이 끝나자마자 또 한 사람의 귀족이 자리에서 일어나 자신의 의견을 피력했다.

"저 역시 그 의견에 동의합니다. 또 이번 승급 심사에 앞서 블루 버드 나이츠는 귀속 귀족가를 무시하고 타 귀족에게 예를 취하는, 기사도에 어긋나는 행위를 하였다는 말을 들은 적이 있습니다. 이는 기사도에 크게 어긋나는 일이니 기사로서의 자격을 박탈해야 할 큰 문제입니다. 평민 따위가 감히 귀속 귀족가를 무시하다니 말이나 되는 일입니까!"

역시나 미리 짚고 있던 문제를 들고일어나는 남부 귀족들이었고, 여기저기서 그들의 말에 찬동하는 이들로 술렁거리기 시작했다.

"모두들 조용히 하시오!! 국왕 폐하께서 앞에 계시는데 무슨 소란들이오!"

어전 회의장이 시끄러워지자 지금까지 조용히 있던 네라드 공작이 시끄럽게 웅성거리던 귀족들에게 일갈을 가하고는 자리에서 일어나 국왕 폐하께 예를 취하고 말했다.

"소신 네라드, 국왕 폐하께 한말씀 올리겠습니다. 이번 안건을 올린 이드리샤 공작의 말은 틀리지 않사옵니다. 하나 한 가지 간과한 것이 있사오니 그것은 블루 버드 나이츠의 창단 때 아멘 왕국의 정세와 현 정세가 크게 차이가 난다는 것입니다. 당시는 건국된 지 얼마 되지 않은, 나라가 안정되지 않았던 시점이었습니다. 나라가 변하여 백성들이 불안해하고 있었던 시점이라 같은 평민들로 이루어진 기사들로 하여금 이들을 안정시키게 하는 것이 그 기사단의 창단 이유였습니다. 하나 현재는 국가도 안정되고 신분 체제도 확고하게 굳어진 시점이니 구태여 당시의 목적을 살릴 필요는 없을 것이라 사료되옵니다. 이에 소신 네라드는 이 참에 신분 제도를 더욱 확고히 하기 위해서 평민들로 이루어진 블루 버드 나이츠의 국가 공인 기사단 자격을 박탈하고 새로이 귀족 자제들로 이루어진 국가 공인 기사단을 창설할 것을 주청드리는 바입니다."

역시 네라드라고 할까? 주위에 자신을 따르는 귀족들이 잘 만들어둔 명분 아래 자신의 뜻을 피력하는 모습을 보이자 이에 많은 귀족들이 호응하는 모습을 보였다.

신분 제도가 타국에 비해 상당히 엄격한 본국에 있어 평민 기사단이라 하는 것은 그리 평가받지 못하는 자들로, 그런 기사단이 있다는 것 자체가 그들의 마음에 들지 않는 일이니 당연한 것이었다.

"소신 리미트, 국왕 폐하께 한말씀 올리겠습니다. 방금 전 말씀하신 네라드 공작의 말 역시 틀리지 않으나 소신은 이드리샤 공작의 뜻을 따르고 싶습니다. 확실히 건국 초기와 지금의 왕국 정세가 크게 다른 것은 사실이나 나라의 근간을 이루는 것은 백성입니다. 본국의 무력 기반은 평민 병사들인 만큼 그들과의 의사소통을 원활히 하여 국방을 단단히 하는 것은 무엇보다 중요한 일이니 구태여 그들의 국가 공인 기사단을 박탈하는 것보다는 그들의 뜻을 조금만 수용하여 더욱더 나라에 충성하게 한다면 왕국의 국방은 더욱 견고해질 것이라 사료되옵니다."

"리미트 백작! 천한 평민들이 주제도 모르고 날뛰는 것을 받아준다는 것이 말이나 되오이까! 그런 것들의 요구를 한두 번 받아주다가는 그 은혜도 모르고 더 많은 것을 바라며 망종할 것이 분명합니다.”

“폐하! 허락만 해주신다면 그 은혜도 모르는 천한 족속들을 일거에 쓸어버릴 것이오니 신에게 그 소임을 맡겨주십시오!”

어라? 이것들이 이제는 블루 버드 나이츠를 완전히 제거하자는 말도 막 뱉네? 처음부터 쉬운 일은 아니라 생각했지만 도가 지나친 것 아닌가?

“닥치시오! 처음부터 그대들이 국가 공인 기사단의 하나인 블루 버드 나이츠의 처우에 차별을 가해서 생긴 일이 아니오이까! 본인이 알기에도 블루 버드 나이츠의 녹봉은 타 기사단의 절반에도 미치지 못한다고 들었는데, 게다가 장비까지 사재로 구입하게 하였으니 그들이 흔들리는 것은 당연한 일일 것이오. 그렇게 만들어놓고도 제 손으로 치겠다니, 참으로 어처구니없는 말이 아니오!”

“무슨! 돈에 눈이 어두워 주군에 대한 충성이란 가장 기본이 되는 기사도마저 상실한 천한 것들에게 그 정도면 감지덕지지, 더 이상 무엇을 해준단 말이오!”

어이구, 저놈. 눈이 뒤집혀서 앞뒤 사정까지 뒤집어서 매도를 하는군.

원래부터 사이가 좋지 않았던 남부 귀족과 서부 귀족은 몇 개의 반론이 나오자 심각하게 대립하기 시작했고, 순식간에 어전 회의장은 아수라장으로 변해갔다.

그 때문에 막상 안건을 말한 난 제대로 반론조차 하지 못한 상황에 처해 버렸는데 그때 옆에 있던 페이튼 공작의 입에서 조소가 흘러나왔다.

“후후후.”

"무엇이 그리 우스운지요."

"제 줄 것은 눈곱만치도 없는데 아귀다툼을 하니 우습지 않을 수 있겠소."

"흠……."

"그나저나 이드리샤 공작이 블루 버드 나이츠까지 노리고 있었다니, 예상치도 못했소."

"간만에 오는 왕도인데 챙길 것은 모두 챙겨야 하지 않겠습니까?"

"허허허. 과연 이드리샤 공작이오."

나의 말에 페이든은 웃음으로 답을 대신하고는 천천히 자리에서 일어났고, 페이든 공작이 자리에서 일어나자 공방을 펼치던 서부 귀족과 남부 귀족은 차츰 조용해지기 시작했다.

"신 페이든, 국왕 폐하께 한말씀 올리겠습니다. 국가 공인 기사단인 블루 버드 나이츠의 행위가 실로 못마땅한 것은 사실이오나, 천한 것들이라 하여 힘으로만 제압하려 하면 자칫 분란을 일으킬 소지가 있사옵니다. 또 그들이 요구하는 사항을 들어준다 하더라도 이는 국가 공인 기사단에 주어지는 대우 이상이 될 것이 아니니 그리 문제될 것은 없습니다. 쓸 수 있는 것을 없애기보다는 잘 다독여 쓸모있게 만드는 것이 더욱 합리적인 일이 아닐까 사료되옵니다."

"……!!"

페이든 공작이 말을 마치자 남부 귀족은, 아니, 귀족 전체는 물론 국왕 폐하까지도 놀란 표정을 짓고 있었다.

설마 페이든이 내 쪽을 지지하리라고는 아무도 예상치 못했기 때문이다. 고개를 들어 옆을 보자 네라드의 얼굴이 크게 일그러져 가고 있는 것이 그 역시도 예상치 못하고 페이든에게 한 방 먹었다는 표정이 역력한지라 조금 통쾌한 기분도 들었다.

페이든이 내 손을 들어준 상황이라면 동부 귀족 전부가 나를 지지할 것은 당연한 일, 그 때문에 서부 귀족은 더 이상 날뛰지 못하게 되고 말았다.

지네들이 노발대발한다 할지라도 서부 귀족과 동부 귀족이 나를 밀고 있으니 어찌할 것인가? 더 이상 신하들이 공방을 벌이지 않자 로필론 국왕 폐하는 좌중의 신하들을 보며 말했다.

"그대들의 의견은 모두 알아들었소. 나라에 충성을 하여야 하는 기사로서 기사도에 어긋난 행위를 한 블루 버드 나이츠의 죄는 실로 적지 않다 하나, 그 이전에 그들이 건국 이후 혼란스러운 정국을 안정시키고 기사로서 행한 공적 또한 적지 않으니 오늘의 실수로 국가 공인 기사단의 자격을 박탈하는 것은 조금 과한 것이 아닐까 싶소. 이에 본왕은 그들의 요구를 들어주어 이드리샤 공작가에 귀속시킬 것을 명하는 바이나 기사단을 제대로 관리하지 못한 죄를 물어 기사단장을 포함한 상위 슈페리어 나이트에 한해서는 일 년간 녹봉을 반으로 삭감할 것을 명하는 바이오."

국왕 폐하의 말씀이 끝나자 난 기뻐 주먹을 불끈 쥐었다. 상당히 어렵기는 했지만 예상외로 페이든 공작이 내 손을 들어줌으로써 블루 버드 나이츠를 내 손에 넣었으니 어찌 기쁘지 않겠는가?

네라드 공작을 비롯한 톨스 자작들이 쥐 잡아 먹을 듯한 표정으로 변하는 것을 보며 난 회심의 미소를 지었고, 옆에 있던 페이든에게 작게나마 감사의 인사를 보냈다.

그 안건을 끝으로 어전 회의는 잠시 휴식에 들어갔고 귀족들은 내가 휴게실로 들어서자 주위로 몰려와 축하의 인사를 하기 시작했다.

국가 공인 기사단을 어전 회의를 통해서 두 개나 손에 넣었으니 그들 역시 현재 돌아가는 분위기를 파악한 것이다.

왕가와 서부 귀족, 거기에다 동부 귀족까지 합세한 이드리샤 공작가 살려주기 작업을 모른다면 멍청이가 아닌가?

"축하합니다, 이드리샤 공작 각하!"

"두 개의 국가 공인 기사단을 이번에 모두 손에 넣으셨다니 경하드립니다."

"하하하하."

처음 나를 찾아온 이들은 북부 귀족들이었다. 지금까지 노턴 코프를 장악하고 있던 론 백작에 의해 주도되었던 북부의 판도가 이젠 나를 중심으로 바뀔 것이 분명하니 지금이라도 눈도장을 찍어두기 위함이 아닌가.

옆을 보니 론 백작도 지금까지 당당했던 모습과는 달리 눈에 띄게 표정이 변한 것이 보이는지라 난 입가에 미소를 띠며 말했다.

"론 백작께서는 축하해 주시지 않습니까?"

"아! 어찌 그런 말씀을… 경하드리옵니다, 공작 각하."

"하하하하. 고맙소, 백작. 앞으로 그대가 다스리는 노턴 코프와 본가는 돈독한 관계가 될 것이니 잘해보도록 합시다."

"예, 물론입니다."

얼굴에 힘겨운 미소를 지으며 답하는 놈의 표정을 보니 마치 도살장에 끌려가는 돼지 같은 모습인지라 난 웃음을 감추지 못했다.

크크크크. 내 영지에서 돈 긁어낼 때는 설마 이런 날이 오리라고는 생각지도 못했겠지? 놈! 단단히 각오해 두는 것이 좋을 것이다.

어찌 됐든 이번 어전 회의에서 손에 넣을 것은 모두 넣은지라 여유롭게 휴게실에서 시종이 가져온 와인을 들고 축하주를 대신하고 있을 때 귀족들의 소란스러움이 멈추는 것을 느껴 고개를 돌려보니 휴게실 내로 세피로스 왕세자 전하가 드신 것을 확인할 수 있었다.

세피로스 왕세자 전하는 휴게실로 들어서자마자 아델슨 후작, 리미트 백작과 함께 내 쪽으로 다가왔기에 난 고개를 숙여 예를 취했다.

"크로우 나이츠와 블루 버드 나이츠를 귀속시킨 것을 축하하오, 이드리샤 공작."

"감사합니다, 왕세자 전하."

"따로 할 이야기가 있는데 시간을 내주시겠소?"

"알겠습니다."

대충 왕세자 전하가 시간을 내달라고 하는 이유를 잘 알고 있었기에 난 고개를 끄덕이고 왕세자 전하 일행과 함께 테라스 쪽으로 갔다.

테라스에 도착하자 왕세자 전하는 조금 심각한 표정으로 나를 보며 물었다.

"어찌 됐든 일이 잘 풀려 다행이긴 하오만, 국왕 폐하께서는 페이든 공작이 그대의 손을 들어준 것을 상당히 의아해하고 계시오."

하긴 국왕 폐하께서 이상하게 생각하시는 것도 당연할 것이다.

"이전에 페이든 공작가의 저택에서 그가 저와 손을 잡기를 바란 적이 있습니다. 아마 그때 일의 연장이 아닐까 생각합니다."

"아!"

왕세자 전하나 다른 사람도 삼왕자 전하에게 이야기를 들은 적이 있었는지 아는 척을 했고, 이에 리미트 백작이 나를 보며 물었다.

"공작 각하께선 어찌하실 생각이십니까?"

"글쎄요. 일단 한 번의 은혜를 입긴 했으니 그것은 갚아주어야겠지요. 물론 이용할 만큼 이용도 해야겠지만 말입니다."

나의 말에 잠시 흠칫거리던 이들은 이용할 만큼 이용한다는 말에 조금 안심하는 표정으로 변했다.

하긴 두 개의 기사단을 손에 넣어 이제 그 위세가 크게 오를 내가 페이든 편을 들어준다면 왕당파로서도 상당히 골치가 아파질 것이 분명하기 때문일 것이다.

이제 나도 꽤 무게가 있는 귀족이란 건가? 흠흠…….

"폐하께서는 이드리샤 공작에게 많은 기대를 하고 계심을 잊지 말아주셨으면 하오."

"폐하의 은총을 제가 어찌 잊을 수 있겠습니까? 저희 이드리샤 가는 왕가에 대한 충성을 잊지 않을 것입니다."

나의 말에 고개를 끄덕인 왕세자 전하는 잠시 후 무슨 생각이 들었는지 나를 보며 물었다.

"그나저나 이드리샤 공작, 그대 역시 이번 어전 회의에서 가장 이슈가 될 안건에 대해서 알고 계실 것이오."

"가장 이슈가 될 안건이라면… 사병 제한법에 관한 것입니까?"

정치에 관심없는 론 백작까지도 관심을 가지고 있는 안건인지라 난 그것에 대해 말했고, 내 말이 맞는지 왕세자 전하 역시 고개를 끄덕였다.

"그렇소. 전체적인 사병 제한법의 완화가 아니라 일부, 그러니까 국경 방위군을 중심으로 하는 사병 제한법 완화가 정답일 것이오. 그 의견에 대해 공작은 어찌 생각하시오?"

"사병 제한법은 건국 이래 귀족들의 무분별한 사병 증강을 막고 나라를 안정시키기 위한 법입니다. 가까운 셔먼 왕국의 사례만 보더라도 귀족들의 무분별한 사병 증강으로 인한 내란이 끊이지 않는 사병 제한법의 존속은 확실히 필요한 것이라 생각합니다."

"나 역시 그대의 생각과 다르지 않소. 국경 방위의 안전을 생각해 사병 제한법을 완화시킨다 하지만 그것은 시작에 불과하다 생각하오. 시간이 지나면 귀족들은 그것보다 더 완화된 법을 제시할 것이 분명하니 말이오."

왕세자의 말에 모두들 고개를 끄덕였고, 아델슨 후작이 이런 나를 보며 말했다.

"이드리샤 공작, 휴식이 끝난 후 처음 시작될 안건이 바로 사병 제한법 완화에 대한 안건입니다. 폐하께서는 이드리샤 공작께서 왕당파의 손을 들어주기를 바라고 계십니다."

"저 역시 폐하의 뜻을 따르기는 하겠지만 처음부터 폐하의 재가가 불가능한 안건이 아니었습니까?"

"물론 그렇습니다만, 한 사람의 귀족이라도 손을 들어주는 편이 좋으니까요."

"알겠습니다."

아델슨 후작의 말에 고개를 끄덕이기는 했지만 왠지 마음이 놓이지 않았다.

왕의 재가가 불가능한 안건임에도 귀족들이 안건을 낸 이유는 무엇일까? 무리한 수를 써서라도 통과시키기에는 안건 자체의 무게가 결코 가벼운 것이 아니라는 점에 문제가 있었다.

뻔히 실패할 것을 아는데도 안건을 주장한다? 그것은 맞지 않는 말이다.

휴식이 대충 끝나자 다시 귀족들은 어전 회의장으로 하나둘씩 모여들기 시작했다. 무슨 이야기를 했는지 귀족들은 회의장 안으로 들어온 이후에도 담소를 멈추지 않았기에 회의장은 조금 어수선한 분위기였다.

안건이 안건이니만큼 당연한 것일까? 그때 옆에 있던 페이튼이 나를 보며 슬며시 이야기를 건네왔다.

"축하는 많이 받으셨소, 이드리샤 공작?"

"아! 예."

"공작의 영지가 북부에 있을 테니 아무래도 북부 귀족들이 많이 달려들었을 것이라 생각하는데… 안 그렇소?"

"예, 그렇습니다."

나의 말에 페이튼은 살짝 미소를 짓고는 계속 말을 이었다.

"다행히 북부 쪽은 능력없는 론 백작이 지금껏 중심 역할을 하고 있었으니 공작이 북부 귀족들을 사로잡는 것은 그리 문제될 게 없을 것이오."

"그렇습니까? 그렇다면 저야 편하겠지요."

"후후후. 그나저나 다음 안건에 대해 왕세자 전하께 잘 들으셨는지 궁금하구려."

"……!!"

그 말에 난 조금 놀랄 수밖에 없었다. 하지만 왕도 내에서 그의 눈을 피해 왕세자 전하 같은 분을 만날 수 없음을 잘 알고 있는지라 이내 침착함을 되찾을 수 있었다.

그것보다는 그가 무슨 이유로 나에게 안건에 대해서 이야기한 것일까?

"그대 역시 전에 삼왕자 전하와 본인이 하던 이야기를 들었으니 대충 이해하고 계실 것이오. 그래, 안건이 통과하리라 생각하시오?"

"음… 아니라고 봅니다. 아무리 그 안건이 타당성있다 하더라도 폐하께선 건국 이래 계속 지켜왔던 법을 바꾸실 분이 아니니 말입니다."

"허허허, 본인 역시 그리 생각하고 있소."

응? 뻔히 그렇게 생각하고 있는데 왜 안건을 제출하는 거야? 이해할 수 없었다.

"그렇다면 무슨 생각으로 안건을 내시는 것입니까? 듣자 하니 이번 안건으로 네라드 공작의 남부 귀족과 귀 경을 따르는 동부 귀족들이 담합을 한다고까지 들었는데 말입니다."

내 말에 페이튼은 잠시 왕좌 쪽을 바라보다 이내 고개를 돌려 다시 나를 보고는 말했다.

"글쎄. 이번 안건에 대해서는 말하는 것이 조금 어렵겠소."

"아… 알겠습니다."

뭐, 말을 해주지 않는 것이 당연하겠지. 아직 제 편을 들어준다고 결정도 하지 않은 상황이니 말이다.

"대아멘 왕국의 로필론 국왕 폐하께서 납십니다."

페이튼의 말을 생각하고 있을 때 드디어 로필론 국왕께서 납신다는 말이 들려왔기에 어수선한 어전 회의장의 분위기는 금세 조용해졌다.

폐하께서 자리에 앉자 귀족들 역시 자리하기 시작했고, 드디어 시종장이 다음 안건의 시작을 알렸다.

"아홉 번째 안건을 시작하겠습니다. 주청하신 네라드 공작 각하께서는 국왕 폐하께 안건을 발표하십시오."

이번 안건을 낸 사람이 네라드 공작이란 것을 들은 난 곧 그에게 시선을 돌렸고, 잠시 후 노구의 몸을 일으킨 네라드가 폐하 앞에서 안건을 발표하기 시작했다.

"신 네라드, 폐하께 아뢰옵니다. 건국 이래 본국은 역대 국왕 폐하께서 선정을 베푸시어 평화 시대를 지내왔습니다. 하나 이러한 본국 역시 위기가 없었던 것은 아닙니다. 가장 멀리로는 건국 이후 남부 테일즈 왕국과 있었던 체메른 공방전을 시작으로 사십 년 전 트로마니아 전투에 이르기까지 주변국의 도발로 인한 전쟁이 없었던 것은 아닙니다."

네라드 공작은 꽤 나이가 들었음에도 불구하고 그 목소리에 힘이 있었다. 권모술수가 난무하는 중앙 정계에서 버틴 지가 벌써 육십 년이나 되니 저 정도는 당연한 것일까?

"이러한 적국의 도발은 지금껏 대아멘 왕국의 역대 성군들께서 뛰어난 제장과 귀족들과 함께 토벌하시어 나라를 안정시켜 왔습니다. 하나 이러한 전쟁은 하나같이 큰 문제를 가지고 있습니다. 그것은 바로 전쟁 초반엔 본국이 크게 적국에 압도되어 버린다는 것입니다."

그 말에 나도 고개를 끄덕였다. 본국의 전시 편제는 초반 전투는 국경을 방어하고 있는 네 개의 국경 방위군이 일단 적국의 침공을 견제하며 시간을 끌고, 그와 함께 전시 체제에 돌입한 왕국은 각 중앙군과 귀족군을 소집 병력해 적을 상대하기 때문에 초반 적의 대군을 상대로 국경 방위군은 수적인 열세를 극복하지 못하고 밀리는 것이 다반사였다.

말 그대로 전시에 국경 방위군이라고 하는 것은 방패 역할이지 결코 창의 역할이 아니었다.

"이런 이유로 본국의 전쟁에서 매번 초반에 상당한 피해를 보는 것

은 어쩔 수 없었습니다. 이에 신 네라드는 이러한 불합리한 점을 타파
하고자 사병 제한법의 완화를 주청드리는 바이옵니다."

　네라드의 말이 끝나자 서부 귀족들은 크게 웅성거리기 시작했고 잠
시 후 아델슨 후작이 자리에서 일어나 말했다.

　"신 아델슨, 폐하께 아뢰옵니다. 사병 제한법은 건국 이래 귀족들의
무분별한 사병 증강을 막고 나라를 안정시키기 위하여 건국왕이신 빌
헬름 전하께서 제정하신 법안이옵니다. 본국 이전에 존재했던 라피나
르 제국의 예를 보아도 알 수 있듯이 사병 제한법이 없었기에 각 영주
들은 무분별하게 사병을 증강하고 그것으로 인하여 백성들이 큰 고난
을 겪은 것은 물론 곳곳에서 영주들의 분란이 끊이지 않았사옵니다.
이러한 폐해를 알고도 사병 제한법을 완화한다는 것은 과거의 잘못된
예를 답습하는 것이옵니다."

　"신 톨스, 폐하께 아뢰옵니다. 아델슨 후작의 말씀이 틀리지 않사
오나, 네라드 공작께서 말씀하신 사병 제한법의 완화는 전체적인 귀
족들의 제한법 해제가 아니라 사방 국경 방위군 근처에 있는 귀족들
에게만 제한적으로 완화시키는 법이옵니다. 이런 방법으로 사병 제한
법을 완화시킨다면 갑작스러운 적의 침공에 효과적으로 대항하여 백
성을 지킬 수 있으니 이는 나라를 안정시키는 데 효과적이라 생각합
니다."

　톨스 자작의 말이 끝나자 네라드 휘하의 귀족들이 하나둘씩 자리에
서 일어나 사병 제한법 완화를 옹호하기 시작했고, 이에 서부 귀족파
역시 자리에서 일어나 그 의견을 반박하기 시작했다.

　아직은 이들 두 부류의 귀족들만이 서로 공방을 펼쳐 어느 쪽으로
기울어졌다고 보기 어려웠는데, 그때 페이든 공작이 자리에서 일어나

자 이들의 공방은 잠시 멈췄다.

"신 페이든, 폐하께 아뢰옵니다. 사병 제한법의 완화는 지극히 위험한 안건임에 틀림없사오나 현재 동부 국경에는 로스니아 강을 둘러싸고 엘란스트 왕국과의 크고 작은 전투가 매년 십여 차례 이상 발생하고 있사옵니다. 또 남부 국경은 테일즈 왕국과 체마나스 협약을 통해 동맹을 맺고 있다고 하나 거대한 메든 강 주위에 도사리는 수적들로 인하여 국경 방위군의 눈이 미치지 못하는 곳의 백성들은 큰 고난을 겪고 있다고 합니다. 이런 상황에서 건국 이전부터 있어왔다 하여 하나의 법만을 고집한다면 백성들의 고난을 해결해 줄 방법이 없사오니 국경 방위군 쪽의 귀족들만이라도 제한법을 완화하여 백성들의 고난을 해소해 주시옵소서."

페이든 역시 사병 제한법 완화 쪽에 손을 들어주자 동부 귀족들도 방금 전 페이든 공작의 뜻을 따라 하나둘씩 폐하께 자신의 뜻을 표했다.

이런 이유 때문에 서부 귀족은 두 귀족 무리에 밀리는 판국이 되어버리고 말았는데 그때 아델슨 후작의 눈이 나를 향하고 있음을 확인할 수 있었다.

아무래도 나에게 도움을 요청하는 것이 역력한 듯한데, 휴… 도대체 뭘 말하라고 하는 것인지…….

잠시 생각에 잠겼던 난 자리에서 일어났고, 내가 일어나자 공방을 벌이던 귀족들이 다시 조용해졌다.

"신 이드리샤, 폐하께 아뢰옵니다. 여기 계시는 네라드 공작이나 페이든 공작의 말이 크게 틀리지 않으나 사병 제한법이라는 것은 건국 이래부터 계속된 법으로 한때의 위기를 막지 못하여 그것을 완화한다는 것은 자칫 큰 우를 범할 수 있는 일이 될 수도 있사옵니다. 이에 구 태여 사병 제한법을 완화시키는 것보다 다른 방법으로 대처하는 것이 옳다 사료되옵니다.”

“다른 방법이라면 무슨 방법을 말씀하시는 것입니까?”

이런 나의 말에 곧 톨스 자작이 반박하며 나섰다. 놈은 아까 당한 것 때문에 상당히 쌓였는지 감정있는 목소리로 말했다.

“글쎄요. 찾아보면 사병 제한법 완화에 대처할 수 있는 방법은 많이 있을 것입니다. 현재 왕도를 중심으로 본부를 두고 있는 칠대 기사단 의 현 위치를 외곽으로 옮겨 국경 방위군과의 연계성을 높인다든지, 사 방 군단 간의 연계 체제를 높인다면 충분히 가능할 것이라 생각합니 다.”

“당장 적군이 국경을 넘어온다면 그러한 소극적인 대처 방법으로는 전과 다를 것이 없다는 것을 모르십니까?”

“정히 어려우면 삼대 공작가와 후작가의 영지를 지방으로 돌려도 되 는 것 아닙니까? 다행히도 공작가와 후작가는 사병 제한법에 해당되지 아니 하니 초반에 예상되는 적의 대공세야 충분히 감당할 수 있지 않 겠습니까?”

“무슨 말씀을 하는 것이오!”

내 말에 네라드 공작이 자리에서 일어나 불편함을 표시했다. 하긴 나를 제외하고는 다른 공작가나 후작가는 모두 안전하고 소출이 높은 옥토에 영지를 가지고 있으니 반박하는 것은 당연한 일이겠지.

“뭐, 그런 방법도 있다라고 이야기한 것이니 너무 신경 쓰지 마십시 오, 네라드 공작.”

내 말에 네라드는 미간을 찌푸리며 자리에 앉았는데, 그때 론 백작이 앞으로 나와서 말했다.

"신 론, 폐하께 아뢰옵니다. 국가 공인 기사단은 본국의 최후 보루로서 그들을 본국의 외곽으로 돌리는 것은 성급한 방법일 것입니다. 그것보다는 국경 방위군의 규모를 늘려 국경을 튼튼히 하는 것이 옳은 듯하옵니다."

어라? 론 백작 녀석도 의견을 다 내는군. 그나저나 국경 방위군의 규모를 늘린다고 하는 것은 자신의 세력을 늘리기 위함이라는 것인데, 머리를 쓰는 것은 좋지만 속이 다 들여다보이지 않는가?

국가 공인 기사단이 국경 쪽으로 배치되면 나의 힘 역시 막강해질 것을 우려해 국경 방위군의 규모를 늘리는 것으로 대처하자는 말이었을 것이다.

"지금의 숫자도 감당하지 못하는 론 백작이 그런 말을 하니 우습구려!"

아니나 다를까, 론 백작의 말에 서부 귀족파의 일원이자 현 사우던 코프의 사령관이기도 한 로우턴 백작이 코웃음을 치며 말했다.

로우턴 백작은 바다의 매라는 별칭을 가지고 있을 정도의 뛰어난 무장으로 해전에서는 본국에서 따를 자가 없는 사람이었다.

노예들의 아버지라는, 격이 떨어지는 별명도 지니고 있는지라 다른 귀족들에겐 그리 환영받지 못하는 사람이었지만 노예들의 도시 갠트스에서는 거의 신과 같은 추앙을 받는 사람이란 말을 들은 적이 있었다.

"말씀이 지나치시오! 로우턴 백작!"

"내 말이 틀리기라도 했소, 론 백작? 그대가 관할하는 노턴 코프는 드래곤 산맥 때문에 적의 침입을 기대하지 못하는 곳인데 거기에다 규모를 더 늘린다니, 어찌하실 생각이오? 듣자 하니 노턴 코프의 자금마저 횡령하고 있다는 말이 있던데, 돈이 더 필요하시오?”

“뭣이!”

“흥!”

청렴결백한 무장인 로우턴 백작과 전형적인 타락 귀족인 론 백작의 사이가 좋지 않은 것은 당연한 일, 두 사람의 대결이 일촉즉발의 위기까지 가자 군무대신 리미트 백작이 그들을 보며 소리쳤다.

“폐하께서 자리하신 곳에서 두 분은 지금 무엇을 하는 것이오!!”

전군 총사령관의 직위도 함께 가지고 있는 리미트 백작의 말에 로우턴과 론 백작은 침묵을 지켰다.

하긴 같은 백작이라 할지라도 로우턴과 론 백작에게 있어 전군 총사령관의 직을 겸임하고 있는 리미트 백작은 상관과도 같으니 당연한 일이겠지.

“신 리미트, 폐하께 아뢰옵니다. 사병 제한법은 건국 이래로 본국에 평화를 가져온 법안, 그것을 바꾼다 함은 스스로 평화를 망치는 일이라 사료되옵니다.”

리미트 백작의 말에 로필론 국왕 폐하는 고개를 끄덕이고는 말했다.

“짐 역시 그대의 의견과 같다. 네라드 공작과 페이든 공작의 뜻은 잘 알겠으나 아직 평화로운 시점에 논하기에는 조금 성급한 것이 아닐까 싶소. 이에 본인은 국가 공인 기사단을 국경 쪽으로 본부를 옮기는 것으로 결론을 낼까 하오.”

역시나 사병 제한법의 완화 안건은 부결되고 그 차후책으로 국가 공인 기사단의 거취를 옮기는 것으로 결정이 났다.

로필론 국왕 폐하 명이 그리 떨어지자 동부 귀족과 남부 귀족은 사병 제한법 완화를 해야 한다 다시 거론했지만 국왕 폐하의 단호한 결정을 막을 수는 없었다.

파란만장한 어전 회의는 몇 가지 안건을 끝으로 마무리되고 말았다.

하지만 이상한 것이 있다면 자신들의 뜻이 꺾였음에도 불구하고 네라드와 페이든은 그리 분하게 생각하고 있지 않는 듯했다.

아니, 오히려 페이든의 입가에는 미소마저 흐르고 있었는데, 도대체 무엇을 노리고 있어 저런 미소를 보이는 것일까?

마치 나를 포함한 서부 귀족파와 왕가 모두 페이든과 네라드의 함정에 빠진 것 같은 기분이 들었다.

어전 회의가 끝나고 저택으로 돌아가려는데 뒤에서 누군가 나의 곁으로 다가오고 있음을 알 수 있었다.

"축하합니다, 이드리샤 공작 각하. 이번 어전 회의에서 가장 큰 덕을 본 분은 공작 각하인 듯하군요."

"톨스 자작……."

나의 곁으로 다가와 중얼거린 이는 다름 아닌 네라드 공작의 차남 톨스 자작이었다. 그는 이번 어전 회의에서 나의 뜻을 꺾으려다 페이든의 난입으로 어이없이 꺾여 버린 탓에 상당히 기분이 나쁜 듯했다.

"평민 따위가 만든 기사단이 공작 각하께 어떤 도움이 될지 모르지만, 인의조차 모르는 그런 자들을 받아들인 걸 후회하지나 않았으면 좋겠습니다."

"……."

악담을 하는 것인지 저주를 하는 것인지, 그의 말에 조금 화가 날 수밖에 없었지만 노기를 드러내는 것을 지는 것이라 생각한 난 미소를 지으며 답했다.

"자신이 없다면 받아들였겠습니까? 또 능력이 없어서 감당하지 못

할 기사단을 가지고 있었던 누구 때문에 상당히 도움이 될 것 같으니
걱정하실 필요 없을 것입니다."

"크윽!"

나의 말에 녀석은 노기를 드러냈지만 알 바 아니었다.

왕궁을 나오자 이미 게리오스들이 나를 기다리고 있었기에 난 그와
함께 마차로 오를 수 있었다.

"어찌 되셨습니까?"

"크로우 나이츠와 블루 버드 나이츠 모두 본 가로 귀속되었네."

"아! 경하드립니다, 각하."

"그것보다 사병 제한법 완화가 부결되고 폐하께서는 국가 공인 기사
단의 본부를 국경 근처로 옮기는 것으로 결정하셨네."

"그렇습니까? 그렇다면 국가 공인 기사단의 본부가 있을 곳을 찾아
야겠군요."

국가 공인 기사단 두 개를 모두 내 영지에 둘 수는 없는 일이었다.
일단 크로우 나이츠는 내 영지에 본부를 두겠지만 블루 버드 나이츠의
본부는 북부 귀족의 영지 중 하나에 설치해야 할 것이다.

"대충 생각해 두신 곳은 있습니까?"

"응? 아니, 그런 곳은 없네. 골든 아이를 통해 좋은 부지가 있는 북
부 귀족의 영지를 찾아보도록 하게."

"알겠습니다."

어전 회의가 끝나고 저택에 돌아오자 조금은 바쁜 시간이 계속되었
다. 일단 정계에도 내 얼굴을 비추어야 하는 만큼 사교 파티에도 빠지
지 않고 참석하고 있었을 뿐 아니라, 매일 저택에는 북부 쪽 귀족들이

쉬지 않고 찾아들었다.

기사단의 본부가 각 국경 쪽으로 이주하게 됨에 따라 자신의 영지에 기사단의 본부를 유치하기 위해 난리를 치는 것이다.

아멘 왕국의 국가 공인 기사단은 말 그대로 군부 쪽 엘리트 코스라 할 수 있는 만큼 자영지에 기사단이 있다면 당연히 지역 사회의 연계를 위해서라도 기사단은 그쪽 영지의 젊은 귀족 청년들을 기사로 어느 정도는 받아들여야 하는 것이 일반적인 관례였다.

국가 공인 기사단의 기사라는 것은 곧 무관직과 관련이 생기는 상황에서 자영지의 발전을 위해서라도 그것은 필요한 일인 것이다.

골든 아이를 통해 들어오는 소문에 따르면 영지에서도 하루하루 찾아드는 귀족들로 인하여 벌써 뇌물이라 할 수 있는 것들이 방 하나를 가득 채웠다고 하니 그 기대치를 쉽게 알 수 있었다.

또 국가 공인 기사단이 영지로 들어서면 지역 경제가 발전하는 것은 당연한 일, 기사단 하나에 들어가는 장비는 둘째 치고라도 그들이 먹고 살기 위한 의식주만 해도 상당한지라 부수적으로 기사단이 속하게 되는 영지는 세금 수입도 크게 늘어나게 되는 것이다.

어찌 됐든 기사단이란 존재로 인하여 북부 귀족의 무게는 론 백작에게서 내 쪽으로 크게 기울어져 있는 상황이므로 대충 영지로 돌아가서 북부를 안정시키는 데 주력하는 것이 좋을 듯싶었다.

너무 오랫동안 영지를 나와 있었던지라 알리샤와 리안나, 필리아, 그리고 자식놈들의 얼굴도 보고 싶었다.

난 게리오스에게 영지로 돌아가자는 말을 했고, 그 역시 영지로 돌아갈 시점이라 생각했는지 아무런 반대도 하지 않았다.

그러고 보니 큰놈들의 나이도 벌써 세 살, 내 나이도 스물일곱 살이

나 되었다는 생각이 들었다. 스물둘에 내가 알리샤와 레빈들을 만났으
니 벌써 오 년이란 세월이 지난 것인가?

　오 년이란 짧은 시간에 공작가를 여기까지 끌어올렸다는 생각이 들
자 새삼 내가 대견하다는 생각이 들었다. 후후후후!!

〈6권 끝〉